Diogenes Taschenbuch 24582

de
te
be

AF198383

THOMAS MEYER, geboren 1974 in Zürich, arbeitete nach einem abgebrochenen Jura-Studium als Texter in Werbeagenturen und als Reporter auf Redaktionen. Seit 2012 ist er freier Schriftsteller und freut sich jeden Tag darüber. Seine *Wolkenbruch*-Romane und sein Sachbuch *Trennt Euch!* wurden zu Bestsellern, die Verfilmung *Wolkenbruch* (2018) war ein großer Kinoerfolg. Thomas Meyer lebt in Zürich.

Thomas Meyer

Wolkenbruchs waghalsiges Stelldichein mit der Spionin

ROMAN

Diogenes

Die Erstausgabe erschien
2019 im Diogenes Verlag
Covermotiv:
Copyright © Diogenes Verlag

Veröffentlicht als Diogenes Taschenbuch, 2021
Alle Rechte vorbehalten
Copyright © 2019
Diogenes Verlag AG Zürich
www.diogenes.ch
120/21/44/1
ISBN 978 3 257 24582 0

In liebevoller Erinnerung
an Ruth Duchstein

Der Mensch soll sich zur Hälfte für unschuldig
halten und zur Hälfte für schuldig.
Babylonischer Talmud

»Nein, Herr Wolkenbruch, leider nein.«

Mordechai schaut aus dem Fenster und fragt sich, was er mit dem Rest seines Lebens anfangen solle. Elf Stockwerke unter ihm sind lauter Menschen unterwegs, zu Fuß, auf dem Rad und im Auto. Mordechai beneidet sie darum, ein Ziel zu haben. Außer der Hotelbar hat er derzeit keines. Er sucht sie jeden Abend etwas früher auf, wobei er die Schwelle zum Nachmittag gestern eindeutig unterschritten hat. Die Uhr an der Wand hat ihm das mitgeteilt. Und die Mimik der Dame, die ihm seinen Gin Tonic hingestellt hat. Und die Tatsache, dass er ihn nicht hat ordern müssen.

Das Telefon auf dem Nachttisch klingelt. Mordechai setzt sich auf die Bettkante, hebt ab und meldet sich mit dem Einzigen, was ihm von seiner Familie geblieben ist: dem Namen.

»Guten Morgen, Herr Wolkenbruch!«, grüßt ihn die Dame von der Rezeption. »Sie haben Besuch. Von Herrn Hirsch. Er wartet in der Lobby auf Sie.«

Motti – eigentlich nennen ihn alle nur so – bedankt sich und legt auf. Er kennt keinen Herrn Hirsch. Der Name klingt zwar jüdisch, sagt ihm aber nichts. Nun gibt es Leute, die hätten den Fremden an den Apparat verlangt: Woher kennen wir uns? Was wollen Sie von mir? Andere hätten ihn einfach fortschicken lassen. Aber Motti ist wohlerzogen. Wenn ihn jemand sprechen will, putzt er sich die Zähne und tritt diesem Menschen gegenüber.

Im Spiegel des Aufzugs begegnet Motti Wolkenbruch einem Motti Wolkenbruch, der nur wenig Ähnlichkeit hat mit jenem, den er bis vor kurzem kannte: Er trägt keine orthodoxe Kleidung mehr, keine *Kippa* und keinen Bart, sondern Jeans und T-Shirt. Außerdem hat er aufgehört, zu beten und koscher zu essen. Er isst überhaupt kaum noch. Und das alles wegen Laura.

Als er die Lobby betritt, schaut er sich links und rechts nach diesem Herrn Hirsch um. Aus einem der Ledersessel erhebt sich ein kleiner, rundlicher Herr mit Haarkranz, einer dicken eckigen Brille, wie Politiker sie früher getragen haben, und einem ebenso altmodischen beigefarbenen Polohemd, aus dessen Kragen ein goldener Davidstern herausglänzt. Motti geht auf ihn zu. Der Mann, er dürfte um die fünfzig sein, streckt Motti seine Rechte hin und sagt erfreut und mit jiddischem Akzent: »Herr Wolkenbruch! Gideon Hirsch, mein Name.«

Motti schüttelt ihm zaghaft die Hand. Ist er ein Abgesandter seiner Eltern? Soll er Motti wieder nach Hause bringen? Für eine solche Mission sieht er allerdings nicht fromm genug aus.

»Bitte«, sagt Hirsch und weist einladend auf den Sessel gegenüber seinem.

Sie setzen sich. Von irgendwoher erklingt leise klassische Musik. Hirsch studiert einen Moment lang Mottis Gesicht und fragt: »Nu, Herr Wolkenbruch, wie geht es Ihnen?«

»Gut«, lügt Motti.

Hirsch nimmt einen Schluck von seinem Mineralwasser. »Aber Sie haben den Kontakt zu Ihrer *Mischpuche* verloren, nicht wahr?«

Also doch, denkt Motti. Ihm wird warm in der schmalen Brust. Er stellt sich vor, wie seine Mame, während hier über seine Heimkehr verhandelt wird, eine Hühnersuppe für ihn zubereitet, mit schwingendem Löffel und wackelndem *Tuches*.

»Ja. Und Sie sind gekommen, um zwischen uns zu vermitteln?«, fragt Motti. Überflüssigerweise, findet er.

Doch wie Hirsch nun aufhört zu lächeln und den Kopf schüttelt, so gut das bei seiner Halslosigkeit eben geht, ahnt Motti, dass die Verhältnisse wohl anders liegen.

»Nein, Herr Wolkenbruch, leider nein«, sagt Hirsch leise. »Gäbe es in Ihrem Fall noch etwas zu vermitteln, würde Ihr Rabbiner hier sitzen. Nicht ich.«

Motti wird unruhig. Wenn dieser Mann nicht gekommen ist, um ihn mit seiner Familie zu versöhnen – wozu denn dann?

Hirsch bemerkt Mottis Irritation, hebt die Hände und sagt feierlich: »Ich bin von den *Verlorenen Söhnen Israels*. Und Sie, mein lieber Herr Wolkenbruch, sind nun einer von uns.«

»Die *Verlorenen Söhne Israels*?«, fragt Motti verwirrt.

Hirsch nickt: »Wir sind eine Gruppe von *Jidn*, die nicht mehr orthodox leben und deren Familien deswegen mit ihnen gebrochen haben. Wir unterstützen einander, bei der Suche nach Arbeit und einer Wohnung und so weiter. Und wir möchten auch Ihnen helfen.«

Das Wort *gebrochen* schmerzt Motti. Gerade aus fremdem Mund macht es ihm bewusst, wie endgültig das Geschehene ist. Aber was hat er auch erwartet? Dass seine Eltern ihn, nachdem er sich mit einem nichtjüdischen Mädchen eingelassen hat, bloß zum Spaß rauswerfen und ihre Handynummern wechseln? Es ist wahr: Man hat mit ihm gebrochen, er ist ein verlorener Sohn. Hirsch, der sich wohl einst in einer vergleichbaren Situation befunden hat, beobachtet ihn teilnahmsvoll und winkt einen Kellner herbei, damit der Mottis Getränkewunsch aufnehme. Kurz darauf werden eine halbleere Flasche und ein halbvolles Glas Orangensaft auf den Clubtisch zwischen ihren Sesseln gestellt.

Motti trinkt, als hätte man ihm die pure Hoffnung serviert, und fragt schließlich: »Aber wie haben Sie denn von meiner Geschichte erfahren? Und mich hier gefunden?«

»Nu, wenn ein frommer *Jid* auf einmal Jeans trägt und etwas mit einer Schickse anfängt, bleibt das nicht lange ein Geheimnis«, antwortet Hirsch. »Ich habe dann einfach ein paar Hotels angerufen und nach einem Herrn Wolkenbruch gefragt. Beim sechsten hatte ich Erfolg. Zürich ist ja zum Glück keine Millionenstadt.« Hirsch schaut Motti einen Moment lang unbestimmt an. »Von Ihrem Fall konnte man allerdings auch in der *Jüdischen Zeitung* lesen«, fährt er fort, greift in den abgewetzten Lederrucksack, der neben seinem Sessel steht, und reicht Motti ein Stück Zeitungspapier. Es ist eine Todesanzeige.

Mordechai Wolkenbruch, steht da.

Er ist uns verlorengegangen, steht da.

Judith und Moses Wolkenbruch mit Familie, steht da.

Motti blickt entsetzt auf.

»Ich finde es auch sehr extrem. Aber leider ist so was nicht selten«, sagt Hirsch. »Die Eltern von Benjamin Stern haben sogar – kennen Sie Benjamin Stern? Aus Berlin?«

»Nein«, antwortet Motti und denkt sich: Ständig wollen die *Jidn* wissen, ob man die *Jidn* kenne, die sie kennen.

»Seine Eltern haben für ihn sogar eine Beerdigung abgehalten, mit leerem Sarg, bloß weil er ihnen gestanden hat, dass er sich nicht für Frauen interessiere. Das müssen Sie sich mal vorstellen: Da steht ein Grabstein in Berlin, und der Mann, zu dem er gehört, läuft noch herum!« Hirsch schüttelt empört den Kopf.

»Und was macht er jetzt?«, fragt Motti.

»Jetzt ist er bei uns. Wie Sie bald!«

»Wie meinen Sie?«

»Wir fliegen jetzt nach Hause. Nach Israel.«

Motti macht ein ratloses Gesicht, wie so oft in den vergangenen Tagen und Wochen. Er muss aufpassen, dass es nicht sein normales Gesicht wird.

»Unsere Maschine geht« – Hirsch schaut auf seine Armbanduhr – »in drei Stunden.«

Nach Israel. Nach Hause. Das waren schon vorher eng verwandte Begriffe. Und nun sollen es Synonyme sein?

Motti denkt nach. Aus der Hühnersuppe der Mame wird allem Anschein nach nichts. Laura hat sich auch nicht mehr gemeldet. Offenbar hat sie keine Lust darauf, einen Mann dabei zu begleiten, sich aus der Umklammerung einer jüdischen Mutter zu befreien. Und das Hotel hat seine Ersparnisse beinahe aufgezehrt. Das Hotel und dessen Bar, um genau zu sein.

»Okay«, sagt er.

Nachdem Motti seine Tasche aus dem Zimmer geholt und dieses sowie die Getränke aus der Lobby bezahlt hat, nehmen die beiden Männer vor dem Hotel ein Taxi und lassen sich in leichtem Regen und zu lautem Radiogeschwätz zum Flughafen bringen. Motti fällt auf, dass Hirsch nicht so gut riecht. Der Wagen nimmt die Einfahrt zur Autobahn, lässt die Stadt Zürich hinter sich und hält, weil in der Schweiz alles so dicht beieinander steht wie Joghurt im Kühlschrank, nur wenige Minuten später vor dem Flughafeneingang. Motti begleicht die Fahrt. Es ist das Mindeste, was er beitragen kann, wenn man ihn schon aus seiner Lage befreit, deren Misslichkeit ihm in der vergangenen Stunde immer bewusster geworden ist.

Der Flug geht aber nicht nach Tel Aviv, wie Motti feststellt, er geht nach Paris.

»Dort haben wir vier Stunden Aufenthalt«, erklärt Hirsch. »Das Ticket war so viel günstiger. Wissen Sie, wir haben nicht viel Geld. Und müssen manchen helfen.«

Motti sieht das ein. Sie geben seine Tasche auf, passieren die Sicherheitskontrolle und spazieren zum Gate, wobei Hirsch arg ins Schnaufen gerät. An einer Bar trinken sie einen Kaffee, erneut auf Rechnung von Motti, der nun ganz mitteilsam wird und sprudelnd die Ereignisse der letzten Monate zusammenfasst: erfolglose Versuche der Mame, ihn mit einer jüdischen Frau zu verheiraten, erfolgreicher Versuch seinerseits, mit einer nichtjüdischen Frau zu schlafen, erfolgloser Versuch, es mehr als zweimal zu tun, Abbruch sämtlicher Beziehungen. Hirsch hört aufmerksam zu und fragt schließlich: »Und wie fühlen Sie sich bei all dem, Herr Wolkenbruch? Aber sagen Sie bitte nicht wieder ›gut‹.«

»Ich weiß nicht …«, antwortet Motti, »… verraten. Und ungeliebt.« Indem er seine Empfindungen ausspricht, nimmt er sie noch viel stärker wahr. Seine Augen werden feucht.

»Nu, so würde es an Ihrer Stelle jedem gehen«, sagt Hirsch nach einer taktvollen Pause. »Aber ich denke, das liegt vor allem daran, dass Sie passiv erzählen.«

»Passiv?« Wieder das ratlose Gesicht.

»Ja. Sie sagen beispielsweise: *Meine Mame hat mich von zu Hause rausgeworfen.*«

»Hat sie ja«, schnieft Motti.

»Nein. Das haben Sie gemacht.«

»Ich?«

Hirsch nickt.

»Verstehe ich nicht.«

Im Hintergrund wird ein Flug nach Stockholm aufgerufen. Schon bei den ersten Worten federn reihenweise Leute von ihren Stühlen hoch und bilden eine Warteschlange, die sich in den nächsten zehn Minuten keinen Meter bewegen wird.

»Haben Ihre Eltern Ihnen etwa befohlen, mit dieser Frau intim zu werden?«

Motti ist nicht klar, worauf Hirsch hinauswill, muss aber zugeben, dass eine solche Anweisung nicht erteilt worden ist. Er schüttelt den Kopf.

»Sie hätten auf diese Geschichte verzichten können«, fährt Hirsch fort. »Ich sage nicht *müssen*. Ich sage nur *können*. Sie hätten sie zumindest verschweigen können. Sie hätten mit einem Dutzend weiterer Schicksen schlafen und einfach den Mund halten können.«

Ein Dutzend weiterer Schicksen, das gefällt Motti. Er grinst.

»Stattdessen haben Sie das getan, von dem Sie eigentlich wussten, dass es Ihre Eltern maximal verstören würde«, fährt Hirsch fort. »Sie sind mit einer Nichtjüdin ins Bett gegangen und haben zu Hause brühwarm davon erzählt. Das waren beides Entscheidungen. Ich sage nicht *Fehler.* Ich sage *Entscheidungen.*«

So hat Motti das noch nicht gesehen. Bisher empfand er sein Verhalten mehr als … nun, als Verhalten eben. Nicht als Umsetzung irgendeines Plans.

»Wissen Sie denn, warum Sie so gehandelt haben?«

»Mir hat diese Frau halt gefallen«, sagt Motti nach längerem Nachdenken. »Und ich wollte meine Eltern nicht anlügen.«

»Oh, hier wäre lügen aber klug gewesen!« Hirsch lacht. »Oder eben auch nicht. Kommt ganz darauf an, was man will.« Er hebt ironisch die Schultern und lässt sie wieder fallen. »Man könnte jedenfalls behaupten, dass Sie sich mit der Lage, in die Sie sich gebracht haben, einen Herzenswunsch erfüllt haben.«

»Es soll mein Wunsch gewesen sein, kein Zuhause mehr zu haben?« Motti klingt gereizt. Was bildet sich dieser Kerl eigentlich ein? Stellt ihm nach, hält ihm eine Todesanzeige unter die Nase und unterstellt ihm hirnrissige Absichten.

»Nicht grundsätzlich«, antwortet Hirsch. »Aber vielleicht nicht mehr *dieses* Zuhause? Mit all seinen Zwängen? Den 248 Geboten und 365 Verboten? In diesem Fall wäre Ihr Verhalten doch ausgesprochen vernünftig gewesen, nicht?«

Motti überlegt. Um sie herum starren die Leute auf ihr Smartphone, stecken es in die Tasche, wechseln ein paar Worte miteinander oder lesen kurz in einer Zeitschrift, nur um eine halbe Minute später das Gerät wieder hervorzuholen. Eine elegant gekleidete Frau gähnt, ohne sich die Hand vor den Mund zu halten. Wie ein alter Löwe im Zoo sieht sie aus. Motti erinnert sich, wie ihn seine Mame jedes Mal zurechtgewiesen hat, wenn er sich in ihren Augen zu intensiv mit seinem Telefon beschäftigte, und wie sie ihm, als er noch ganz klein war, diesen Spruch beigebracht hat: *Gähnen, husten, niesen: Hand muss Mund verschließen!* Es waren nicht alle Regeln schlecht, findet er. Es waren einfach zu viele. Zu viele und zu absurde. Zum Beispiel das Verbot, am *Schabbes* von der Elektrizität Gebrauch zu machen – als könnte man Gottes Liebe mit einem Lichtschalter abdrehen. Oder die zwanghafte Trennerei zwischen milchigen und fleischigen Nahrungsmitteln – am Ende landet doch alles in derselben Schüssel!

Nun ist auch Mottis und Hirschs Flug zum Einsteigen bereit, und wieder stürzen die Passagiere zum Gate, als gäbe es nicht genügend Sitzplätze in der Maschine. Erst recht keine längst zugewiesenen.

»Sie wollten Ihr altes Leben nicht mehr, Herr Wolkenbruch«, sagt Hirsch mit seinem rollenden jiddischen *R*, während er die allgemeine Hektik beobachtet. »Sonst hätten Sie es noch.«

»Mit noch glühenderem Eifer!«

Als am frühen Morgen des dreißigsten April 1945 amerikanische Infanterie aus mehreren Richtungen in München einmarschierte, weckte das bei den Einwohnern gegensätzliche Empfindungen. Die einen fühlten sich befreit, die anderen besiegt. Darüber, dass der Krieg nun aus war, herrschte angesichts der fremden Übermacht allerdings Einigkeit. Die Greise des *Volkssturms* und die Kinder der *Hitlerjugend* legten ihre Waffen nieder, die Straßenbahnfahrer hielten auf offener Strecke an, und alle gingen, sofern sie noch eines hatten, nach Hause.

ss-Obersturmbannführer Erich Wolf, ein schneidiger Vierundzwanzigjähriger mit teichgrünen Augen und Stirnglatze, beurteilte die Lage etwas anders. Gewiss, die Dinge standen nicht zum Besten, seit die Plutokraten und die Bolschewisten gemeinsame Sache machten. Aber der Krieg verloren? Das *Reich* am Ende? Niemals! Erst zwei Tage zuvor hatte er diese Worte ein paar Drückebergern der *Freiheitsaktion Bayern,* die doch allen Ernstes kapitulieren wollten, ins Ohr gebrüllt, bevor er sie niederstreckte. Allerdings waren da die Amerikaner auch noch nicht hier gewesen.

Nun, da deren Panzer und Lastwagen unablässig in die Stadt rollten, zog sich Wolf mit seinem noch rund vierhundert Mann starken Bataillon in den Außenbezirk Obergiesing zurück, ließ die Fahrzeuge tarnen und erklomm mit seinem Stellvertreter, Sturmbannführer Kurt Hartnagel, den unversehrten Turm der Heilig-Kreuz-Kirche.

»Denen werden wir Saures geben«, sagte Wolf, während er durch seinen Feldstecher verfolgte, wie Straßenzug um Straßenzug an den Feind fiel. Als Münchner nahm er die Sache zutiefst persönlich.

Hartnagel, ein gewissenhafter Offizier mit Nickelbrille, erlaubte sich die Frage, was der Herr Obersturmbannführer gegen die Amerikaner auszurichten gedenke.

Wolf ließ das Fernglas sinken und starrte Hartnagel an. »Glauben Sie etwa nicht an den *Endsieg*?« Nur eines hasste er noch mehr als die Juden: Treulosigkeit.

»Doch, natürlich«, versicherte Hartnagel. »Aber was wir *konkret* tun wollen, meine ich.«

Die Frage war nicht unbegründet. Nebst Wolfs Kommandeurswagen – einem offenen Mercedes Benz Typ 320, in dem er auch unter Beschuss aufrecht zu sitzen pflegte – verfügten sie über zwei Opel-Blitz-Lastwagen und ein Halbkettenfahrzeug, das eine reichlich ausgeleierte 8,8-cm-Kanone zog und noch elf Granaten dafür mitführte. Es mangelte außerdem an Gewehrmunition, Treibstoff, Medikamenten und Verpflegung.

Wolf blickte wieder durch sein Glas. Er beschloss, getreu der jüngsten Anordnung des *Führers*, den Kampf in den Wäldern fortzusetzen. Hinterhalt. Sabotage. Partisanenkrieg. Was die Russen konnten, das konnten sie schon lange.

»Mit noch glühenderem Eifer«, befahl er.

Doch Eifer hatte das Kriegsglück zuvor schon nicht zu begünstigen vermocht und tat es auch jetzt nicht. Wo die Einheit in den folgenden Tagen und Nächten hinkam, wimmelte es von wohlgenährten und ausgeschlafenen amerikanischen Truppen, die ausgesprochen humorlos auf den Anblick der gefleckten Waffen-ss-Tarnanzüge reagierten und sofort das Feuer eröffneten. Gingen Wolf und seine Männer ihrerseits zum Angriff über, tauchten beängstigend schnell aluminiumglänzende P-47 oder P-51 über ihnen auf und nahmen sie unter Beschuss. Binnen einer Woche hatten sie so ihr Geschütz, sämtliche Fahrzeuge und über achtzig Mann verloren. Mehr als zweihundert weitere waren verwundet worden, darunter auch Wolf, der seit neuestem mit einer Bahre herumgetragen werden musste; auf dem Bauch liegend, weil ihn eine amerikanische Kugel am Hintern erwischt hatte. Bei der einen Backe rein und wieder raus und das gleiche bei der anderen. Seine Leute nannte ihn jetzt heimlich den »Mann mit den fünf Arschlöchern«. Das war aber auch der einzige Grund zum Lachen, den sie noch hatten. Sie, die es gewohnt waren, dass man ihnen entweder zujubelte oder sich vor ihnen in den Staub warf, mussten sich verstecken. Und das in Deutschland! Schlimmer noch, in Bayern. Sie zogen durch die Wälder, schliefen im Laub, aßen Wurzeln und Eicheln, schlichen nachts über die Äcker und stahlen Eier und Hühner von den Bauernhöfen. Und sooft sie die charakteristisch heulenden Motoren der amerikanischen Fahrzeuge nahen hörten, drückten sie, die einstige Elite, sich bang auf den Boden. Es war peinlich.

»Diese verfluchten Judenschweine«, schimpfte Wolf leise auf seiner hastig abgestellten Bahre, während keine zweihundert Meter entfernt eine Kompanie us-Soldaten in ihren olivgrünen Uniformen am Waldrand vorbeizog, im Gefolge zweier Sherman-Panzer. Nicht singend und plaudernd, wie bisher, sondern schweigsam und mit schussbereiten Karabinern und Thompson-Maschinenpistolen. Eine Gruppe trug einen zerlegten Mörser. Offenbar machte man mittlerweile gezielt Jagd auf Wolfs Einheit.

»Wo?«, flüsterte Hartnagel, der neben ihm auf dem Waldboden lag.

»Na, da vorn! Sind Sie blind?«, herrschte Wolf, für den die Amerikaner quasi eine Übersee-Import-Version der Juden darstellten, seinen Untergebenen gepresst an.

Hartnagel sah bloß die Amerikaner. Mochte sein, dass Juden darunter waren. Er versuchte angestrengt, in ihren Gesichtern die typischen Merkmale zu erkennen – die kolossalen Nasen, der verschlagene Blick. Aber sie waren zu weit weg.

»Kaum haben wir diese Ratten vertilgt, kommen schon neue«, zischte Wolf, der offenbar die besseren Augen hatte.

Hartnagel schwieg. Es war ihm ja keine Frage gestellt worden. Er hätte auch keine Antwort gewusst. Sich abknallen zu lassen oder sich selbst zu erschießen schienen derzeit die einzigen Optionen.

Die feindlichen Soldaten entfernten sich. Wolf dachte nach. Solange seine tapferen Männer lebten, bestand das *Reich* fort. In jedem einzelnen von ihnen. Doch wie lange würden sie noch durchhalten? Die Kommandostrukturen waren zusammengebrochen, die Nachschubwege ebenso. Sie waren völlig auf sich allein gestellt. Tatsächlich? Waren sie wirklich die letzten Nationalsozialisten? Es musste doch noch welche geben, die dachten wie sie! Und bereit waren, entsprechend zu handeln.

Just in dem Moment hörten Wolf und Hartnagel hinter sich Schritte im Laub und zogen gleichzeitig ihre Walther P.38. Während sie sich umwandten, sagte ein Mann in breitem, fröhlichem Bairisch: »Sieh an, sieh an! Man darf also noch hoffen!«

Wolf und Hartnagel zielten mit ihren Pistolen auf einen gutgelaunten, pausbäckigen Mann in Jägerkluft. Er hatte ein Gewehr, aber es war geschultert, und er war offenkundig Deutscher. Sie steckten die Waffen wieder ein und erhoben sich.

Der Jäger, eine wuchtige Gestalt mit listigen, baumrindenbraunen Äuglein, streckte seinen rechten Arm hoch und rief: »Heil Hitler!«

»Heil Hitler!«, riefen Wolf und Hartnagel, nachdem sie sich vergewissert hatten, dass keine Amerikaner mehr in der Nähe waren.

»Wobei man das ja leider nicht mehr so sagen darf«, meinte der Jäger, auf einmal betrübt.

»Wieso nicht?«, fauchte Wolf. War der Kerl etwa auch so ein Wehrkraftzersetzer von der *Freiheitsaktion*? Dann war er hier aber zum letzten Mal auf der Pirsch!

»Sie wissen es nicht? Dass unser *Führer* … dass er … nicht mehr unter uns ist?«, überbrachte der Jäger die schreckliche Nachricht möglichst behutsam.

»Um Himmels willen!«, rief Hartnagel und schlug sich die Hand vor den Mund.

»Nein, das ist uns neu«, sagte Wolf mit der ihm eigenen Nonchalance.

»Die Russen haben ihn dazu getrieben, seinem Leben ein Ende zu setzen. Vor zwei Wochen.«

Hartnagel machte ein Geräusch, das klang, als würde er gleich anfangen zu weinen.

»Reißen Sie sich zusammen, Mann«, wies ihn Wolf zurecht.

Vögel zwitscherten. Die Sonne schien golden durch die Fichten. Richtiges *Hitlerwetter,* dachte Wolf und beschloss, es weiterhin so zu nennen.

»Ja, eine traurige Geschichte«, sagte der Jäger. »Aber wenn Sie gestatten, meine Herren: Sie wirken etwas erschöpft.«

»Wir sind nicht erschöpft«, widersprach Wolf.

»Eine gute bayrische Leberknödelsuppe würde aber keinen Schaden anrichten, oder?«

Hartnagel, gut zwölf Kilo leichter als zu Kriegsbeginn, warf seinem ebenfalls ausgezehrten Kommandanten einen flehenden Blick zu.

»Nein, bestimmt nicht«, erwiderte Wolf, dem das Wasser im Mund zusammenlief.

»Haben Sie eine Karte der Gegend?«, fragte der Jäger, holte einen Flachmann aus seiner Jackentasche und nahm einen tüchtigen Schluck.

»Selbstverständlich.« Wolf machte eine gebieterische Geste, woraufhin Hartnagel das Gewünschte entfaltete.

»Hier, das ist mein Hof«, sagte der Jäger, zeigte auf die betreffende Stelle und dann auf eine andere. »Am besten gehen Sie da lang.« Er schraubte den Deckel wieder zu.

»Das ist aber unwegsam«, sagte Hartnagel, der nur noch essen wollte, nicht klettern.

»Weswegen da auch keine Amis rumstreunen«, folgerte Wolf.

»Richtig. Wir dürfen also mit Ihrem Besuch rechnen, Obersturmbannführer? Ihre Leute können bei uns in Ruhe zu Kräften kommen.«

Wolf nickte.

»Ausgezeichnet. Meine Mägde werden schon mal den Kessel aufsetzen. Oh, verzeihen Sie … Huber, mein Name. Martin Huber.«

Er hob seinen grünen Jägerhut, unter dem kurzes graumeliertes Haar zum Vorschein kam.

»Wolf.«

»Hartnagel.«

Man verabschiedete sich mit dem Heilswunsch für den Mann, der zu ihrer aller Betrübnis nicht mehr lebte.

Wolfs Bataillon zählte jetzt noch 130 Mann, gut ein Sechstel der Sollstärke. Den letzten Sanitäter hatte es auch erwischt. Die abgerissene Truppe quälte sich durch den Wald. Dem einen fehlte ein Unterschenkel, dem anderen ein Arm, vielen der Helm. Sie stützten und trugen einander und fluchten leise vor Anstrengung, Schmerz, Hunger und Wut über den Krieg, der zweifelsfrei verloren und damit für alle vorbei war, außer für sie, weil Wolf gedroht hatte, jeden zu erschießen, der sich davonmachen wollte, was er in zwei Fällen auch bereits vollzogen hatte.

Die Verpflegung, die sie auf Hubers weitläufigem Hof bekamen, in einer großen Scheune vor Blicken geschützt, hellte ihre Stimmung erheblich auf. Dazu trug auch bei, dass Huber in seinem schwarzen Audi 920 ein paar Freunde hergebracht hatte: einen Bäcker mit kiloweise frischen Brötchen sowie einen Arzt namens Bauer und dessen Gehilfin Greta, eine überaus attraktive Zweiundzwanzigjährige mit steingrauen Augen und weißblondem Haar. Ihr bloßer Anblick ließ so manche Pein vergessen.

»Keine Sorge, die sind aus dem richtigen Holz geschnitzt«, sagte Huber, als Wolf die drei Zivilisten, die seine Leute versorgten, mit kritischen Blicken maß. »Und nun lassen Sie uns doch mal darüber sprechen, wie es weitergehen könnte mit dem *Reich*.«

»Ja, aber er hat ein neues Album!«

Nach zahllosen Flugmeilen und widerlichen Sandwiches verlassen Motti und Hirsch den nach Israels Staatsgründer David Ben Gurion benannten Flughafen und betreten das gegenüberliegende Parkhaus. Es ist erst März, aber schon sommerlich warm. Hirsch sucht lange nach dem Ticket und findet es schließlich in seiner Hosentasche. Er entknittert den kleinen Halbkarton, stopft ihn in den Automaten, der sich mehrmals weigert, ihn anzunehmen, stöhnt dann, als er sieht, wie hoch die Gebühr ist, und beginnt, Münzen aus diversen Taschen zu klauben. Diesmal kann Motti nicht helfen, da er kein israelisches Geld dabeihat, und das freut ihn nun ein wenig, nach allem, was er seit seinem Zusammentreffen mit Hirsch finanziert hat. Schließlich bringt dieser den Betrag doch noch zusammen und führt Motti zu seinem Auto, einem Subaru Justy, aus dessen Radhäusern der Rost hervorsprießt. Der Boden ist bedeckt mit flachgetretenem Müll. Es riecht nach Zwiebeln.

»Ich sollte hier mal aufräumen«, sagt Hirsch und weist auf die Deponie zu ihren Füßen, während er mit der anderen Hand den kleinen Wagen rückwärts aus dem Parkplatz lenkt.

Motti denkt: Ja, solltest du. Aufräumen und duschen. »Wohin fahren wir?«, fragt er.

»Zu unserem Kibbuz«, antwortet Hirsch und legt den Vorwärtsgang ein. »In einer Stunde sind wir da.« Er beginnt, Reihen geparkter Autos zu umkurven.

»Wie heißt er?«

»Kibbuz Schmira.«

Schmira. Schutz. Motti ist also auf dem Weg zu Menschen, die ihn beschützen.

Ihm fällt auf, dass der Motor des Autos kaum zu hören ist. Eigentlich gar nicht. Er nimmt bloß ein Summen wahr.

»Wieso hört man den Motor nicht?«, fragt Motti.

»Weil keiner drin ist. Zumindest kein Benzinmotor.«

»Sondern?« Ein Subaru Justy fällt eindeutig nicht in die Epoche der Elektroautos.

»Unser Gründer war Ingenieur, der hat mal was gebastelt. Keine Ahnung, war vor meiner Zeit.«

Sie fahren an Lod vorbei in Richtung Be'er Scheva. Zu ihrer Rechten sinkt die Sonne ins Meer, was so aber gar nicht stimmt, wie Motti sich erinnert. Ein Tag endet vielmehr, indem der entsprechende Erdteil aus dem Licht der Sonne hinausrotiert, mit bis zu 1640 Stundenkilometern. In den vergangenen Jahren hat Motti das im Religionsunterricht gewonnene und beim Beten vertiefte Wissen über die Entstehung der Welt – *am Anfang schuf Gott den Himmel und die Erde* – durch die heimliche Lektüre von Wikipedia-Einträgen ergänzt. Dabei hat er von einer Molekülwolke erfahren, die vor langer Zeit zu Staub zerfallen ist, der sich zu zahllosen Miniplaneten verdichtete, die so lange ineinanderkrachten, bis daraus die Erde entstand. Auf diese Weise wurde Motti zu einer Art orthodoxem Agnostiker:

Tagsüber las er unter einem Gebetsschal heilige Texte und abends unter der Bettdecke auf dem Smartphone solche, die ersteren deutlich widersprachen. Irgendwann kam er zum Schluss, dass ein Schöpfergott durchaus existieren kann, genausogut aber auch nicht. Dass etwa aus bloßem Weltraumstaub ein fruchtbarer, belebter Planet wird, lässt sich physikalisch erklären – aber ist es nicht auch göttlich? Selbiges gilt für den winzigen Samen, aus dem ein Baum wächst. Und Lauras nackter Körper erst – wer will da noch von bloßer Biologie sprechen! Doch was für ein Gott soll das wiederum sein, der solche Wesen erschafft, sie dann aber für verboten erklärt? Ein Koch, der lauter Köstlichkeiten zubereitet, nur um sie dann von der Menükarte zu streichen – ist er nicht vollkommen verrückt?

Wie es aber auch immer dazu gekommen ist, dass die Welt existiert; ob sie nun das Opus einer unsichtbaren Kreativgewalt ist oder das Ergebnis millionenjähriger Geröllverklumpung: Fest steht, dass nicht die Sonne hinter der Erde *untergeht,* sondern letztere sich von ersterer *wegwälzt,* und wie Motti dank Hirschs Anregungen erkannt hat, verhält es sich mit seiner Familie ganz ähnlich: Nicht sie hat sich von ihm abgewendet, sondern er sich von ihr. Ihm wurde nichts *angetan,* er hat *gehandelt.* Nicht unbedingt bewusst, aber effektiv. Auf einmal gut gelaunt, lehnt er sich in den durchgesessenen, jeglichen Seitenhalt vermissen lassenden Autositz zurück und schließt die Augen. Hirsch schaltet das Radio ein. Sinnigerweise lautet der Text des Liedes, das nun gegen den Fahrtwind anzukämpfen beginnt: »*Close your eyes and pray this wind don't change.*«

»Das ist das neue Album von Roger Waters!«, sagt Hirsch freudig und dreht lauter.

»Der ist doch ein Antisemit?«, sagt Motti, ohne die Augen zu öffnen.

»Ja, aber er hat ein neues Album!«, entgegnet Hirsch, anscheinend ein Spezialist für perspektivische Flexibilität.

Etwas später, Roger Waters hat das Mikrophon längst an einen Berufskollegen weitergereicht, fährt Hirsch vom Jitzhak-Rabin-Highway auf die Landstraße 264 ab. Motti erwacht, setzt sich gerade hin und blinzelt durch die staubstarrende Frontscheibe. Der Himmel ist inzwischen dunkelblau. Nach ein paar Minuten verlangsamt Hirsch, setzt den Blinker, lässt einen mit Betonröhren beladenen Lastwagen vorbeidonnern und biegt auf eine holprige Piste ab, die das kleine Auto auf und ab wackeln lässt. Das spröde Nichts rundherum verwandelt sich innerhalb weniger Meter in eine oasenartige Ansammlung von sattgrünen Sträuchern und Bäumen. Der Duft von trockener Erde und wilder Minze dringt durch das offene Seitenfenster.

Unter einem alten Wasserturm steht ein noch älteres landwirtschaftliches Kettenfahrzeug, beide scheinen noch in Gebrauch zu sein. Der Subaru hält vor einem hell erleuchteten eingeschossigen Gebäude mit breiter Glasfront, das von diversen kleineren flankiert ist. Jetzt sind nur noch Grillen zu hören.

Als Motti seine Tasche aus dem mikroskopischen Kofferraum hievt, erscheint ein hochgewachsener alter Mann vor dem Gebäude. Er dürfte etwa siebzig sein, trägt einen gepflegten Bart, einen beigen Leinenanzug mit hellblauem Hemd, offenem weißem Kragen und Strohhut. Eine elegante Erscheinung, ganz anders als Hirsch mit seinem müffelnden Polohemd und dem wirren Resthaar.

Der Alte kommt näher. Er hat klare, himmelblaue Augen; sie wirken eher wie die eines Kindes als eines Greises.

»Das ist er also«, sagt er. »Der Schicksenheld aus Zürich.«

Sein Jiddisch ist noch viel kratzender und singender als das von Hirsch; er sagt nicht *Zürich*, er sagt *Züürich*. Er betrachtet Motti eindringlich, während er aus seinem Jackett ein silbernes Etui befördert, es aufschnappen lässt, ihm eine Zigarette entnimmt, sie mit einem ebenfalls silbernen Benzinfeuerzeug entfacht und schließlich tief inhaliert.

»Ein ganz Gefährlicher ist das.« Hirsch lacht. Er hat sich neben Motti gestellt und tätschelt ihm die Schulter wie einem siegreichen Rennpferd.

»Steve«, sagt der Alte und reicht Motti eine kühle Hand.

»Motti«, sagt Motti und blickt ehrfürchtig zu Steve auf, der mit seinem Hut die Zweimetermarke problemlos überragt.

»Willkommen bei den *Verlorenen Söhnen*!«, sagt Steve, weist auf den Pavillon und geht voran. Seine Statur und der Zigarettenrauch lassen ihn wie einen spazierenden Fabrikschlot erscheinen. Motti hebt seine Tasche auf und folgt ihm. Eine weiße Katze setzt sich und beobachtet ihn. Der Wind greift in die Krone einer nahen Pappel.

»Nach Stalingrad … danach begann ich, am *Endsieg* zu zweifeln«

»And who are you?«

Der US-Militärpolizist fixierte den Mann, der in einem hellbraunen, schlechtsitzenden, da nicht ihm gehörenden Dreiteiler auf dem Beifahrersitz von Martin Hubers Audi saß. Huber kannte er. Den anderen nicht.

Huber erklärte dem Mann in bestem Englisch, dass sein Begleiter den Direktor seiner Brauerei ersetzen werde, der bedauerlicherweise beim Luftangriff am 21. April ums Leben gekommen sei. Letzteres stimmte. Ersteres nicht.

»Papers, please.«

Wolf reichte dem Soldaten eine graue Kennkarte. Dieser nahm sie entgegen und las neben einem Foto, das den Obersturmbannführer in Zivil zeigte:

Name: Wagner
Vornamen: Kurt Julius
Geburtstag: 30. Juli 1908
Geburtsort: München
Beruf: Kaufmann
Unveränderliche Kennzeichen: blaue Augen
Veränderliche Kennzeichen: keine

Der Militärpolizist prüfte das Dokument genau. Er wusste, dass in diesen Tagen überall Naziverbrecher untertauchten, und war auch über die ss-Einheit informiert, die sich nicht ergeben wollte und für diverse Feuerüberfälle in der Gegend verantwortlich war. Aber der Ausweis schien echt. Er war es auch; Huber hatte überallhin beste Kontakte.

»*Thank you, Sir*«, sagte der Militärpolizist und gab den Weg frei.

Es war ein warmer Frühlingstag, und solange man den Blick zu den putzig am Himmel herumeilenden Wölkchen gerichtet hielt, war es die reine Pracht. Ließ man ihn aber sinken, sah man die vielen halb oder ganz eingestürzten Häuser und all die Menschen auf der Suche nach Wasser, Essen und Kleidung. Viele zogen einen Handwagen mit ihren letzten Habseligkeiten hinter sich her.

»Diese Schweinerei haben wir den Juden zu verdanken«, schimpfte Huber.

Wolf nickte. Es gab in diesen Tagen kaum etwas, das nicht den Juden zu verdanken war. Aber wem waren eigentlich die Juden zu verdanken? Gab es so etwas wie einen Urjuden? Den Übervater des Bösen? Eine Frage, die Wolf schon als Kind beschäftigt hatte.

»Wir werden das alles wieder aufbauen«, sagte Huber und wies auf ein ausgebranntes Kaufhaus. »Alles. München, das *Reich,* die Partei, die *Wehrmacht.* Es wurden viele Fehler gemacht. Aber wir werden daraus lernen. Und stärker sein als zuvor.«

Wolf sah Huber von der Seite an. Er war sich noch nicht sicher, ob der Mann wahnsinnig war oder die Rettung.

Der Wagen hielt vor einem Fabrikgebäude aus dem vergangenen Jahrhundert. Einige Fenster waren geborsten, durch die Druckwelle einer Fliegerbombe, die in der Nähe detoniert war.

»Was wir jetzt brauchen, sind die richtigen Leute. Leute wie Sie und Ihre Männer, Obersturmbannführer – Verzeihung, ich meine natürlich: Herr Wagner«, sagte Huber und lachte so laut, dass sein Audi wackelte.

Sie stiegen aus – Wolfs Hintern schmerzte noch immer –, setzten ihre Hüte auf und betraten die Brauerei. Eine Handvoll Männer und Frauen waren an der Arbeit. Es war offensichtlich, dass hier schon mehr Regsamkeit geherrscht hatte. Huber ging voran, durchquerte die nach Hopfen riechende Halle, grüßte hier und dort, schloss eine schwere Tür auf, betätigte einen Lichtschalter und stieg eine Treppe hinab. Wolf folgte ihm.

»Diese Katakomben haben meine Vorfahren vor rund vierhundert Jahren angelegt«, erklärte Huber, als sie unten in einem kleinen Gewölbe angekommen waren, von dem links und rechts zwei Stollen abgingen, wie Wolf im schwachen Licht erkennen konnte. »Hier ist es immer kühl und trocken. Ideal für die Lagerung von Bier.«

Huber ging einige Schritte in den einen Stollen hinein. »Oder hiervon.« Er wies auf einen säuberlich an der Wand aufgeschichteten Stapel Holzkisten.

Wolf trat näher. Er kannte diese Kisten nur zu gut. Er hatte sie selbst oft geschleppt. Und später ihr Schleppen befohlen. *4 Stück Karabiner Typ 98 K,* stand auf einer. Auf einer anderen *MG 42 Nachschubkiste.* Es war ein ganzes Waffenlager voller Gewehre, Maschinengewehre, Maschinenpistolen, Panzerfäuste, Granatwerfer und passender Munition. Im anderen Stollen lagerten Generatoren, Lampen, Sanitätsmaterial und hunderte Benzinkanister.

»Na?«, fragte Huber stolz, öffnete seinen Flachmann, nahm einen Schluck daraus und reichte ihn Wolf.

»Danke, ich trinke nicht«, sagte dieser. »Und was ich hier sehe, berauscht mich zur Genüge.«

Huber lachte dröhnend.

»Aber darf ich fragen, woher Sie das alles haben? Das ist Eigentum der *Wehrmacht*.«

Huber überlegte kurz. »Ich glaube, wir haben genug voneinander gesehen, um offen sprechen zu können?«

Wolf nickte auffordernd.

»Nach Stalingrad … danach begann ich, am *Endsieg* zu zweifeln«, sagte Huber. Er erntete einen empörten Blick von Wolf, weswegen er mit erhobener Hand nachschob: »Nicht im Grundsatz. Sondern der militärischen Lage wegen. Ich glaube, wir haben uns schlechterdings übernommen. Wir hätten eines nach dem anderen erledigen sollen. Immer nur einen Gegner bekämpfen. Und zügig nach England, damit die Amis in Europa keine Basis aufbauen können. So hätte man das machen müssen.«

Wolf starrte Huber abwartend an. Er konnte diese Besserwisser nicht ausstehen. Keinen Tag an der Front, aber schlauer als alle, die gedient haben.

»Jedenfalls habe ich, als es im Osten rückwärts ging, mit einigen Freunden, die in der Armee hohe Ränge bekleiden … bekleidet haben …« Huber stockte, und rieb seine feuchten Augen mit Daumen und Zeigefinger. »Der Gustl! Der Franze! Der Poidl! Alle tot!«

»Sie sind für Deutschland gestorben«, sagte Wolf kühl.

»Ja … Sie haben recht …« Huber nahm einen Schluck und fuhr fort: »Jedenfalls waren wir der Meinung, dass es von Nutzen sein könnte, vorzusorgen für den Fall, dass … dass … –«

»… für den Fall, der nun eingetreten ist«, ergänzte Wolf.

»Ja.«

Es war blanker Defätismus und obendrein Diebstahl von Staatseigentum. Landesverrat, mit einem Wort. Noch wenige Wochen zuvor hätte Wolf diese Figuren alle vor Kriegsgericht gebracht. Doch angesichts der aktuellen Situation musste er zugeben, dass Huber und seine Freunde weitsichtig gehandelt hatten.

»Gibt es noch mehr?«, fragte er.

»Mehr Material?«

»Ja.«

»Einiges. Sogar zwei Sturmgeschütze. Und auch mehr Leute. Mutige Leute. Ich denke, wir sind in der Lage, in den Bergen etwas Ähnliches wie hier –«

Wolf wusste, worauf Huber hinauswollte: »Die *Alpenfestung*«, sagte er mit einem Grinsen.

>»Ich habe meinen Eltern damals
monatelang Briefe geschrieben und
nie eine Antwort erhalten.«

Motti betritt den Pavillon und sieht sich um. Es gibt vier
lange Tische mit leicht zu reinigender Oberfläche und passenden Stühlen sowie im hinteren Bereich zwei Sofas. An
den Wänden hängen verblichene Poster mit Luftaufnahmen
von Israel. In Kombination mit dem Geruch zahlloser
Mahlzeiten erinnert der Raum Motti an den Speisesaal des
jüdischen Altersheims, in dem seine Großeltern leben. Von
denen hat er natürlich auch nichts mehr gehört.

Auf der rechten Seite ist die Essensausgabe, dahinter die
Küche. Es sind keine Speisen aufgetragen, aber die Geräu-
sche lassen darauf schließen, dass sie gerade zubereitet werden. Die Tür geht auf, und eine füllige, forsche Dame mitt-
leren Alters kommt heraus.

»Das ist Rifka«, sagt Steve.

Motti geht auf die Frau zu, sagt, er heiße Motti und freue
sich, Rifka kennenzulernen, aber die freut sich ihrerseits offenbar überhaupt nicht. Sie nickt bloß knapp, murmelt eine
ebensolche Begrüßung und entfernt sich in Richtung der
Toilette.

»Mach dir nichts draus«, sagt Steve, »sie ist zu allen so.
Der dort hinten hat bessere Laune. Benjamin!«

Von einem der Sofas schaut ein lesender Mann auf. Er ist etwas älter als Motti und deutlich sportlicher, was allerdings auf die meisten Männer zutrifft. Er hat ein hübsches, freundliches Gesicht, sein Haar ist so kurzgeschnitten wie sein Bart.

»Das ist Motti! Aus der Schweiz!«, ruft Steve.

»Hallo, Motti aus der Schweiz«, sagt Benjamin, winkt und wendet sich wieder seinem Buch zu.

»Das ist der, von dem ich dir erzählt habe – der mit dem Grabstein«, sagt Gideon Hirsch, der dazu übergegangen ist, Motti ebenfalls zu duzen.

In der Küche gesellt sich zum Klappern von Geschirr ein lautes, fröhliches Lachen.

»Und das ist Aaron«, sagt Steve und bedeutet Motti, in die Küche mitzukommen.

Aaron, ein sympathischer Krauskopf im Jogginganzug, den er wohl zu allem trägt außer zum Joggen, füllt in der Küche gerade einen riesigen Topf mit Wasser. Mehrere Packungen Spaghetti liegen bereit. Vor der Anrichte steht ein langhaariger Mann, wie Aaron ungefähr in Mottis Alter, und zerkleinert Tomaten. Er trägt weite bunte Kleidung und diverse Edelsteine um den Hals und stellt sich vor als Jitzhak Satyananda.

»Eigentlich heißt er Rubinfeld«, erklärt Aaron, »aber er war eine Weile in Indien und hat da *viel gelernt*.«

Aaron sagt ›viel gelernt‹ in einem Ton, als hätte Jitzhak ein Vermögen bezahlt für die Information, dass Eis in der Sonne schmilzt. Jitzhak lächelt gütig und schneidet weiter Tomaten. Er scheint es nicht nötig zu haben, sich zu erklären. Oder überhaupt zu reden.

Nachdem Aaron erfahren hat, dass Motti wegen einer Liebelei mit einer Nichtjüdin hier gelandet sei, lacht er wieder laut und will Einzelheiten wissen. Motti nennt zögernd Lauras Namen und ihr Alter, aber Aaron wünscht spezifischere Angaben.

»Jetzt lass ihn«, sagt Steve und wendet sich an Motti. »Und du komm, ich zeige dir deine Unterkunft.«

Während sie nebeneinander hergehen, erklärt Steve, dass manche nur wenige Tage im Kibbuz blieben und dann eine eigene Bleibe bezögen, andere länger, weil sie sich nicht so leicht in ihrem eltern-, geschwister-, freunde-, gemeinde- und religionslosen Leben zurechtfänden. Und dass es solche gebe, die sich ganz hier niederließen, weil sie sich wohlfühlten.

»Was denkst du«, fragt Steve, »zu welcher Gruppe gehörst du?«

Motti überlegt. »Ich weiß nicht«, sagt er dann. »Wohl nicht zur ersten. Zur letzten ziemlich sicher auch nicht.«

Steve lächelt. »Ich schon. Seit sechsundzwanzig Jahren nun.«

Sie kommen zu einem länglichen Bungalow mit lauter Türen in einer Reihe. Steve angelt einen Schlüssel aus der Tasche seines Jacketts. Auf dem Anhängerschildchen steht eine Sieben, wie auf der Tür, vor der sie stehen. Steve schließt auf und macht Licht. Ein schmales Bett wird sichtbar, daneben ein kleiner Tisch mit zwei hölzernen Hockern, deren Anstrich abblättert, eine Kleiderstange voller ungleicher Bügel, eine Kommode sowie eine enge Toilette mit Dusche. Motti tritt ein.

»Wir sehen uns beim Abendessen«, sagt Steve, schenkt Motti ein ermutigendes Lächeln und zieht die Tür hinter sich zu.

Motti setzt sich auf das Bett und sieht sich um. Das Zimmer ist sauber, aber in keiner Weise luxuriös, und nichts darin ist neu. Außer der Orange, die in einem Teller auf dem Tisch liegt.

Im Vergleich zu dem Hotel, in dem er am Morgen erwacht ist, muss man von einer deutlichen Schmälerung der Lebensumstände sprechen, und Motti fragt sich, ob er nicht doch zur Gruppe derer gehöre, die sofort wieder weiterziehen. Innerlich aber sieht die Sache ganz anders aus; innerlich hockt Motti nicht mehr allein in einer kalten dunklen Höhle, sondern er sitzt mit Schicksalsgenossen um ein prasselndes Feuer herum. Er ist ein verlorener Sohn, ja. Aber er ist auch ein gefundener Bruder.

Nach dem Abendessen ist vieles schon erstaunlich vertraut: Steve raucht, Gideon philosophiert, Benjamin liest, Jitzhak schweigt, Aaron lacht und Rifka hat schlechte Laune. Steve erklärt Motti, dass der Kibbuz sich durch den Anbau und Verkauf von Jaffa-Orangen finanziere. Dabei werde Motti helfen müssen, wie jeder hier, und bei überhaupt allem, was so anfalle. Und das sei nicht wenig.

»Oh, übrigens … ich brauche dein Handy«, sagt Steve.

»Warum?«

»Du bekommst es wieder. Aber die erste Zeit hier fällt leichter, wenn keine Kommunikation mit der Familie und Freunden stattfindet.«

Motti zögert.

»Glaub mir, ich weiß, wovon ich rede. Ich habe meinen Eltern damals monatelang Briefe geschrieben und nie eine Antwort erhalten. Und als dann eine kam, hätte ich mir gewünscht, sie nicht gelesen zu haben.«

Motti, seine Mutter deutlich in den Ohren, zieht das Handy aus der Hosentasche. Er sieht ihm nach, wie es in Steves Jackett verschwindet, mitsamt seinem alten Leben.

Früh am nächsten Morgen steht Motti, die bleiche Haut dick mit Sonnenschutz eingerieben, auf einer Leiter. Saftige grüne Blätter kitzeln ihn am ganzen Körper, während er aus einem knapp fünf Meter hohen Baum Orangen herauspflückt und sie in eine baumwollene Umhängetasche legt. Sobald ihm die zu schwer wird, steigt er hinunter und leert die Früchte – man kann die Tasche unten mit einem Reißverschluss öffnen – in eine der herumstehenden, einfach gezimmerten Holzkisten. Die wiederum fallen in Aarons Aufgabengebiet: Er lädt sie auf einen kleinen Anhänger, und wenn keine Kiste mehr draufpasst, rumpelt er mit dem vorgespannten alten Kettenfahrzeug, das Motti am Abend zuvor gesehen hat, in einer Dieselwolke davon und kehrt wenig später mit einem Haufen leerer Kisten zurück, um sie unter den Bäumen zu verteilen.

Nach zwei Stunden ist Motti so weit, dass er nie wieder einer Zitrusfrucht begegnen möchte. Zudem hätte er sich gründlicher eincremen sollen.

Eine weitere Stunde später ruft Aaron ihm zu: »Es ist zu heiß zum Arbeiten!«

»Sag bloß«, ruft Motti zurück und pflückt eine Orange. Es muss die zehntausendste sein.

»Also Schluss damit! Es ist schon nach zehn.« Aaron tippt auf die Uhr an seinem Handgelenk.

Motti schaut ihn verwundert an.

»Wir hören auf für heute. Runter mit dir.« Aaron lacht und weist gespielt herrisch neben sich zu Boden.

Motti klettert die Leiter hinab und leert seinen Beutel aus. »Und was machen wir mit dem restlichen Tag?«

»Wir fahren die Orangen in die Fabrik«, antwortet Aaron, der schnaufend eine Kiste auf den Anhänger hievt und Motti mit dem Kinn bedeutet, es ihm gleichzutun. »Dort werden die schönen exportiert und die weniger schönen versaftet. Und aus den Schalen machen sie Dünger. Für neue Orangen.«

Nachdem sie die Kisten auf einen Nissan-Pritschenwagen umgeladen haben, wohl weit über dessen zulässiges Ladegewicht hinaus, stellt Aaron schon nach wenigen Metern Fahrt neue Fragen zu Mottis Schickse. Und ein Foto möchte er sehen.

»Auf meinem Handy hätte ich welche«, sagt Motti.

»Ist sie auf Facebook?«, fragt Aaron.

»Weiß nicht.«

»Schau mal bei mir«, sagt Aaron, klaubt sein Handy aus der Hosentasche und reicht es Motti. Offenbar ist er schon so lange bei den *Verlorenen Söhnen,* dass er seines wieder hat.

Motti öffnet die App, tippt Lauras Namen in das Suchfeld ein und findet ihr Profil. Sie schaut keck in die Kamera. Man erkennt einen aufregenden Schatten in ihrem Dekolleté. In Motti steigen allerlei Gefühle auf. Er scrollt nach unten. Das hätte er nicht tun sollen. Jetzt sieht er nicht nur Laura, wie sie mit ihren Freundinnen in einer Bar herumalbert, sondern auch, wie ein ziemlich gutaussehender junger Mann seinen Arm um sie legt. Und wie er ihr einen Kuss auf die Wange drückt. Und dann einen auf den Mund.

»Und?«, fragt Aaron.

Motti antwortet nicht.

Aaron beugt sich zu Motti hinüber, um einen Blick auf das Foto zu werfen. »Scheiße«, sagt er.

Motti lässt das Handy sinken und schaut zum Fenster hinaus.

»Sorry, Mann«, sagt Aaron.

Sie hat also einen Neuen. Wie lange ist es her, dass sie miteinander geschlafen haben? Zwei Wochen? Laura mit einem anderen zu sehen, hätte Motti schon tief genug getroffen. Dass sie sich aber so wenig Zeit gelassen hat damit, macht ihn völlig fertig. Er fühlt sich ersetzt. Das ist beinahe noch unerfreulicher, als für tot erklärt zu werden.

Nachdem sie zurück im Kibbuz sind, Aaron einen Teller Falafel verschlungen und Motti den seinen kaum angerührt hat, erfährt er, wo Hühnerfutter, Toilettenpapier, Verbandskasten und Feuerlöscher zu finden sind und wie die Aufgabenverteilung geregelt ist. Küche, Putzen, Büro, Orangen – das ist nun die Umlaufbahn seines Lebens. Es sieht zwar nicht danach aus, als würde er hier, inmitten der *Verlorenen Söhne,* eine Frau vom Schlag einer Laura vorfinden. Andererseits muss er keine Mädchen mehr treffen, mit denen seine Mutter ihn verheiraten will. Und sich nicht mehr ständig von ihr erklären lassen, was gut für ihn sei. Und wie unwichtig und lästig seine Meinung dazu. Und wie Motti so neben Aaron im Kibbuz herumspaziert, auf Betonplattenwegen zwischen blühenden Sträuchern, fühlt er sich zum ersten Mal in seinem Leben als eigene Person.

»... wie heißt der holländische Kleckser gleich noch mal ... der immer so düster malte ...«

Aus dem Dickicht tauchte der Kopf eines Fuchses auf. Er schüttelte sich den Schnee vom Leib, blieb reglos stehen und horchte. Er vernahm ein Geräusch. Es war unnatürlich und näherte sich. Der Fuchs kannte und fürchtete es. Er wich ein paar Schritte zurück. Das Geräusch wurde lauter, und bald zeigte sich auch seine Quelle: ein kreischend lärmiger Kasten, in dem drei Menschen saßen, so schnell wieder verschwunden, wie er gekommen war, einen üblen Geruch hinterlassend. Der Fuchs wartete, bis wieder Ruhe herrschte. Schließlich überquerte er trabend die Straße, die durch das Isartal führte, und wurde auf der anderen Seite vom weißen Wald verschluckt.

»Haben Sie den Fuchs gesehen, Herr Doktor?«, fragte Greta, den Kopf immer noch nach hinten gewandt.

»Nein«, antwortete Dr. Bauer auf der Rückbank und zog an seiner Zigarette.

»Ein schönes und kluges Tier«, lobte Huber, der am Steuer saß. »Ich jage es gern.«

Dr. Bauer und seine Gehilfin Greta hatten München vor wenigen Stunden verlassen, wurden dort aber bereits arg vermisst, in Bauers Fall sogar betrauert. Er hatte seiner Frau einen Abschiedsbrief hinterlassen, worin zu lesen war, dass ihn die Strapazen des Krieges, namentlich im medizinischen Dienst, seelisch zu sehr zerrüttet hätten. Um sein vorgetäuschtes Schicksal zu besiegeln, hatte er seinen Wagen am Ufer des Starnberger Sees geparkt und seine Kleider säuberlich gefaltet auf den Fahrersitz gelegt, zuoberst seine Armbanduhr und Brieftasche. Wer das Ensemble vorfinden würde, erhielte den Eindruck, dass hier einer des Lebens müde gewesen und ins Wasser gegangen war.

Greta hatte eine weniger dramatische, aber nicht minder endgültige Variante des Abschieds gewählt, indem sie verbreitet hatte, sich in einen amerikanischen Soldaten verliebt zu haben und diesem in dessen Heimat zu folgen. Was für eine Schmach – ein deutsches Mädchen in den Armen eines Judensöldners!

Sie erreichten Kochel am See und fuhren weiter nach Altjoch zum Walchenseekraftwerk. Huber hielt neben dem Maschinenhaus. »Es sind nur noch ein paar Schritte«, sagte er und stieg aus.

Dr. Bauer und Greta nahmen ihre Taschen aus dem Kofferraum und folgten Huber in Richtung der riesigen Druckrohre, die vom höhergelegenen Walchensee herunterführten. Sie waren aufgeregt. Ein neues Leben erwartete sie, ein Leben für das *Reich*. Huber hatte ihnen einige Wochen zuvor von dem Plan erzählt, den Nationalsozialismus quasi als Keimling in ebenso geheimer wie geschützter Umgebung zu hegen, bis er wieder stark genug war, um die plutokratisch-bolschewistischen Besatzer zu bezwingen. Ohne eine Sekunde zu zögern, hatten sie Huber ihrer Mitwirkung versichert.

Die Straße führte an den Druckrohren vorbei und endete am Fuß des Jochbergs.

Huber blieb stehen: »Na, wo ist denn nun diese sagenumwobene Festung, wo?« Er rieb sich verschmitzt die Hände.

Dr. Bauer und Greta sahen ihn verwundert an. Die Szenerie wirkte so spektakulär wie ein Wendeplatz für die Forstwirtschaft.

Huber lachte und ging ein paar Schritte weiter. Nun sahen sie es: ein Stahltor, mit Flecktarn bemalt und diversen Unebenheiten versehen. Links und rechts davon gab es kleine Schießscharten. Huber schlug viermal mit der Faust gegen das Tor. Es verging ein Moment, dann wurde es von einem Mann geöffnet, der einen schwarzen Overall mit Hakenkreuzarmbinde trug und eine MP 40 geschultert hatte.

»Heil Ihnen, mein *Neuer Führer*!«, salutierte er mit gestrecktem Arm.

»Heil!«, rief Huber und hob den seinen.

Der Soldat trat zur Seite und blieb in Habachtstellung stehen.

»Bitte, meine Freunde«, sagte Huber und wies ins Innere des Stollens. »Willkommen in der *Alpenfestung Germania.*«

Nach wenigen Schritten gelangten sie zu einer gigantischen Kaverne, die Huber zufolge den Namen *Walhalla* trug. Gewaltige Trägerkonstruktionen aus Stahl spannten sich die Decke entlang. Lange Hakenkreuzflaggen hingen herab, von Scheinwerfern beleuchtet. Kleine elektrifizierte Traktoren fuhren Baumaterial, Getreide, Wasser und Huber-Bier von hier nach da. Es herrschte ein Betrieb, der in scharfem Kontrast stand zur winterlichen Stille und Ödnis draußen.

»Und?«, fragte Huber, vor Stolz überquellend.

Greta und Dr. Bauer antworteten nicht, sie starrten bloß. Sie hatten sich darauf eingestellt, die kommenden Jahre in einem zugigen Bretterverschlag mitten im Wald zu hausen oder in einem System von Erdlöchern. Niemals hätten sie damit gerechnet, dass die *Alpenfestung* tatsächlich schon eine Festung war, zumal von solchen Ausmaßen, auch wenn an zahlreichen Stellen noch gebaut wurde. In alle Richtungen gingen breite Stollen ab.

»Wie ist das so schnell gegangen?«, fragte Dr. Bauer, immer noch staunend.

»So, wie es bisher auch gegangen ist! Beinahe noch besser!« Huber lachte schallend. »Es gibt eine Menge Leute, die unbedingt ein Bild von diesem … wie heißt der holländische Kleckser gleich noch mal … der immer so düster malte …«

»Rembrandt?«, fragte Dr. Bauer.

»Genau. Die wollen alle was von dem. Und wenn es früher mal einer jüdischen Familie gehört hat, zahlen sie vor lauter Freude gleich doppelt so viel.«

Ein Dutzend müder Gestalten zog mit leeren Gesichtern vorbei. Sie trugen grobe Sträflingskleidung und wurden von kräftigen Männern begleitet, die wie die Wache am Eingang schwarze Overalls trugen und Maschinenpistolen umgehängt hatten. Ein Offizier war auch dabei. Es war Wolf. Er löste sich von der Gruppe und kam auf Huber und die beiden Neuankömmlinge zu.

»Heil Ihnen, mein *Neuer Führer!*«, rief er und riss den Arm hoch.

»Heil Ihnen, mein lieber Wolf«, grüßte Huber zurück.

Wolf gab Dr. Bauer und Greta die Hand. Sein einstiges Misstrauen war verflogen. »Willkommen im *wahren* Deutschland«, sagte er verschwörerisch.

»Sind das gefangene Amerikaner? Oder Russen?« Dr. Bauer wies auf die Männer, die gerade mit krummen Rücken in einem Stollen verschwanden.

»Nein«, antwortete Wolf. »Homosexuelle, Asoziale, Geisteskranke.«

»Zwangsarbeiter«, fasste Huber zusammen. »Eine andere schöne Tradition, die wir hier weiterführen.« Wieder lachte er laut. »Die bekommen jetzt ihre Kohlrübensuppe. Und wir einen ordentlichen Braten. Kommen Sie!«

In der Offiziersmesse war ein angeregtes Gespräch im Gange. Ein paar jüngere Männer, das Haar an der Seite kurzgeschoren und oben pomadisiert, gaben sich Gedankenspielen über neue *Wunderwaffen* hin. Von einem Riesenpanzer war die Rede, 1500 Tonnen schwer, mit einer 80-Zentimeter-Kanone bestückt und von einhundert Mann bedient. Als Greta den Raum betrat, erstarb die Unterhaltung. Ebenso begehrliche wie chancenlose Blicke hefteten sich auf ihren wohlgeformten Körper und lösten sich sogleich wieder. Lautstark wurde das Gespräch fortgesetzt: Da gebe es doch diesen neuen Schwebeapparat! Überschallschnell und lautlos! Kurz vor der Fertigstellung! Feinste deutsche Wertarbeit! Nieder mit den Amerikanern! Nieder mit ihren Hintermännern, den Juden! Hoch lebe Deutschland! Hoch lebe Huber! Heil Huber! Sie sprangen von ihren Stühlen hoch und überboten sich mit Siegesschwüren und Treuebekundungen.

Huber lachte und begrüßte alle herzlich.

»Mein *Neuer Führer,* wann werden wir endlich losschlagen?«, fragte einer der jungen Offiziere fiebrig.

Huber wurde ernst. Er raffte die Jacke seiner grünen Jägerkluft, die zu seiner Uniform geworden war. »Erst, wenn danach keiner mehr zurückschlagen kann.«

»Nu, frag nicht so blöd!«

Steve tritt in weißem Hemd und rostroter Stoffhose zu Aaron an den Frühstückstisch, wünscht ihm einen guten Morgen und legt eine Liste vor ihn hin. Es steht nicht viel darauf, aber große Mengen davon: *Salz 10 kg, Mehl 10 kg, Zucker 5 kg, Waschmittel 50 kg, Nudeln 30 kg, Toiletten-papier 400 Rollen.*

»Nimm Motti mit«, sagt Steve, holt ein Bündel Geld-scheine aus der Hosentasche, zählt einige ab und legt sie auf die Liste. »Tausend Schekel. Sollte reichen.«

»Mach ich«, sagt Aaron mit vollem Mund und steckt Geld und Liste ein.

Eine Stunde später schieben Motti und Aaron zwei Rollwa-gen zur Kasse des Großhandels in Be'er Schewa. Eine kleine dürre alte Dame mit spitzer Nase, tiefrot gefärbtem Haar und verblüffend lauter Stimme nennt den Preis: »832 Sche-kel und 60 Agorot, bitte.«

Aaron greift in seine Hosentasche, holt das Geldbündel hervor, zählt ab und erschrickt.

»Oh«, macht er und zählt nochmals.

»Was ist?«, fragt Motti.

Aaron antwortet nicht, sondern fängt an, aufgeregt in seinen Taschen zu wühlen. Die Dürre an der Kasse beobachtet ihn genervt. Schließlich sagt er fassungslos zu Motti: »Die Hälfte des Geldes fehlt!«

»Dann muss eben die Hälfte zurück!«, ruft die Dürre. Sie zeigt mit einem steckenartigen Fingerchen in die Richtung, aus der Motti und Aaron gekommen sind.

»Ich … ich hatte es doch eingesteckt«, stammelt Aaron und klopft wieder auf seinen Taschen herum, als spiele er Bongo.

»Sie können nachher suchen, bitte!«, ruft die Kassiererin.

Also muss Aaron so lange Waren stornieren lassen und auf einen zweiten Rollwagen umladen, bis das Geld für die verbliebenen Artikel ausreicht. Zwischen jedem Strichcode-Scan und Tastendruck schenkt ihm die Dürre einen vernichtenden Blick.

Nachdem sie alles auf den Nissan geladen haben und eingestiegen sind, schlägt Aaron vor: »Wir sagen Steve einfach, er hätte mir nur fünfhundert gegeben, okay?«

Er schnallt sich an und steckt den Schlüssel ein. Eigentlich ist das nicht okay, findet Motti. Aaron will den Motor starten, aber weil Motti nicht antwortet, schaut er ihn fragend und ziemlich verzweifelt an. Also willigt Motti ein. Einmal gucken wie die Mame, und schon pariert er.

»Nur fünfhundert? Seid ihr sicher?«, fragt Steve, nachdem sie mit wesentlich weniger Ware heimgekehrt sind, als er ihnen aufgetragen hat, und Aaron den Grund nennt.

»Ja, wirklich«, sagt dieser und wirft Motti einen auffordernden Blick zu. Steve schaut Motti an. Motti nickt schnell und sieht zu Boden. Es vergehen zwei lange Sekunden.

Schließlich zuckt Steve mit den Schultern: »Ach ja …

man wird nicht jünger. Müsst ihr halt nochmals fahren, tut mir leid«.

Er händigt ihnen weitere fünfhundert Schekel aus, und es gibt ein freudiges Wiedersehen mit der Alten von der Kasse.

Danach interessiert sich Aaron nicht mehr sonderlich für Motti, was dieser bedauert. Er hätte sich gewünscht, in dem heiteren Kerlchen einen neuen Freund zu finden, zumal er ihm aus der Patsche geholfen hat. Doch sobald Motti die Unterhaltung auf eine persönliche Ebene zu bewegen versucht, beginnt Aaron, von etwas anderem zu reden. Auch Steve, Rifka, Benjamin und Jitzhak scheinen nicht erpicht, das Verhältnis zu Motti in Richtung einer Freundschaft zu lenken. Und die verschreckten jungen Jüdinnen und Juden, die Gideon von seinen regelmäßigen Rettungsmissionen mitbringt, bleiben auch nie lange.

Einige Wochen später, als Motti morgens nach dem Duschen in seinem Zimmer steht und sich abtrocknet, fragt er sich, ob vielleicht die Zeit gekommen sei, über seine nächste Lebensstation nachzudenken, und wie er sich das fragt, tut er es logischerweise auch bereits. Aber er hat keine Ahnung, was aus ihm werden soll. Vielleicht sollte er einfach aufs Geratewohl losziehen. Das Wenige, das er besitzt, in seine Tasche packen, per Autostopp nach Tel Aviv oder nach Eilat und irgendeinen Job annehmen.

Motti wirft sein Handtuch aufs Bett, tritt zur Kommode, zieht eine Unterhose an, dann ein T-Shirt und eine leichte Hose, und schlüpft in seine Sandalen. Eigentlich wäre er jetzt bereit zum Gehen; eigentlich müsste er nur noch seinen Pass nehmen und – … wo ist sein Pass? Er hat ihn doch unter die Hosen gelegt? Aber dort ist er nicht. Während Motti die Wäschestücke in der Schublade herumschiebt, klopft es an der Tür. Es ist Gideon. Heiße und dank ihm nicht sonderlich frische Luft wälzt sich in den Raum.

»Der Boss will dich sprechen«, sagt Gideon und reibt sich die feuchte Stirn mit seinem kurzen, dicken Unterarm ab.

»Weswegen?«, fragt Motti.

»Nu, frag nicht so blöd!«, herrscht Gideon ihn an, dreht sich um und marschiert davon.

Motti folgt ihm erschrocken. Sind sie hinter die Sache mit dem Geld gekommen?

Steve sitzt an seinem Schreibtisch und stützt den Kopf schwer in eine Hand. Zu Mottis Überraschung sind auch die anderen da. Sie stehen mit verschränkten Armen an den Wänden und schauen ihn vorwurfsvoll an.

»Setz dich, Motti«, sagt Steve ernst und weist auf den Stuhl ihm gegenüber. »Wir müssen mit dir reden.« Er zündet sich eine Zigarette an.

Aaron murmelt etwas zu Benjamin, es klingt abschätzig. Benjamin nickt.

»Ist etwas nicht in Ordnung?«, fragt Motti, während er Platz nimmt. Sein Herz klopft schnell.

Steve wechselt einen Blick mit Gideon, der sich links neben ihn gestellt hat. »Allerdings«, seufzt er und nimmt einen tiefen Zug.

Motti ist beunruhigt. »Was denn?«

Steve atmet den Rauch in einer Art aus, die von großer Enttäuschung kündet, und sagt: »Es fehlt Geld. Mehrere tausend Schekel.«

Motti schaut Aaron an, aber der wirkt nicht schuldbewusst, sondern erleichtert. Hat er die fünfhundert Schekel etwa gar nicht verloren, sondern verschwinden lassen? Und noch mehr genommen und den Verdacht auf Motti gelenkt?

»Ich war es nicht!«, verteidigt der sich.

»Natürlich. Was sollst du auch sagen, Junge«, flüstert Steve. Er legt die Zigarette in den Aschenbecher und schaut traurig zur Seite.

»Verlogenes Schwein«, faucht Jitzhak, der sanftmütige Jitzhak.

Aaron guckt noch immer, als wäre er der unbescholtenste Mensch der Welt. Und nennt Motti dann tatsächlich einen Dieb.

»Ich bin kein Dieb!« Wieso sagt Aaron so was? Mottis Augen füllen sich mit Tränen.

»Schafft ihn fort«, sagt Gideon.

Rifka packt Motti grob am Arm, verdreht ihn mit irgendeinem *Krav-Maga*-Griff, was Motti einen lauten Schmerzensschrei entlockt, zerrt ihn vom Stuhl hoch und schleift ihn ins Freie.

Motti ist außer sich. »Was soll das! Ich habe nichts getan! Lasst mich!«, schreit er und zappelt mit den Beinen. Benjamin und Jitzhak packen je eines. So schleppen sie ihn zu einem Nebengebäude, in dem die Vorräte gelagert werden. Hier gibt es eine Abstellkammer, die Motti noch nie gesehen hat. Sie lassen ihn zu Boden gleiten, und als er sich fluchend aufgerappelt hat, sind sie auch schon wieder draußen und haben die schwere Metalltür verriegelt.

»Hey!«, ruft Motti und poltert dagegen.

»Wir lassen dich wieder raus, wenn du zugibst, dass du

uns bestohlen hast«, sagt Rifka. Ihre Schritte und die der beiden anderen entfernen sich.

»Hab ich aber nicht!«, ruft Motti verzweifelt.

Es wird still. Motti betrachtet den Raum. Das Fenster ist vergittert. In der Ecke steht eine aufgespannte Tragbahre aus Militärbeständen auf dem Boden, mit einem Schlafsack drauf, der Farbe nach zu urteilen aus derselben Quelle. Daneben eine halbvolle Flasche Wasser. Rechts der Tür ein Campingklo, auf dessen Deckel zwei Rollen Papier liegen und darauf wiederum eine Zahnbürste und eine Tube Zahnpasta. Diese Durchgeknallten haben hier tatsächlich eine Gefängniszelle eingerichtet. Ob eigens für ihn oder schon vor längerem, kann Motti nicht sagen. Er schaut aus dem Fenster und sieht bloß eine Menge Grün. Nach ein paar Minuten setzt er sich auf die Bahre, den Rücken gegen die Wand gelehnt. Er versteht nicht, was ihm da geschehen ist. Er hat mehrere Schürfungen, die zu brennen beginnen. Wie kommen sie darauf, dass er sie bestohlen haben soll? Wieso glauben sie ihm nicht? Und wieso sperren sie ihn einfach ein?

Die Sonne geht unter. Schritte nähern sich. Im schwachen Licht geht die Tür auf. Gideon und Rifka. Ein Teller mit Orangenschnitzen, Fladenbrot und Gurke, eine weitere Wasserflasche sowie eine Kerze mit Streichhölzern werden auf den Boden gestellt.

»Ich habe kein Geld geklaut«, sagt Motti.

»Wir waren's nicht. Bleibst nur du«, sagt Rifka.

Motti fragt sich, ob er von Aaron erzählen soll. Aber sie würden ihm wohl nicht glauben. Und sicher ist er ja auch nicht. Die Tür wird wieder verschlossen. Motti zündet die

Kerze an, isst alles auf und versucht, sich Mut zu machen. Bestimmt wird Steve alles noch einmal prüfen und den Fehler finden, sagt er sich. Oder den wahren Schuldigen.

Er wartet, bis er müde wird, putzt die Zähne, setzt sich auf das Campingklo, beklagt stumm seine Lage, schlüpft in den Schlafsack, bläst die Kerze aus und schläft irgendwann unruhig ein.

Wenig später brüllt ihm eine Frau etwas Jiddisches ins Ohr. Dazu erschallen brachiale Trommelschläge, und gleißendes Licht strahlt von der Decke. Die Frau singt:

> *Ich hob dich zufil lib*
> *Ich trog ojf dir kajn has*
> *Ich hob dich zufil lib*
> *Zu sajn ojf dir in kaas*

Es ist ein jiddischer Klassiker von Chaim Tauber, den Jewrhythmics mit alten Synthesizern zu einem Italo-Disco-Track kombiniert haben. Die Musik donnert aus Lautsprechern, die der vor Schreck adrenalingeflutete Motti vorher nicht bemerkt hat; genausowenig wie die Deckenstrahler.

> *Ich hob dich zufil lib*
> *Zu sajn ojf dir gor bejs*
> *A nar ich hajs*
> *Ich wajs, ich hob dich lib*

Jetzt erkennt Motti, der sich aufgesetzt hat, den Text wieder. *Ich hab dich zu sehr lieb, ich trage keinen Hass gegen*

dich, Ich hab dich zu sehr lieb, um wütend zu sein auf dich;
ich bin ein Narr, ich weiß – ich hab dich lieb. Seine Mutter
hat das Lied auch oft gesungen.

Aber warum wecken sie ihn so unsanft und beleuchten
ihn wie ein Unfallfahrzeug?

Nach einer weiteren Strophe wird plötzlich alles wieder
still und dunkel. Motti nimmt nur noch sein rasendes Herz
wahr, das sich langsam beruhigt. Er legt sich hin und ist
bald eingeschlafen. Doch kurz darauf wird es erneut taghell
und dröhnt:

> *Ich hob dich zufil lib*
> *Ich trog ojf dir kajn has*

So geht das noch viermal in dieser Nacht und drei weitere
Nächte lang. Tagsüber bekommt er Besuch, mal von Gi-
deon, mal von Jitzhak, mal von Rifka, mal von Benjamin.
Sie wollen, dass er endlich gestehe.

> *Ich hob dich zufil lib*
> *Zu sajn ojf dir in kaas*

Sie wollen wissen, wie viel Geld er entwendet habe.

Keines, sagt Motti.

Wo er es versteckt halte.

Nirgends, sagt Motti.

> *A nar ich hajs*
> *Ich wajs, ich hob dich lib*

Sie wollen auch wissen, wann Motti wo gewesen sei. Mit wem? Letzten Montag? Mittwoch? Was hast du gemacht? Motti kann es mit zunehmendem Schlafentzug immer weniger genau sagen. Er beginnt, widersprüchliche Angaben zu machen. Sie halten es ihm vor. Sie schreien ihn an: Dieb! Verräter! Lügner! Wo ist das Geld!

Ich hob dich zufil lib
Zu sajn ojf dir gor bejs

Das ständige Wecken und der Psychoterror zehren an Mottis Substanz. Er bekommt immer tiefere Augenringe. Aber eines weiß er: Er hat kein Geld genommen. Und dabei bleibt er.

»Sicher?«, fragt Gideon, als er am vierten Morgen vor ihm steht.

»Sicher«, flüstert Motti, auf seiner Bettstatt zusammengerollt. Er wirft Gideon unter schweren roten Lidern einen zornigen Blick zu.

»Dann müssen wir zu anderen Maßnahmen greifen«, sagt Gideon.

»Macht, was ihr wollt«, flüstert Motti.

Auf Gideons Zuruf treten Rifka und Benjamin ein. Sie zerren Motti hoch und führen ihn hinaus. Motti lässt es geschehen. Er ist kurz davor, sich ganz aufzugeben. Vielleicht hat er es auch bereits getan. Sie führen ihn zum Hauptgebäude. Von links nähert sich Aaron. Er hält eine Zange und einen Lötkolben in den Händen und meidet Mottis Blick. Vor der Treppe zum Eingang bleibt Gideon stehen und packt Motti am Kragen seines stinkenden T-Shirts.

»Letzte Chance, Freundchen, bevor es ungemütlich wird«, sagt er und starrt Motti an. Hinter ihm betritt Aaron den Pavillon. »Gibst du zu, dass du uns bestohlen hast?«

Motti starrt nur zurück. Seine Augen fühlen sich an, als hätte man sie mit Brennnesseln ausgerieben. Gideon schüttelt ungläubig den Kopf und bedeutet Rifka und Benjamin, Motti hineinzubringen. Sie schuben ihn durch die Tür.

Der Speisesaal ist festlich geschmückt, mit Blumen und Papiergirlanden. Es gibt ein Buffet voller Leckereien. Goldstar-Bierflaschen liegen auf Eis. Eine große weiße Flagge hängt an der Wand. Sie zeigt eine stilisierte blaue Weltkugel mit Längen- und Breitengraden und dahinter die sechs Zacken eines schwarzen Davidsterns. Steve steht in der Mitte des Raumes, die Arme ausgebreitet, grinsend. Motti, der auf ihn zustolpert, sieht ihn verstört an. Hinter ihm fangen alle an zu singen: *»Simen tov u masel tov! Masel tov u simen tov!«* – frohe Zeichen und gutes Glück! Gutes Glück und frohe Zeichen!

Sie umarmen und küssen ihn, Rifka stemmt ihn in die Luft, sie lachen und singen, Jitzhak hat irgendwo eine Klarinette ergriffen und bläst wie wild hinein, sie bilden einen Kreis und tanzen, sie klopfen Motti auf die Schulter, aber warum nur? Sie wollten ihn doch jetzt foltern?

»Gratuliere, mein Junge!«, sagt Steve und umarmt Motti.

»Wozu denn?«, fragt Motti. Er ist völlig durcheinander.

»Du bist jetzt ein *Bar Konspirazia*.«

Wieder brechen alle in Jubel aus.

Motti kennt nur *Bar Mizwa* – Sohn des Gebots. Wieso ist er jetzt auch noch ein Sohn der Verschwörung? Welcher Verschwörung überhaupt?

»Was für eine Verschwörung?«, fragt er.

Steve weist feierlich auf die Flagge mit Globus und Davidstern an der Wand: »Das Weltjudentum.«

»Ein Judenstaat,
dass ich nicht lache!«

»Die großen Nachrichtenbüros befinden sich fast aus-schließlich in jüdischen Händen«, schimpfte Huber und nahm einen Schluck des gleichnamigen Getränks. Die Män-ner um ihn herum murrten. Man diskutierte, ob den Mel-dungen, die in der *Alpenfestung* eintrafen, zu trauen sei. »Damit besitzt das Judentum die furchtbarste Waffe: die ganze Weltmeinung in seinem Sinne zu kontrollieren und zu beeinflussen.« Huber stellte seinen Humpen krachend zurück auf den Tisch. Schaumtropfen flogen.

»Mit diesen Meldungen wird es wohl kaum anders sein«, sinnierte Hartnagel und hob eines der Papiere hoch, die vor ihnen lagen.

»Verdammte Drecksbande«, knurrte Wolf, mittlerweile zum ss-Gruppenführer befördert.

»Es reicht offenbar nicht, dass Deutschland durch die jü-dischen Literaten und ihre Schmutzliteratur ein internatio-nales Pornographiezentrum geworden ist«, sagte Huber. »Jetzt auch noch diese frechen Lügen!«

Das Kader der *Alpenfestung* einigte sich darauf, einen unabhängigen – wie man sich ausdrückte: unverjudeten – Nachrichtendienst zu installieren und Agenten auf *Wahr-heitsbestätigungsmissionen* zu schicken, um die Nachrichten zu überprüfen, die in den Zeitungen zu lesen waren. Zum Beispiel diese verrückte Mär von dem neuen Judenstaat – wäre ja noch schöner!

Doch wie der aus Vorderasien zurückgekehrte Agent – ein stämmiger Kerl mit einem Kinn wie ein Boxhandschuh – einige Wochen später berichtete, war es in der Tat so: »Die Juden besitzen wahrhaftig *ihr eigenes Land*. Sie bewirtschaften es mit großem Erfolg und haben es triumphal gegen eine vereinigte arabische Armee verteidigt.«

Während der Agent seiner in Unglauben und Abscheu erstarrten Zuhörerschaft erzählte, was er alles zu Gesicht bekommen hatte, beugte sich Huber zu Wolf hinüber, der neben ihm stand: »Ist dem Mann zu trauen?«

Wolf winkte ab: »Keine Frage. Der ist aus meiner ehemaligen Einheit.«

»Vielleicht haben ihn die Juden ja umgedreht.«

»Umgedreht?«

»Ihm Geld geboten. Haben ja genug davon. Und jetzt kommt er hierher zurückgekrochen wie eine Viper und versucht, uns moralisch zu zersetzen. Ein Judenstaat, dass ich nicht lache! Warum nicht gleich eine jüdische Marine? Am besten mit deutschen U-Booten!«

Wolf dachte nach. Unmöglich war es nicht, dass der Jude nicht nur die Nachrichtenbüros beherrschte, sondern auch diejenigen, die deren Arbeit überprüften. Es war sogar ausgesprochen wahrscheinlich. Dieses Volk kannte kein Pardon und seine Durchtriebenheit keine Grenze.

»Sie haben recht, mein *Neuer Führer*«, sagte Wolf schließlich. »Wir sollten unsere Leute überwachen.«

Und so reisten den Agenten, die ausschwärmten, um der mutmaßlich schamlos lügenden Presse auf den Zahn zu fühlen, weitere Agenten nach, um zu kontrollieren, ob der Jude sich mit seinem Kapital an ihre Kollegen heranmachte. Doch sie konnten nur bestätigen, dass die Deutsche Mark tatsächlich eingeführt worden sei, jedermann bezahle nun damit; und dass der Russe daraufhin West-Berlin abgeriegelt habe und der Amerikaner Versorgungsgüter dort einfliege; ja, fürwahr, er bringe den Berlinern frische Milch, und nein, sie sei nicht vergiftet, keiner sterbe daran, man habe selbst davon gekostet. Sämtliche Meldungen stimmten überein oder ergänzten einander und konnten durch zahlreiche Fotos belegt werden.

»Die jüdischen Nachrichtenbüros verbreiten offenbar die reine Wahrheit«, resümierte Huber erschüttert, während er mit Wolf durch den Stollen *Hermann Göring* ging. Ihre Schritte hallten wider von den mit Spritzbeton ausgekleideten Wänden, an denen großformatige Fotografien deutscher Jagdflugzeuge hingen. Dass die abgebildeten Maschinen längst in der russischen Steppe verrosteten oder auf dem Grund des Ärmelkanals, überging man hier so geflissentlich wie andere Details dieser Art.

»Es sieht ganz danach aus, mein *Neuer Führer*.«

Sie gingen schweigend nebeneinander her, die Hände auf dem Rücken verschränkt, wodurch sie wirkten wie zwei Großväter auf einem Waldspaziergang.

»Es kann nur eine Erklärung dafür geben«, sagte Huber nach längerem Nachdenken und blieb vor dem Bild einer Me 262 stehen.

»Nämlich?«

»Der Jude will uns in Sicherheit wiegen.« Huber deutete mit seinem Zeigefinger auf Wolf, als wäre der gemeint. »Er will uns lähmen. Uns glauben machen, er sei vertrauenswürdig. Um uns, wenn er die Zeit gekommen sieht, mit dem Vorteil der völligen Überraschung anzugreifen.«

Wolf war fassungslos vor Wut und Respekt. Was für ein diabolischer Plan! Und was für ein analytisches Genie Huber doch war! »Mein *Neuer Führer*«, rief er. »Sie haben recht, so muss es sein!«

Sie sahen einander erleichtert an; froh, die Falle in letzter Sekunde erkannt zu haben.

»Man muss zugeben«, sagte Huber, »es ist brillant, was der Jude sich da wieder ausgedacht hat in seinem hinterhältigen Gehirn. Eigentlich schade, dass wir ihn nicht für unsere Sache gewinnen können. Das wäre doch famos: die Gerissenheit des Juden, vereint mit dem Fleiß des Deutschen!«

»In der Tat.« Wolf nickte.

»Allerdings«, fuhr Huber feixend fort, »besteht eines unserer wesentlichen Ziele darin, dem Juden den Garaus zu machen. Man kann ihm schlecht verübeln, dass er uns dabei nicht zur Hand gehen mag!«

Die beiden Männer lachten laut. Wolf war hingerissen von Huber. Zäh wie ein Soldat, fürsorglich wie ein Vater und beredt wie ein Kabarettist. Am liebsten wäre er ihm um den Hals gefallen. Aber so was taten schließlich nur die Perversen in der zerschlissenen Sträflingskleidung, die sich durch die Stollen schleppten und artig strammstanden, sobald sie ihrer Herren ansichtig wurden.

Sie kamen zur Kaverne *Walhalla*. Kinder rannten umher, sogenannte *Bergpimpfe*. Ein hübsches, etwa dreijähriges Mädchen namens Ilse, bereits das dritte Kind von Greta, mit dem gleichen weißblonden Haar und den gleichen steingrauen Augen, lief lachend gegen Hubers Beine, weil es beim Fangenspielen hinter sich geschaut hatte. Es landete mit verwundertem Blick auf dem Gesäß.

»Hoppla, Kleine!«, rief Huber liebevoll und richtete das Mädchen wieder auf.

»Verzeihen Sie, mein *Neuer Führer*«, sagte es.

»Nicht doch.« Huber lachte. »Ich bin der Martin. ›*Neuer Führer*‹ kannst du mich dann später nennen!«

Das Mädchen rannte zurück zu seinen Kameraden. Huber lächelte ihm nach. Der über die *Alpenfestung* gekommene Kindersegen erfreute ihn. Nicht nur, weil er Kinder mochte, sondern auch, weil das *Reich* sich in einer kritischen Lage befand, weswegen er häufigen Geschlechtsverkehr mit wechselnden Partnern angeordnet hatte. Man brauchte dringend frisches Personal und konnte jetzt keine Rücksicht auf die Sitten nehmen. Infolgedessen und wegen der beengten Raumverhältnisse gab es keinen Ort in der Festung, an dem nicht irgendwoher ein Keuchen, Stöhnen oder Wimmern zu vernehmen war.

»Wir müssen wachsam bleiben, Wolf«, sagte Huber. »Und uns weiter vorbereiten für den *Großen Moment*.«

Er meinte jenen Tag, an dem sie Deutschland zurückerobern würden; Dorf um Dorf und Stadt um Stadt, mit modernstem Material und stetig wachsendem Heer; eine neue Bewegung, angeführt von den stahlharten *Neogermanen*.

»Ja, mein *Neuer Führer*«, sagte Wolf.

»Wie sieht es aus mit der Flugscheibe?«, fragte Huber.

Die *Reichsflugscheibe* – der halbfertige Prototyp einer neuartigen Flugmaschine – war unentdeckt geblieben, als die Alliierten in der Nähe von Linz die unterirdische Flugzeugfabrik *Bergkristall* ausgehoben hatten. Hubers Leute hatten sie daraufhin demontiert und in die *Alpenfestung* verbracht; mit Frachtpapieren, die sie als Ersatzteillieferung für das Wasserkraftwerk auswiesen. Nun stand sie wieder zusammengebaut in einer neugeschaffenen Halle im Jochberg, die Flugzeugwerk und Startbahn zugleich war und die Bezeichnung *Sternwarte* trug. Eine riesige Stahlluke gab, wenn man sie versenkte, den Weg in den Himmel über dem Kochelsee frei. Falls man sie denn je versenken würde. Die *Reichsflugscheibe* war zum Fliegen so befähigt wie ein Gullydeckel, und niemand wusste, wie daran etwas zu ändern wäre.

»Wir arbeiten mit Hochdruck an der Motorisierung, mein *Neuer Führer*«, antwortete Wolf.

»Brauchen Sie mehr Ingenieure?«

»Könnte auf jeden Fall nicht schaden.«

Huber überlegte und erinnerte sich an ihr Gespräch vorhin. »Vielleicht sollten wir in diesem …« – er brachte das Wort nur schwer über die Lippen – »… in diesem Judenstaat nach neuen Fachkräften fahnden?«

Wolf war entsetzt: »Sie wollen *Juden* hierherbringen?«

»Nun, wer die Wüste zum Blühen bringt, bringt bestimmt auch eine Scheibe zum Fliegen!«

»Aber wie soll das gehen? Wir haben doch eben noch darüber gescherzt, dass ein Jude wohl kaum –«

»Mein lieber Wolf. Die Juden sind bekanntlich gute Geschäftsleute. Wir müssen ihnen bloß ein unwiderstehliches Angebot machen!«

So begannen Avi Ben Sauls letzte Tage in Freiheit.

»Bald wird ganz New York jiddisch sprechen!«

»Das Weltjudentum?«, fragt Motti und blickt ungläubig von einem Gesicht zum anderen. Dass diese uralte antisemitische Verschwörungstheorie wahr sein soll, erscheint ihm schon irritierend genug. Dass aber ausgerechnet Juden dies behaupten und ihn auch noch zur Teilnahme beglückwünschen, überfordert den bereits arg strapazierten Motti vollends. Oder handelt es sich nur um die nächste Provokation? Wollen sie abermals sehen, wie er reagiert?

Doch Gideon erklärt mit dem gleichen Temperament wie einige Wochen zuvor in der Hotellobby: »Ja. Wir wollen die Welt beherrschen.«

»Die *Verlorenen Söhne Israels* – das ist nur ein Tarnbegriff für unseren Geheimbund«, sagt Steve.

Alle schauen Motti begeistert an. Jitzhak flüstert: »Tarnbegriff!« Rifka murmelt: »Geheimbund!« Und Aaron raunt: »Welt beherrschen!«

Noch immer klopfen von links und rechts Hände auf Mottis Schultern. Jemand reicht ihm ein Bier.

»Wir mussten dich erst beobachten«, sagt Gideon. »Aber du bist belastbar und loyal. Wir hätten dir sonst irgendwo Arbeit und eine Wohnung verschafft. Wie den anderen, die in letzter Zeit kurz hier waren.«

»Du hast Tausende Orangen gepflückt und monatelang niedere Arbeiten verrichtet, ohne zu murren«, ergänzt Steve. »Schon das halten nur wenige aus. Und dann das Verhör, vier Nächte Schlafentzug und dabei kein Wort gegen Aaron – Respekt.«

»Dann fehlt also gar kein Geld?«, fragt Motti.

»Nein, das war nur Schau.« Aaron grinst und macht ein paar Armbewegungen wie ein Zauberer.

Alle sehen Motti voller Amüsement und Zuneigung an, und weil er wieder sein ratloses Gesicht macht, wohl das ratloseste in seinem ganzen jungen Leben, lachen sie und singen wieder: »*Simen tov u masel tov! Masel tov u simen tov!*«

»Aber ... wieso wollt ihr die Welt beherrschen? Ich dachte, das sei eine Idee der Antisemiten?«, fragt Motti, nachdem der Gesang verebbt ist.

»Ist es auch«, sagt Steve, »aber wir finden sie gut und wollen sie in die Tat umsetzen.«

Motti kann nicht glauben, was er da hört. Er hat bisher nur wenig mit Nichtjuden zu tun gehabt, doch sie haben die Begegnungen mit ihm gern darauf verwendet, ihn mit antisemitischen Klischees zu konfrontieren: *Die Juden* seien geldgierig, hieß es, oder zumindest krankhaft geschäftstüchtig, außerdem übten sie in Finanz, Politik und Medien erheblichen Einfluss aus. Was immer dort geschehe, geschehe mit ihrer Billigung oder gar auf ihr Geheiß. Eine den Globus umspannende Verschwörung sei im Gange, orchestriert von *den Juden*, namentlich *den Juden in Amerika*! Es waren stets gescheite, gebildete, freundliche Menschen, die so redeten, und Motti ist es in keinem einzigen

Fall gelungen, ihnen diese Ideen aus dem Kopf zu fegen. Stattdessen endeten alle diese Gespräche mit der Feststellung, dass *die Juden* zu empfindlich seien und außerdem *mit ihren Siedlungen* auch nicht ganz unschuldig an der Feindseligkeit, die ihnen entgegengebracht werde. Irgendwann hat sich Motti daran gewöhnt, dass es Antisemiten gibt, die niemanden verprügeln, keine Gräber schänden, gesittet diskutieren und aus genau diesen Gründen überzeugt sind, nicht antisemitisch zu sein, aber trotzdem einen Haufen Scheiße erzählen.

Dass nun auch Juden so reden – daran muss er sich erst noch gewöhnen.

»Was habt ihr denn alles schon so erobert?«, fragt Motti und klingt dabei wie ein Vater, der seinen als Seeräuber verkleideten Sohn fragt, wo dessen Goldschatz versteckt sei.

»Brooklyn!«, sagt Rifka stolz.

»Brooklyn?«

»Ja. Dort sprechen mittlerweile fast alle jiddisch. Ich reise immer wieder hin, um es weiter zu verbreiten. Bald wird ganz New York jiddisch sprechen! Und dann Amerika! Und dann –«

»Aber«, unterbricht Motti, »das sind doch sowieso schon Juden?«

»Wie meinst du?«

»Mir ist nicht klar, inwiefern du die Verbreitung von Jiddisch förderst, wenn du mit Juden jiddisch sprichst, die das auch ohne dich tun?«

Wie das außerdem die Weltherrschaft voranbringen soll, wagt Motti gar nicht erst zu fragen.

»Es ist ein Anfang«, sagt Rifka patzig. »Und wir wären

auch schon viel weiter, hätten wir mehr Leute.« Ein finsterer Blick Richtung Steve, der sich hingesetzt hat.

»Wir haben ja jetzt einen tüchtigen neuen Mann«, sagt der gelassen und steckt sich eine Zigarette an.

»Ich arbeite zudem daran, Facebook zu übernehmen«, meldet sich Benjamin zu Wort.

»Wie das?«, fragt Motti. Facebook hat schon eher mit Macht zu tun.

»Ich versuche, Mark Bergzucker für unsere Sache zu gewinnen. Er ist ja auch Jude.«

»Und? Was meint er?«

»Nun, er …« – Benjamin windet sich – »er hat meine Freundschaftsanfrage noch nicht beantwortet.«

Das Weltjudentum leidet offenbar nicht nur an Personalmangel. Es leidet auch an strategischem Schwachsinn.

»Meine Lieben!«, ruft Steve, der Mottis Mimik entnimmt, was dieser denkt. »Es ist ein großes Ziel! Wir können es nicht über Nacht erreichen.«

»›Über Nacht‹ ist gut«, mault Rifka, »seit sechzig Jahren probieren wir es schon.«

»Fünfundsechzig«, präzisiert Aaron.

Steve deponiert seine Zigarette in einem Aschenbecher, erhebt sich und legt Motti die Hände auf die Schultern. »Ich gebe dir jetzt deinen Decknamen.«

»Meinen Decknamen?«, fragt Motti.

»Pscht!«, macht Aaron.

Alle gucken aufgeregt. Es scheint ein besonderer Moment zu sein.

Steve murmelt tonlos in sich hinein, lächelt, nickt, sieht Motti eindringlich an und sagt: »Mickey.«

Aaron verdreht die Augen: »Na, toll. Willkommen in Disneyland.«

»Ich fände etwas Indisches gut«, sagt Jitzhak. »Zum Beispiel *Krishna*.«

»Er soll Geheimagent werden, nicht Yogalehrer«, winkt Gideon ab. »Vielleicht *Nemo*?«

»*Nemo* für einen Geheimagenten, sehr originell«, nörgelt Jitzhak.

»*Adonis* wäre doch passend«, sagt Benjamin und zwinkert Motti auf eigenartige Weise zu.

»So hübsch ist er jetzt auch wieder nicht«, sagt Aaron.

»Hübscher als du allemal«, entgegnet Benjamin.

»Wenn wir schon Namen ändern – ich finde den Begriff *Verlorene Söhne* diskriminierend«, klagt Rifka. »Ich schlage vor, wir nennen uns die *Verlorenen Kinder Israels*.«

»Er heißt Mickey! Und der andere Name bleibt auch!«, ruft Steve ungehalten.

Motti sieht abermals zwischen allen hin und her. Und langsam wird ihm klar, wieso das Herrschaftsgebiet des Weltjudentums bisher nicht umfangreicher geworden ist als das Gelände des Kibbuz Schmira.

»Mit etwas Olivenöl, Petersilie und ein paar Tropfen Zitronensaft – ein Gedicht!«

Drei dunkelhaarige ss-Leute saßen auf dem Jochberg in der Spätsommersonne, spielten Karten und tranken Bier. Sie hatten den Auftrag, ihren Teint aufzufrischen. Des weiteren war ihnen die Rasur untersagt. Das Ziel war, sie aussehen zu lassen wie orientalische Juden. Damit sie sich auch so anhörten, mussten sie sich anhand von Lehrbüchern Hebräisch aneignen. Den deutschen Akzent wurden sie natürlich nicht los: *»Boker tov!«*, übten sie, guten Morgen, aber es klang wie *Pockertoff*. Sie bekamen jüdische Tarnnamen; Sturmbannführer Hartnagel war Amos, Steinbrenner war Karmi, von Bock war Jaakov. Außerdem entfernte man ihnen der Gründlichkeit halber die Vorhaut, was nach dem Abheilen bei ihren Gespielinnen für helles Entzücken sorgte und dieses wiederum sogleich für tiefe Scham, wie auch sie selbst sie empfanden, wenn sie an sich hinuntersahen und einen veritablen Judenschwanz erblickten.

Sie machten sich einzeln in den Nahen Osten auf, trafen sich in Kairo, überquerten in einer mondlosen Nacht die Grenze nach Israel, setzten *Kippot* auf, stahlen in einem Dorf einen Peugeot 202 und fuhren nach Tel Aviv, wo Professor Avi Ben Saul lebte, eine der namhaftesten Koryphäen auf dem Gebiet des Maschinenbaus. Sie spionierten ihn zwei Tage lang aus, warteten, bis seine achtjährige Tochter Rina am Nachmittag die Schule verließ, passten sie auf dem Heimweg ab, zerrten sie ins Auto und rasten zu einem Versteck. Am selben Abend klingelte Hartnagel bei Professor Ben Saul, einem völlig aufgelösten Mann mit langem krausem Haar.

»Guten Abend!« Er tippte sich freundlich an die Stirn. »Mein Name ist Amos. Ich weiß, wo Ihre Tochter Rina ist.«

Ben Saul erschrak, denn der Fremde war allem Anschein nach kein Polizist und seinem grauenhaften Akzent nach zu urteilen auch kein Israeli. Vermutlich war er nicht mal Jude.

»Wo ist sie!«, brüllte Ben Saul. »Wo ist mein Kind!«

Seine Frau Orli kam hinzu und schrie Hartnagel ebenfalls an: »Wir rufen die Polizei!«

»Besser nicht«, sagte Hartnagel. »Das würde Ihre Tochter das Leben kosten.«

Avi und Orli verstummten sofort. Hartnagel zog einen Zettel aus der Tasche, auf den eine Münchner Adresse getippt war. Dort, sagte er, solle man schleunig hinreisen und sich melden, dann werde man das Mädchen unversehrt wiedersehen. Er bat um Rinas Lieblingsspielzeug, nahm einen widerwillig ausgehändigten blauen Stoffelefanten entgegen, beteuerte, die Sache sei wirklich nicht persönlich und werde auch gut ausgehen, wenn man tue wie geheißen, und wie gesagt: keine Polizei.

Drei Tage später waren die Ben Sauls wieder vereint; in einem großzügigen, von innen nicht zu öffnenden Zimmer in der *Alpenfestung Germania*.

»Saubere Arbeit, Hartnagel«, lobte Huber die Aktion, nachdem er seine Gäste begrüßt hatte. Die drei hatten ihn nur stumm angefunkelt. Ob alle Juden so unfreundlich waren?

»Danke, mein *Neuer Führer* … Eines verwundert mich aber.«

»Nämlich?«

»Diese Juden sehen überhaupt nicht typisch aus. Die haben helles Haar und helle Augen und ganz normale Nasen!«

»Jeder Regel ihre Ausnahme, mein guter Hartnagel«, erwiderte Huber.

Am nächsten Morgen stand der *Ingenieurshäftling* Avi Ben Saul vor der sagenumwobenen *Reichsflugscheibe*. Auch er hatte von ihr gehört. Es hieß, einige Nazis hätten sich kurz vor Kriegsende mit solchen Vehikeln in die Antarktis gerettet und würden nun dort auf ihre Rückkehr hinarbeiten. Allem Anschein nach war das Gerücht wahr, abgesehen von der Destination – und dem Transportmittel. Die *Reichsflugscheibe* sah zwar einsatzbereit aus; der kugelförmige Rumpf mit den Bullaugen und die kreisrunde Tragfläche waren fertig montiert. Sogar weiße Balkenkreuze waren aufgemalt und ein Hakenkreuz. Aber der Antrieb fehlte. An der Unterseite klaffte ein leerer Schacht.

»Also, mein lieber Professor«, sagte Huber auf Englisch. »Bringen Sie dieses Gerät zum Fliegen. Es soll leise sein wie eine Katze und schnell wie ein Gedanke. Ein kluger Jud wie Sie bekommt das doch sicher hin!«

Ben Saul zitterte vor Wut, hielt aber an sich. Man hatte ihm die Spielregeln zweifelsfrei verdeutlicht: volle Kooperation erforderlich, bei Verweigerung gewaltsamer Tod seiner Familie; zuerst sein Kind, dann seine Frau, am Ende er selbst. Also nickte er.

»Sehr gut!«, rief Huber voller Freude.

Ben Saul teilte diese allem Anschein nach nicht. Das störte Huber. Er war ein fröhlicher Mensch, der fröhliche Menschen um sich haben wollte. Doch wie heiterte man einen Juden auf? Vermutlich mit Geld. Allerdings würde sich Ben Saul hier drin nichts damit kaufen können. Vielleicht interessierte er sich ja für Geschlechtsverkehr? Das war doch so ein Ding der Juden: überall ihren Piepmann reinstecken, wo er nicht hingehört.

»Professor«, sprach Huber freundlich. »Sie wirken etwas angespannt. Hätten Sie gern etwas ... Gesellschaft? Wir haben viele hübsche Mädchen hier!«

Ben Saul schüttelte bloß den Kopf.

»Nein?« Huber war perplex. »Was kann ich Ihnen denn bringen, um Sie ein bisschen glücklicher zu machen?«

»Hummus«, sagte Ben Saul nach kurzem Überlegen. Allein das Wort ließ ihn lächeln.

»Bitte, was?«, fragte Huber, an Hartnagel gewandt, der in der Nähe stand.

»Hummus. Ein Kichererbsenmus mit Sesam«, erklärte Hartnagel, der nach seiner Reise in den Orient wusste, wovon die Rede war. »Schmeckt wirklich ausgezeichnet. Mit etwas Olivenöl, Petersilie und ein paar Tropfen Zitronensaft – ein Gedicht!«

Huber war sprachlos. So weit kam es noch, dass man hier Judenfraß zubereitete! Und wieso schwärmte ein ss-Mann so davon? War er etwa … hatten sie ihn etwa auch … wem war hier eigentlich noch zu trauen!

Andererseits, wenn der Professor das Zeug brauchte, um sich an die Arbeit zu machen …

»In Ordnung«, sagte Huber. »Er soll seine Hummus bekommen.«

»*Seinen.* Maskulinum. Oder Neutrum«, korrigierte Hartnagel, der in einem anderen Leben Gymnasiallehrer gewesen war.

»Dann meinetwegen *seinen*.«

Huber teilte Ben Saul mit, dass man seinen Wunsch erfüllen werde, und schickte Hartnagel in die Küche, der beschloss, so viel Hummus zu ordern, dass es auch für ihn reichen würde.

Huber nahm zufrieden zur Kenntnis, wie sich Ben Sauls Antlitz aufhellte. Er konnte zwar nicht begreifen, weshalb ein Kichererbsenmus verlockender sein sollte als ein deutsches Mädchen. Aber bitte, *jedem das Seine* – so stand es ja auch an den Türen zu den Unterkünften der Zwangsarbeiter.

Er verließ das Labor. Vor seinem geistigen Auge erschien ein gigantisches Geschwader fliegender Scheiben, die unheilvoll auf London, Paris, New York und Moskau zuschwebten.

»Pff, der Mossad.«

Gideon drückt Motti, nachdem der dreizehn Stunden am Stück geschlafen hat und zu den anderen an den Frühstückstisch kommt, ein laminiertes Dokument in die Hand. *Das Weltjüdische Manifest,* liest Motti.

1. Wir sprechen nicht über die Verschwörung.
2. Wir sprechen NICHT über die Verschwörung.
3. Auch nicht gegenüber unseren Müttern.
4. Der Zweck heiligt jedes Mittel.
5. Einmal Weltjude, immer Weltjude.

»Der letzte Punkt ist genau so gemeint«, sagt Steve ernst, als Motti das Manifest sinken lässt. »Ab hier gibt es kein Zurück.«

»Habt ihr mir deshalb meinen Pass weggenommen?« Motti legt zwei Scheiben Brot auf seinen Teller und bestreicht sie dick mit Butter und Marmelade.

»Ja. Und wir haben noch was gemacht«, antwortet Steve. »Aaron?«

Aaron fasst in seine Hosentasche und reicht Motti ein Smartphone.

»Mein Handy!«, ruft Motti überrascht. Überrascht vor allem, weil er es nie vermisst hat.

»Du hast jetzt eine israelische Nummer. Und nur noch unsere Kontakte«, erklärt Steve.

»Öffne mal Facebook«, sagt Aaron. Irgendetwas scheint ihn zu belustigen.

»Hab ich nicht.«

»Jetzt schon.« Aaron kichert.

Motti hört auf zu essen, schaltet irritiert sein Gerät ein, findet tatsächlich die Facebook-App vor, startet sie und sieht dann ein Bild von sich, wie er auf einer Leiter steht und grinsend eine Orange aus einem Baum greift. Dazu ist zu lesen: *Klein und fest hab ich sie am liebsten!*

»Das … das habe nicht ich gemacht!«, sagt Motti.

»So sieht es aber aus.« Aaron lacht. Benjamin stimmt mit ein.

Motti starrt wieder auf das Display. Auf einem anderen Foto ist er beim gemütlichen Beisammensein mit den übrigen Kibbuzmitgliedern abgebildet, deren Gesichter jedoch abgewandt sind. Darunter steht: *Meine neue Mischpuche. Viel netter als die alte.*

Auf einem weiteren Bild macht er ein Nickerchen in einer Hängematte. *Endlich Ruhe vor dem Geschwätz meiner Mame,* ist darunter zu lesen.

Und bei einem Foto, auf dem lauter Orthodoxe in Jerusalem zu sehen sind: *Ich war auch einmal einer von diesen Meschigenen.*

Entsprechend sind die Kommentare seiner Brüder und ihrer Frauen:

Bleib bloß, wo du bist! (David Wolkenbruch)

Du bist eine Schande für uns! (Salomon Wolkenbruch)

Meschigeh ist hier nur einer! (Dana Wolkenbruch)

Du hast dich versündigt! (Ruth Wolkenbruch)

Auch Leute, die Motti gar nicht kennt, haben etwas dazu geschrieben:

Komm bald wieder nach Jerusalem, wir warten auf dich. (Itzik Cohen)

Pfeffer in deine Nase! (Naftali Mandelbrot)

Alle Zähne sollen dir ausfallen, außer einem, für Zahnweh! (Ruth Hillo)

Und schließlich:

Leckt mich doch alle am Tuches! (Motti Wolkenbruch)

Motti schaut entsetzt auf.

»Du kannst nicht mehr nach Hause«, sagt Gideon, der neben Motti sitzt, und legt ihm mitfühlend eine Hand auf die Schulter.

»Und schon gar nicht nach Jerusalem«, wiehert Aaron, sekundiert von Benjamin.

»Schau, mein Lieber«, sagt Steve, »das Weltjudentum hat dich aufgenommen. Und jetzt bist du Teil davon. Und zwar für immer.« Er deutet auf das Manifest, das vor Motti auf dem Tisch liegt.

»Und wenn ich nicht will?«, fragt Motti, dem die Sache langsam etwas unheimlich wird.

»Du kannst jederzeit gehen«, antwortet Steve. »Aber du hast keinen Ausweis, kein Geld, keine Arbeit und keine Wohnung.«

Motti überlegt. »Macht ihr das mit allen so?«, fragt er schließlich.

Steve nickt. »Ja. Tut mir leid. Aber es geht nicht anders. Wir sind nicht der alberne Mossad, bei dem man sich sogar im Internet bewerben kann.«

»Pff, der Mossad.« Rifka winkt verächtlich ab.

»Wir sind eine *richtige* Geheimorganisation«, fährt Steve fort. »Nur wer bei uns mitmacht, darf von uns wissen. Und wer von uns weiß … der muss eben mitmachen.« Er zuckt erheitert mit den Schultern.

Motti sieht jeden einzelnen von ihnen an. Sie scheinen ihm nach wie vor gewogen. Aber er hat nicht vergessen, wie er sich die letzten Tage in seiner Zelle gefühlt hat.

»Wie ich ja offenbar bereits sagte: Leckt mich am *Tuches*«, sagt er schließlich, steht von seinem Stuhl auf, wirft sein Handy auf den Tisch und verlässt den Raum.

»Jedes Mal das Gleiche«, stöhnt Steve, und die anderen lachen sich schief.

»Nach all den Schweinereien bisher?
Jetzt bin ich neugierig.«

Harvey Steinwein sitzt auf einer Holzbank und macht ein langes Gesicht. Das liegt daran, dass die Bank im 1. Revier der New Yorker Polizei steht. Und an den Handschellen. Aber vor allem liegt es daran, dass Steinweins Mission ein jähes, ruhmloses Ende gefunden hat. Er, der legendäre Superspion des Weltjudentums, wird – daran besteht kein Zweifel – ins Hauptquartier nach Israel zurückbeordert und bis in alle Ewigkeit zum Orangenpflücken verdonnert werden. Das heißt: falls sie ihn überhaupt hier rausbekommen. Vielleicht wird er auch in einem Gefängnis verschwinden. Für ein, zwei Jahrzehntchen.

»Mr. Steinwein?«, sagt eine nicht sehr großgewachsene Ermittlerin, die aber trotzdem aussieht, als könnte sie einen zum Mond kicken. Und als würde sie das gleich mit Steinwein tun.

Steinwein, der eigentlich Uri Birnbaum heißt, sieht verzweifelt auf.

Selbstmitleidiges Arschloch, denkt die Ermittlerin.

»Sie können jetzt Ihren Anwalt anrufen«, sagt sie und marschiert davon. »Kommen Sie.«

Birnbaum folgt ihr zu einem Schreibtisch. Ein speckiges Telefon steht darauf, das schon Tausende von Halunken vor ihm benutzt haben. Die Ermittlerin teilt ihm mit einem Blick mit, was sie von ihm hält, und entfernt sich. Birnbaum klemmt sich den Hörer ans Ohr, streckt seine gefesselten Hände aus und wählt mit der rechten eine Nummer.

»*Feintuch and Associates,* Melissa am Apparat, guten Morgen, wie kann ich Ihnen helfen?«

»Steinwein hier«, sagt Birnbaum mit klagender Stimme.

»Ich stelle Sie gleich zu ihm durch, Sir«, sagt Melissa und denkt das Gleiche wie die Polizistin zuvor.

Birnbaum wartet einen Moment. Er hält den Hörer mit beiden Händen.

»Harvey!«, meldet sich Henry Feintuch mit der heiteren Selbstsicherheit des Rechtsanwaltes. Feintuch weiß, dass Steinwein eigentlich Uri heißt. Und dass die Gelder, die dieser als Filmmogul erwirtschaftet, zu einem großen Teil und über faszinierende Umwege beim Weltjudentum landen und dieses finanzieren. Feintuch weiß alles. Feintuch gehört auch dazu. Und natürlich heißt Feintuch nicht Feintuch, aber das spielt jetzt keine Rolle.

»Wieso rufst du nicht mit deinem Handy an?«, fragt er.

»Ich … sie …«, stammelt Birnbaum. »Sie haben mich verhaftet.«

»Das ist nicht gut«, sagt Feintuch nach einer Pause, in der er abgeschätzt hat, wie sehr es nicht gut ist.

»Glaubst du, Steve wird mich evakuieren lassen?«, flüstert Birnbaum.

»Nein. Zu auffällig. Und jetzt vermutlich auch nicht mehr möglich.«

»Scheiße.«

»In der Tat.«

Ihr Gespräch geht noch ein wenig so weiter; Birnbaum jammert, während Feintuch versucht, die Erwartungen niedrig zu halten. Schließlich sagt er, er werde sich auf den Weg machen, um Birnbaum gegen Kaution freizubekommen. Feintuch legt auf. Warum konnte der alte Schmierfink seine Finger nicht bei sich behalten? Er lacht matt auf. Blöde Frage. Hätten sich Schmierfinken unter Kontrolle, wären sie keine. Niemand weiß das besser als er, schließlich sind genug von ihnen seine Klienten. Feintuch erhebt sich, geht um seinen monumentalen Schreibtisch herum zu einem nicht minder gewichtigen Tresor, entnimmt ihm ein abhörsicheres Handy, schaltet es ein und wählt eine Nummer mit der Vorwahl für Israel.

»Steve Goldberg?« Er klingt wie ein harmloser alter Mann, der mit Früchten handelt.

»Ich bin's. Henry.«

»Oj wej, hat er wieder was ausgefressen?«

Feintuch überlegt. Wie soll er Steve beibringen, dass diesmal weder Schweigegeld noch Einschüchterung noch Verleumdung helfen werden?

»Henry?«, fragt Steve.

»Ja. Aber diesmal richtig«, antwortet Feintuch.

»Was heißt ›diesmal richtig‹? Nach all den Schweinereien bisher? Jetzt bin ich neugierig.«

»Er wurde verhaftet.«

Es ist so still geworden am anderen Ende, dass nun Feintuch fragt: »Steve?«

»*Farkakt.* Wann?«

»Heute Morgen. Sie werden ihn bestimmt gegen Kaution laufenlassen, aber …«

Feintuch muss es nicht aussprechen. Es ist beiden klar, dass das Weltjudentum damit bankrott ist.

Die Erkenntnis trifft Steve nicht nur wie ein Schlag. Sie trifft ihn als Schlag.

»Ich will aber kein Agent des
Weltjudentums sein.«

Motti kennt jetzt den Unterschied zwischen Hunger und
Appetit. Seit über zwei Tagen hat er nichts gegessen. Das
wenige Schweizer Geld, das er noch besaß, hat für drei
Übernachtungen in einer kakerlakenverseuchten Jugend-
herberge in Be'er Schewa und einige Teller Schakschuka
gereicht. Die letzten beiden Nächte hat er im Gdolei-Israel-
Park verbracht und dabei verschiedene Schlafstellen aus-
probiert: den trockenen Rasen, eine Sitzbank, an die Kin-
derrutschbahn angelehnt, auf der Rutschbahn, alles gleich
ungemütlich. Nicht zuletzt, weil es in dieser Weltgegend
tagsüber brütend heiß ist und nachts ziemlich kalt. Immer
wieder ist Motti schlotternd aufgewacht und hat sich eng in
seine Kapuzenjacke gewickelt, ehe er wieder für ein paar
Minuten eingenickt ist.

Nun steht die Sonne hoch am Himmel und Motti friert
nicht mehr, aber sein Körper fühlt sich nach wie vor an, als
hätte sich ein Nashorn draufgesetzt. Und er muss dringend
etwas essen. Sein Magen schmerzt. Auf dem Gehweg nähert
sich ein Mann mit Halbglatze, Sonnenbrille und ausgebeul-
tem Kurzarmhemd über einer Cargo-Hose. Er hält mit beiden Händen ein Fladenbrot mit Falafel, von dem er im Gehen abbeißt. Auf dem Hemd prangt ein Saucenfleck. Motti

hat noch nie etwas Schöneres gesehen. Der Mann beißt abermals hinein, wodurch eine Tomatenscheibe und ein halbes Falafel zu Boden fallen, und geht kauend weiter. Da liegen die beiden Delikatessen nun und lachen Motti an: *Spring auf,* rufen sie, *eil herbei und stopf uns in deinen Mund!* Motti überlegt, ob er das tatsächlich tun soll, doch ein niedlicher Hund kommt ihm zuvor; ein rostroter Mischling, der zu einer kurzhaarigen, sehr hübschen jungen Äthiopierin mit enorm langen Beinen gehört. Aber Motti hat jetzt keine Augen für so was, nur für das Drama, das sich vor ihm abspielt: Tomate und Falafel sind im Hund verschwunden! Motti möchte schreien.

Er erhebt sich, verlässt den Park und wankt eine belebte Straße in der Nähe des Bahnhofs entlang. Ein Handygeschäft. Eine Wechselstube. Ein Schuhladen. Ein Falafel-Imbiss, der himmlische Düfte aussendet. Da ist wohl der Kahle vorhin hergekommen. Motti hastet vorüber. Ein weiteres Handygeschäft, ein weiterer Falafel-Stand, der sich zu Mottis Leidwesen mit lauter appetitlichen Fotos anpreist. Ein mexikanischer Imbiss. Ein McDonald's. Überall beißen Menschen in Dinge hinein, die Motti ihnen entreißen möchte. Er kann kaum hinsehen. Schließlich steht er vor einem kleinen Supermarkt. Er überlegt und geht hinein. An der Kasse sitzt eine blondierte Russin mit blauen Fingernägeln und telefoniert. Sie schenkt Motti keine Beachtung. Er schleicht um die Regale herum und sieht über die Schulter. Die Russin lacht in ihr Telefon. Motti studiert die Auslage. Er nimmt einen Schokoriegel in die Hand, bewundert ihn einen Moment lang und lässt ihn dann ungeschickt in seine Hosentasche gleiten. Einen zweiten steckt er sich in die andere Tasche und eine Packung Erdnüsse vorn in die Unterhose. Hinter ihm donnert eine Männerstimme auf Hebräisch, was der Scheiß solle. Motti erschrickt dermaßen, dass er sich ein bisschen in die Hose pinkelt, auf die Erdnüsse drauf. Er dreht sich um. Es ist ein riesiger Russe. Er sieht aus wie ein Elitesoldat, der zu viel Pizza gegessen hat. Der Mann wiederholt seine Frage, noch lauter. Motti sagt nichts. Er überlegt. Dann fingert er so schnell wie möglich den Schokoriegel aus der Tasche, reißt die Verpackung auf und beißt die Hälfte ab. Der Russe brüllt, jetzt auf Russisch, Motti versteht ihn nicht. Und bevor ihn der Russe am Arm zu packen bekommt, hat er auch noch den anderen Riegel verschlungen.

Jetzt steht er da, während die beiden Russen mit zwei Polizisten sprechen, und ist vollauf zufrieden. Der Schmerz im Magen ist weg. Die Erdnüsse durfte er auch noch essen, nachdem klargeworden war, wo er sie versteckt hatte. Alles andere ist ihm egal. Die Aussicht auf Gefängnishaft setzt er mit jener auf geregelte Mahlzeiten und einen besseren Schlafplatz gleich. So rasch ändern sich die Sichtweisen.

Auf der Polizeiwache beantwortet Motti brav die vielen Fragen. Papiere vorweisen kann er allerdings keine. »Jetzt müssen wir Nachforschungen anstellen«, sagt der eine Polizist in einem Ton, als wäre ein Sack Reis geplatzt, und er müsste jedes Korn einzeln aufheben. Motti erklärt, dass er aus dem Kibbuz Schmira komme und einer Gruppe von Ex-Orthodoxen angehöre. Die beiden Polizisten schauen einander gelangweilt an. Der eine greift seufzend zum Tischtelefon, sucht in einem abgegriffenen Büchlein nach einer Nummer und wählt sie.

»*Schalom.* Hier Schapiro, Polizei Be'er Schewa. Wir haben da einen …« – er blickt auf den Zettel vor sich – »… Mordechai Wolkenbruch für euch.«

Am anderen Ende der Leitung hört Motti jemanden lachen.

Vierzig Minuten später steht Aaron grinsend auf der Wache. Er bezahlt die Buße und lässt hundert Schekel für den Supermarkt da. Nachdem sie in den Subaru Justy eingestiegen sind, weist Aaron auf einen Plastikbeutel zu Mottis Füßen. Es sind zwei Fladenbrote mit Falafel darin und eine Plastikflasche Wasser. Motti verdrückt eines der Brote in wenigen Bissen und spült immer wieder hektisch nach. Dann isst er, etwas gemächlicher, aber immer noch zügig, auch das zweite.

»Besser?«, fragt Aaron und fährt los. Es irritiert Motti immer noch, dass der Subaru bloß summt.

Er nickt.

»Fahren wir nach Hause?«

Motti antwortet nicht. Der Kibbuz ist nicht sein Zuhause. Sein Zuhause ist nirgends. Aber im Kibbuz gibt es zu essen und ein Bett. Und das Kibbuz-Bett ist bestimmt angenehmer als ein Gefängnis-Bett. Also nickt er wieder.

Aaron fährt los. Sie schweigen.

»Ich will kein Agent des Weltjudentums sein«, sagt Motti nach ein paar Minuten. »Was soll das überhaupt.«

»Denkst du denn nicht, dass es reicht?«, fragt Aaron.

»Dass was reicht?«

»Die Unterdrückung der Juden. Die Stigmatisierung. Die ewige Hetze.«

»Doch, schon, aber –«

»Findest du nicht, dass wir uns überall auf der Welt frei bewegen können sollten? Frei von Angst, frei von Gefahr?«

»Sicher, aber –«

»Und wie, glaubst du, erreichen wir das?«

Zu dieser Frage hat sich Motti noch nie Gedanken gemacht. Er ist stets der Ansicht gewesen, dass Antisemitismus ein Problem sei, das die Antisemiten lösen müssen. Schließlich sind sie es, die ihn kultivieren. Eine jüdische Maßnahme zur Bekämpfung dieses Übels hat er sich bisher nicht überlegt. Schon gar keine globale. Und erst recht keine so bescheuerte.

»Gib dir Zeit«, sagt Aaron, während sie von der Autobahn auf die Landstraße abfahren. »Die hat jeder von uns gebraucht.«

Motti ist unruhig. Wieder will man etwas von ihm, das sich nicht richtig anfühlt. Wieder ignoriert man seine Meinung dazu. Wieder befindet er sich in einer Situation, aus der es kein Entrinnen zu geben scheint. Aber er ist schon einmal davongekommen, also wird es ihm auch diesmal gelingen. Weltjudentum – was für eine *Schmonze*!

Als sie im Kibbuz ankommen, eilt Gideon aufgeregt auf ihr Auto zu. »Kommt, schnell!«, ruft er durch das Seitenfenster, das Aaron neugierig heruntergelassen hat.

»Was ist denn?«, fragt Aaron.

»Der Vorsitzende.«

»Avi, wohin gehst du jetzt
schon wieder?«

Avi Ben Saul zerteilte wütend eine gebratene Bachforelle auf seinem Teller. Drei Jahre saß er jetzt schon in diesem verfluchten Berg fest. Immer wieder war es ihm gelungen, Huber weiszumachen, er stehe kurz vor dem Durchbruch; hauptsächlich mit eindrücklichen Zeichnungen, schauspielerischem Geschick und der richtigen Dosis an Fachbegriffen. Aber die *Reichsflugscheibe* hatte sich noch keinen Millimeter bewegt, schon gar nicht aufwärts. Mit Rotoren oder Düsentriebwerken hätte man das Ding vielleicht in die Luft gebracht, doch das hätte Hubers Wunsch nach einem überschallschnellen und vor allem lautlosen Antrieb nicht erfüllt.

Ben Saul betrachtete seine Frau und seine Tochter, die mit ihm am Tisch saßen. Sie waren gezeichnet von Langeweile, Trübsinn und zu wenig Sonnenlicht. Es war ihnen zwar mittlerweile gestattet, sich frei in der Festung zu bewegen, sie durften sogar den *Schabbat* begehen, doch sie blieben Gefangene. Ben Sauls Blick sank zurück auf die Forelle, an der er herumsäbelte. In seiner Jugend in Polen hatte er oft mit seinen Brüdern geangelt und dabei beobachtet, dass Forellen in der Strömung des Flusses stillzustehen schienen, ohne jede Regung ihres schuppigen Körpers. Die drei Jungs hatten allerlei Vermutungen darüber angestellt, wie die Tiere das schafften: Bewegen sie sich so schnell, dass es mit dem menschlichen Auge nicht mehr wahrzunehmen ist? Lenkt die Stellung ihrer Flossen die Strömung so ab, dass diese quasi nicht mehr auf die Fische einwirkt?

»Papa, was ist?«, fragte Rina, nachdem Ben Saul sekundenlang die tote Forelle auf seinem Teller angestarrt hatte.

Ben Saul sah auf. »Alles in Ordnung, mein Schatz.«

Er lächelte, hob eine Gräte aus dem Fleisch und deponierte sie auf einem separaten Teller, auf dem bereits der Kopf der Forelle lag. Die Kiemen standen etwas ab. Ben Saul überlegte. Vielleicht waren diese eigentümlichen Organe ja nicht nur für die Atmung des Fisches verantwortlich, sondern auch dafür, dass er in reißenden Gebirgsbächen stillstehen, mit hoher Geschwindigkeit stromaufwärts schwimmen und sogar Wasserfälle von unten nach oben überwinden konnte, um die Laichplätze im Quellgebiet zu erreichen? Vielleicht gewann das Wasser, indem es durch die Kiemen floss, eine Energie, die die Gravitation aufhob?

Derartige Gedanken fügten sich zwar schlecht ins nüchterne Weltbild des Avi Ben Saul. Allerdings war in diesem bislang auch nicht die Möglichkeit vorgekommen, dass er mehrere Jahre nach Ende des Zweiten Weltkriegs in eine geheime Nazifestung entführt werden könnte. Er stand auf und lief davon.

»Avi, wohin gehst du jetzt schon wieder?«, fragte seine Frau Orli.

Sie würde sich nie daran gewöhnen, dass ihr Mann plötzlich vom Tisch davonlief, unverständliches Zeug murmelnd. Aber er war schon aus dem Speisesaal entschwunden. Mit der ganz und gar unwissenschaftlichen Absicht, eine Forellenturbine zu bauen.

Ben Saul hielt eine Lupe über die dunkelroten Kiemen einer frischen Forelle, die er sich aus der Küche hatte bringen lassen. Sie waren von zahllosen winzigen Lamellen durchzogen. Falls es tatsächlich eine Kraft gab, die der Forelle erlaubte, einen Wasserfall hinaufzuschweben, entstand diese wohl hier. Und sollte es Ben Saul gelingen, diese Kraft mechanisch zu replizieren, könnte daraus ein Apparat hervorgehen, der die *Reichsflugscheibe* emporhob.

Er erinnerte sich an eine andere Beobachtung aus seiner Jugend: wie das Flusswasser sich in Wirbeln bewegte. Stets waren kleine und große Spiralen auf der Wasseroberfläche zu sehen gewesen. Die gleichen Wirbel beschrieben im Herbst die Laubblätter am Boden, wenn der Wind in sie hineinfuhr. Ben Saul erhob sich von seinem Arbeitstisch und fing an, im Raum auf und ab zu gehen. Bewegte sich nicht auch die Erde in einer Spirale? In einer doppelten sogar, um sich selbst und gleichzeitig um die Sonne? Vielleicht war diese Wirbelform, diese Doppelhelix, ja der Ursprung allen Lebens? Und der Fortbewegung von lebendiger Materie?

Ben Saul setzte sich wieder hin und zeichnete eine rotierende Scheibe mit einem Wellenprofil. Ein Wasserstrahl, stellte er sich vor, würde von oben auf die Scheibe geleitet, flösse in alle Richtungen nach außen, wanderte dabei über die Hebungen und Senkungen und drehte sich wieder und wieder ein, wie eine Welle am Strand. Die Rotation der Scheibe würde eine zusätzliche, seitliche Eindrehung des

Wassers bewirken. Schließlich würde dieses in mehrere spiralförmige Rohre abfließen und durch eine Pumpe wieder nach oben transportiert.

Ja, so könnte es gehen, dachte Ben Saul und legte den Bleistift hin. Durch die endlose Verwirbelung könnte das Wasser in eine Schwingung versetzt werden, die möglicherweise einen hebenden Effekt hat.

Zwei Monate später stand die fertiggebaute Forellenturbine vor ihm; ein messingfarbener Apparat von 65 Zentimetern Durchmesser in Form einer stark abgeflachten Kugel, der auf drei Teleskopfüßen stand. Oben und unten führten Schläuche zu einer Pumpe. Das Wasser würde durch die Maschine fließen und mehrfach verwirbelt werden, keine Frage – doch was würde das mit der Maschine anstellen?

Ben Saul fasste mit Daumen und Zeigefinger den Kippschalter, der die Pumpe in Betrieb setzen würde. Er zögerte. Falls dieses Gerät funktionierte, würden die Nazis ihn nicht mehr brauchen. Was würde dann aus ihm und seiner Familie werden? Andererseits, wie lange würde Hubers Geduld noch währen? Es führte kein Weg daran vorbei: Ben Saul musste versuchen, die *Reichsflugscheibe* zum Fliegen zu bringen. Entweder, um Huber damit zur Freilassung wenigstens seiner Familie zu bewegen. Oder besser noch: um damit von hier zu verschwinden.

Er legte den Schalter um. Die Pumpe startete. Das Wasser gurgelte durch die Forellenturbine, in der die Wellenscheibe zu rotieren begann. Erst geschah weiter nichts. Doch dann zitterte der Apparat erst mit dem einen, dann mit dem anderen Fuß, wie ein neugeborenes Kälbchen, und hob schließlich ab. Er setzte gleich wieder auf, nur um abermals mehrere Handbreit in die Luft zu gehen. Ben Saul starrte seine Erfindung mit offenem Mund an. Die Forellenturbine funktionierte! Wahnsinn! Ungläubig kopfschüttelnd schaltete er die Pumpe aus. Doch anstatt wieder auf dem Tisch zu landen, führte das Gerät seinen Tanz einfach weiter. Ben Saul traute seinen Augen nicht. War der Schalter defekt? Er betätigte ihn zwei, drei Male und trennte dann die Pumpe vom Strom, aber die Forellenturbine hüpfte immer weiter auf und ab und schwebte sogar mehrmals sekundenlang über Ben Saul, der sich schließlich nicht anders zu helfen wusste, als den unteren Schlauch aus der Turbine herauszureißen. Sie polterte schlagartig zurück auf den Tisch, und das Wasser schoss in einem dicken Strahl aus ihr heraus, während im Inneren die Wellenscheibe auf ihrem Kugellager langsam ausdrehte.

Avi Ben Saul hatte nicht nur einen Apparat erschaffen, der die Schwerkraft aufhob. Sondern offenbar auch ein Perpetuum mobile.

»Seht ihr? Alles *Schmocks*!«

Steve liegt in seinem Bett. Er hat die Augen geschlossen und atmet langsam und schwer. Rifka, Benjamin und die anderen stehen um ihn herum und machen ernste Gesichter.

»Fuck«, entfährt es Aaron, nachdem er eingetreten ist.

»Er hat einen Infarkt gehabt«, sagt Jitzhak leise.

»Wieso ist er nicht im Krankenhaus?«, fragt Motti.

»Das geht nicht.« Gideon schüttelt den Kopf. »Dort gibt es zu viele Medikamente, die gesprächig machen. Morphium und so weiter. Wir können das Risiko nicht mehr eingehen. Einer von uns hat mal geplaudert, stundenlang. Namen. Orte. Zahlen.«

»Und dann?«

»Sie haben ihm zum Glück kein Wort geglaubt«, antwortet Gideon.

Kein Wunder, denkt Motti.

»Und ihn dann direkt von der einen Klinik in die andere gefahren.« Gideon macht eine ein- und ausschraubende Handbewegung über seinem Kopf, die die Art der Heilstätte verdeutlicht. »Für uns gibt es leider nur in beschränktem Maß medizinische Hilfe«, fährt er fort. »Steve ist sich dessen bewusst. Wir *alle* sind uns dessen bewusst.«

Gideon schaut jeden einzeln an, um seinen Worten Nachdruck zu verleihen.

Benjamin nickt, stemmt die Hände in die Hüften und sagt: »Unsere Organisation arbeitet unter Extrembedingungen.«

Auch er blickt in die Runde, als spräche er zu einer tausendköpfigen Gefolgschaft. Offenbar bringt man sich bereits in Stellung für Steves Nachfolge. Auch Rifka möchte etwas sagen, sie hebt schon ihren Finger und öffnet den Mund, da stöhnt Steve leise auf. Die Weltjuden reagieren angespannt. Nicht nur, weil sie das Sterben eines Menschen miterleben, und nicht nur, weil der fremde Tod stets ein Hinweis auf den eigenen ist. Es geht jetzt um die Karriere – wen wird Steve zu seinem Nachfolger bestimmen?

Steve stöhnt abermals und öffnet benommen die Augen. Alle halten den Atem an.

»Ihr ... Ihr ...«, stammelt er leise.

Kein Name der Anwesenden beginnt mit dieser Silbe, auch kein Deckname. Wen meint er? Wen meint er, verdammt?

»Ihr ... seid ... alles *Schmocks*«, flüstert Steve und kichert heiser.

Die Weltjuden blicken einander unsicher an. Worauf will Steve hinaus? Hat er einen anderen, unbekannten Kandidaten in der Hinterhand, tauglicher als sie alle?

»Und der *Schmock*, der meinen Platz einnehmen soll«, fährt Steve langsam fort, »heißt ... er heißt ...«

Hälse recken sich, Oberkörper beugen sich vor, der Kreis um den Sterbenden schließt sich noch enger.

Steve röchelt. Dann sackt sein Kopf zur Seite weg, und seine Lider senken sich.

»Nein! Nein!«, rufen einige. Benjamin stößt einen jiddischen Fluch aus, der nicht wiederzugeben ist. Rifka behauptet, sie sei zwar nicht genannt worden, es stehe jedoch angesichts ihrer Durchsetzungskraft außer Frage, dass sie genannt worden wäre. Jitzhak ruft, das Weltjudentum benötige dringend den Einfluss östlicher Weisheit und somit ihn an der Spitze. Motti sagt nichts, er schaut nur. Um ihn herum wird gerangelt und gerempelt, eigene Leistungen werden glorifiziert und fremde kleingemacht. Aaron spricht seinen Konkurrenten die Fähigkeit ab, ohne Begleitung die Toilette aufzusuchen, und Gideon gibt ganz den geduldigen Vater: »Kinder, Kinder!«, ruft er lachend.

»Seht ihr?«, ruft Steve, frisch wie ein junger Tenor. »Alles *Schmocks*!«

Schlagartig herrscht Ruhe. Die wütenden Gesichter drehen sich erstaunt zum Bett in ihrer Mitte.

»Und darum soll Mickey euch anführen«, sagt Steve.

Nun schauen alle zu Motti, der abwehrend die Hände hebt. Nein, denkt er, nein, das will ich nicht. Ich will auch nicht Mickey heißen. Er macht einen Schritt rückwärts und stößt gegen Jitzhak, was dem ein ärgerliches Geräusch entlockt.

»Wer die Macht am wenigsten sucht, hat sie am meisten verdient«, sagt Steve. Dann murmelt er ganz leise etwas, amüsiert sich darüber, schließt die Augen, atmet ein, atmet aus und regt sich nicht mehr.

»Steve?«, fragt Gideon zaghaft.

Benjamin tritt an das Bett, fühlt Steves Puls und zuckt zusammen. Die Blicke verharren auf dem Toten, traurig, ergriffen, verwirrt, um zu Motti zu wandern, noch verwirrter: Mickey? Wirklich? Doch Steve hat gesprochen, und all jene, die kurz zuvor noch herrschen wollten, sind bereits froh darüber, es nicht tun zu müssen. Denn auf Motti ist nicht nur Prestige übergegangen, sondern auch Verantwortung. Vor allem jene, zügig eine neue Einnahmequelle zu erschließen.

»*Masel tov*«, sagt Gideon leise.

Eine Sekunde des Schweigens verstreicht, dann flüstern alle: »*Masel tov.*«

Mordechai Wolkenbruch ist jetzt also der Vorsitzende des Weltjudentums. Was wird seine erste Amtshandlung sein? Diese Frage beschäftigt niemanden mehr als Mordechai Wolkenbruch.

»Mach dir da mal keine Sorgen, mich hat noch jeder Jude enttäuscht.«

»Na, Jude, geht's voran?«, fragte Wolf, als er einige Wochen später das Flugzeugwerk betrat.

Ben Saul, der mittlerweile leidlich Deutsch sprach, wandte sich erschrocken auf seinem Stuhl um. Wolfs Besuch ängstigte ihn, zumal seine Fluchtvorbereitungen nicht abgeschlossen waren. Die Forellenturbine brachte die *Reichsflugscheibe* inzwischen zwar stabil zum Schweben, aber für die Bewegungen in der Horizontalen war eine zweite Turbine notwendig, möglicherweise sogar eine dritte. Ben Saul war nicht sicher, ob das Ding jemals zu mehr in der Lage sein würde als ein Aufzug.

»Ich würde gern mal etwas von deiner Arbeit sehen«, sagte Wolf. »Bist doch nun schon eine ganze Weile hier. Es stellt sich langsam die Frage nach deiner Existenzberechtigung, wenn du verstehst.« Wolf lachte laut und trat zu einem der Arbeitstische hin. Exakt jenem, auf dem eine fertiggebaute, aber noch nicht erprobte Turbine lag. Das neueste Modell, das als Medium Luft statt Wasser benutzte.

»Was ist das da?«, fragte er.

»Das … es nicht ist fertig«, antwortete Ben Saul. Er hätte sich ohrfeigen können. Warum war er so blöd und ließ alles offen herumliegen?

»Nein? Sieht aber ziemlich fertig aus! Verheimlichst du da was vor uns, Jude?«, fragte Wolf erfreut. Endlich wieder mal ein Verhör! Er trat näher.

Ben Saul wich zurück. »Nein. Es nicht ist … perfekt. Ich nicht will enttäuschen Sie.«

»Mach dir da mal keine Sorgen, mich hat noch jeder Jude enttäuscht.« Wolf lachte. »Also – was ist das, sag?«

»Ein Apparat, der aufhebt die Schwerkraft.«

»Was? Willst du mich veräppeln?« Wolfs grüne Augen funkelten gefährlich.

Ben Saul guckte nur verständnislos.

»Ob du mich anlügst«, verdeutlichte Wolf.

»Nein! Nein.«

»Dann lass mal sehen.«

Ben Saul trat zu der Turbine und schloss sie an einen Elektromotor an. »Das Gerät benötigt nur eine Hilfe zum Starten. Dann es funktioniert von allein«, erklärte er und verfluchte sich sogleich dafür. Jetzt verriet er diesem Nazi auch noch alles!

»Es braucht keinen Antrieb?«

»Nein.«

»Es hebt die Schwerkraft auf *und* braucht keinen Antrieb?«

»Richtig.«

»Ich sage dir, wenn du mich zum Narren hältst, hast du die längste Zeit hier rumgebastelt.« Wolf legte die Hand reflexartig auf seine Pistolentasche.

Ben Saul überlegte fieberhaft. Falls die Forellenturbine funktionierte, würde Huber ihn drängen, sie sofort in die *Reichsflugscheibe* einzubauen, und er stünde unter ständiger Beobachtung. Schlechte Voraussetzungen für eine Flucht. Funktionierte sie hingegen nicht, schlug hier wohl gerade seine letzte Stunde. Also musste die Turbine *beinahe* funktionieren.

Ben Saul nahm mit einem Schraubenzieher einige Einstellungen vor und startete den Elektromotor. Im Inneren der Forellenturbine begann die Wellenscheibe zu rotieren. Er zog das Stromkabel heraus. Das Gerät hob langsam vom Tisch ab und blieb ungefähr einen Meter darüber schwebend stehen.

»Herr im Himmel«, stieß Wolf aus. »Wie hast du das gemacht, Jude?«

Das fragte sich Ben Saul auch. Eigentlich hätte die Turbine raketenartig an die Decke hochsteigen und dort zerschellen sollen.

»Ich habe abgeschaut von der Natur«, sagte er deprimiert. Das war's, dachte er.

»… von der Natur …«, stammelte Wolf ergriffen.

Sie standen einen Moment nebeneinander, den praktisch lautlos schwebenden Apparat vor ihren Gesichtern; der eine betrübt, der andere fasziniert.

»Und wie kommt das Ding nun wieder runter?«, fragte Wolf.

»So«, sagte Ben Saul, und wollte den Schraubenzieher mit gestreckten Armen an einer der Stellschrauben ansetzen, um die Leistung der Turbine zu reduzieren.

»Lass mich, lass mich«, rief Wolf voller kindlichem Übermut und riss Ben Saul das Werkzeug aus der Hand.

»Aber Sie müssen drehen nach li–«

Doch Wolf hatte schon nach rechts geschraubt; wie bei

einem Wasserhahn, den man schließt. Die Forellenturbine pfeilte aufwärts und zerbarst geräuschvoll an der Hallendecke. Die beiden Männer sprangen zurück.

»Oh«, machte Wolf und sah zu, wie Trümmerteile zu Boden regneten.

»Nein!«, rief Ben Saul in gespieltem Entsetzen. »Jetzt ich muss nochmals beginnen von Anfang!«

»Das bleibt unter uns, Jude!« Wolf drohte Ben Saul mit dem Schraubenzieher.

Ben Saul nickte.

»*Du* hast das Ding kaputtgemacht, hörst du!« Wolf warf das Werkzeug auf den Tisch und ließ den verschwitzten Ben Saul stehen.

Wenig später erschien er mit Huber.

»Ich höre, Sie haben da eine tolle Maschine erfunden!«, rief Huber fröhlich im Näherkommen.

»Ja, aber ich habe vorhin gemacht einen dummen Fehler, ich muss nochmals bauen alles neu.«

»Das macht doch nichts. Dank Ihnen werden wir schon bald einen Haufen *Reichsflugscheiben* losschicken können!«

Wolf machte ein säuerliches Gesicht. Er hätte sich gewünscht, dass Huber den Juden ein bisschen härter anpackte. Oder überhaupt anpackte. Gewiss, Ben Saul leistete einen kriegswichtigen Beitrag. Aber seit wann war das ein Grund, freundlich zu sein?

»Wie lange werden Sie denn benötigen, um eine solche … wie heißt dieses Gerät überhaupt?«, fragte Huber.

»Forellenturbine. Etwa drei Monate«, antwortete Ben Saul. Er brauchte höchstens einen.

»Ausgezeichnet. Sie melden sich, falls ich irgendetwas für Sie tun kann, ja?«

»Gern. Danke.«

Die beiden sprachen miteinander wie Geschäftspartner. Nein, wie befreundete Geschäftspartner. Wolf war angewidert.

Einige Wochen später, es war der fünfte November 1952, hatte Ben Saul drei neue Forellenturbinen in die *Reichsflugscheibe* eingebaut. Die Steuerung der Flugscheibe hatte er mittlerweile gelöst; die zwei zusätzlichen Turbinen leisteten den Vor- und Rückwärtsschub sowie den seitlichen. Eine weitere, halb montierte, ließ er herumstehen, falls Wolf oder Huber wieder hereinplatzen sollten, was sie auch schon mehrmals getan hatten.

Um achtzehn Uhr, der Zeitpunkt war abgesprochen, betraten Ben Sauls Frau Orli und seine Tochter Rina das Flugzeugwerk.

»Hat euch jemand gesehen?«, fragte Ben Saul.

»Nein. Sie sind entweder am Vögeln oder am Saufen«, antwortete Orli leise.

»Das habe ich gehört«, sagte Rina.

»Los, rein mit euch.« Ben Saul lachte.

Orli und Rina kletterten über eine Leiter in die Kanzel der *Reichsflugscheibe* und nahmen auf dem rechten Pilotensitz Platz, die Tochter auf dem Schoß der Mutter.

»Dieser Jude ist ein Genie!«, schwärmte Huber, während er sich mit Wolf der *Sternwarte* näherte.

»Hm«, machte Wolf.

Huber wollte Ben Sauls Fortschritte begutachten. Das hatte er zwar schon am Abend zuvor getan, aber seit sein Traum einer Flotte von *Reichsflugscheiben* wahrzuwerden schien, war er nicht mehr zu halten. Der *Große Moment* – er war zum Greifen nahe! Huber sprach von nichts anderem mehr.

»Ein Genie!«, wiederholte er.

»Hm«, machte Wolf.

Ben Saul nahm auf dem Sitz des Kommandanten Platz, verriegelte die Kanzel und schloss alle Kreise des Stromes, den eine dicke Batterie lieferte. Kontrolllämpchen in verschiedenen Farben leuchteten auf.

»Fliegt das Ding auch wirklich?«, fragte Orli.

»Das werden wir gleich sehen. Falls nicht, habt Ihr mir hier einfach einen Besuch abgestattet. Und falls ja …«

Der Gedanke, die Freiheit wiederzuerlangen, verschlug ihm die Sprache.

Dann bemerkte er, dass dem primär die Luke im Weg stand, die er vergessen hatte zu öffnen.

»Nun können wir in Serie produzieren«, sagte Huber, »und dann brauchen wir die Flugscheiben nur noch zu bewaffnen. Mit drehbaren Maschinenkanonen, schlage ich vor. Aber das wird Herr Ben Saul auch hinbekommen.«

Ach, jetzt schon *Herr* Ben Saul? Wolf spürte brennende Wut in sich aufsteigen. Aber … das war keine Wut. Sondern die gleiche Empfindung, die ihn im Sommer 1931 dazu getrieben hatte, jenem Schwachkopf eine reinzuhauen, dem die schöne Käthe von der Leopoldstraße den Vorzug gegeben hatte. Wolf war eifersüchtig. Er war eifersüchtig auf Ben Saul, weil Huber über Ben Saul so bewundernd sprach wie Wolf über Huber. Ben Saul musste sterben. Und zwar in dem Moment, in dem er sein Wissen über den Bau und die Handhabung der *Reichsflugscheibe* geteilt haben würde. Vielleicht schon vorher. Vielleicht gleich jetzt. Ja, jetzt. Bestimmt hatte Ben Saul Pläne gezeichnet, und es brauchte ihn gar nicht mehr! Deutsche Ingenieure konnten sein Werk vollenden. Im Gehen löste Wolf die Schlaufe seiner Pistolentasche.

Ben Saul hatte keine Ahnung, mit welchem der vielen Schalter an der Wand die Luke geöffnet werden konnte. *Belüftung,* las er langsam und laut, *Heizung, Deckenbeleuchtung links, Deckenbeleuchtung Mitte, Deckenbeleuchtung rechts, Landebeleuchtung.*

»Papa, hier«, sagte Rina und deutete auf einen Schalter.

»Was machst du hier! Wieso bist du wieder rausgekommen!«, rief Ben Saul.

»Um dir zu helfen. Hier, da ist der Schalter!«

Tatsächlich. *Luke öffnen,* stand da. Ben Saul drückte auf den Knopf, und das riesige Stahltor begann sich zu senken.

»Seit wann kannst du Deutsch?«, fragte er seine Tochter, während sie ihn an der Hand zur *Reichsflugscheibe* zurückzog, die sich als schwarze Silhouette gegen das einfallende Licht der Sonne abzeichnete. Ben Saul, nicht mehr daran gewöhnt, hielt sich die freie Hand vor die Augen.

»Das ist doch jetzt nicht wichtig«, rief Rina. »Komm!«

Huber öffnete aufgeregt die Tür zur *Sternwarte,* wie ein Kind, das man zum geschmückten Weihnachtsbaum gerufen hat, und traute seinen Augen kaum. Die *Reichsflugscheibe* – sie schwebte zwei Meter über dem Boden! Sie flog! Sie flog tatsächlich! Das *Reich* breitete endlich wieder seine Schwingen aus! Hubers Begeisterung schlug in Entsetzen um, als ihm bewusst wurde, dass hier kein Testflug stattfand, sondern Verrat. Herr Ben Saul türmte!

Wolf begann sofort zu feuern, doch die Flugscheibe war schon in einer zügigen Linkskurve aus der Luke hinaus entschwunden und gleißte kurz im Schein der untergehenden Sonne auf. Zurück blieben eine leergeschossene, hasserfüllt umklammerte P.38 und ein auf die Knie gesunkener, schluchzender Anführer einer Gruppe von Nazis, die in einem Berg lebten.

»Wie damals bei der Belagerung von Masada!«

An meinen Nachfolger.

Motti sitzt an Steves Schreibtisch und starrt auf den Umschlag, der dort gelegen hat. Er will noch immer nicht Steves Amt übernehmen. Und es leuchtet ihm auch nicht ein, inwiefern man die Antisemiten von ihrer Haltung abbringt, indem man genau das tut, was sie einem unterstellen. Oder was es überhaupt für einen Zweck haben soll, die Welt zu beherrschen.

Er seufzt leise und öffnet den Brief, der auf gut zwei Monate zuvor datiert ist; kurz nach Mottis Ankunft.

Wer auch immer das liest (Ihr seid ein so meschigener Haufen, ich kann mich nicht entscheiden, wer meine Stelle einnehmen soll):

Nun, da ich nicht mehr bin, ist es an Dir, unsere Bewegung zu führen. »Nie wieder soll ein Jude sich fürchten müssen« – das waren die Worte unseres Gründers Avi Ben Saul, der mit seiner Familie vor den Nazis geflüchtet ist. Seiner Vision einer jüdischen Weltherrschaft sind wir schon sehr nahe, ...

Wie bitte?, denkt Motti.

... aber es gibt noch viel zu tun für Dich. Sei mutig! Sei furchtlos! Sei ein Weltjude!

Masel tov, Steve, der eigentlich Herzl geheißen hat

Motti legt den Brief hin. Das Weltjudentum erwartet jetzt von ihm Führung. Es steht sogar direkt vor ihm und schaut ihn erwartungsvoll an: Gideon, Rifka, Aaron, Benjamin und Jitzhak. Heißen sie in Wahrheit auch anders? Motti zieht ein zweites Dokument aus dem Umschlag: eine Liste mit Passwörtern, Codewörtern, Namen und Telefonnummern. Anscheinend gibt es noch weitere Agenten. Viele sind es nicht.

»Marcel Reich-Ranicki?«, liest Motti laut und sieht auf: »Der Literaturkritiker?«

»Einer unserer wichtigsten Männer.« Gideon nickt. »Er prägt die öffentliche Meinung seit langem.«

»Er ist aber tot.«

»Tot?«, rufen die anderen.

»Schon seit über fünf Jahren.«

Meine Güte, denkt Motti, ist das ein Saftladen. Er nimmt einen Kugelschreiber und streicht den Decknamen *Marcel Reich-Ranicki* durch. Und den richtigen daneben auch.

Nach Steinweins Verhaftung, dem Bankrott des Weltjudentums, Steves Tod und nun der Erkenntnis, dass auch ihr ehrwürdiger Kamerad Marcel nicht mehr lebt, ist die Moral der Weltjuden komplett am Boden.

»Es hat doch alles keinen Sinn mehr«, flüstert Benjamin und lässt seine breiten Schultern hängen.

»Wir sollten per Los jemanden bestimmen, der uns alle tötet. Und anschließend sich selbst«, sagt Aaron nach einem Augenblick des Schweigens trotzig.

Motti wirft ihm einen irritierten Blick zu.

»Wie damals bei der Belagerung von Masada!«, ergänzt Aaron.

»Ja«, bestätigt Benjamin, »ein ruhmvoller Tod ist besser als ein Leben im Elend.«

»Hört doch auf!«, ruft Motti. »Hier wird keiner umgebracht!«

»Was sollen wir denn dann tun, Mickey?«, jammert Benjamin.

Die Weltjuden sehen Motti flehend an. Motti, ihr Anführer wider Willen, überlegt. Was kann er ihnen auftragen, damit sie beschäftigt sind? Und dabei idealerweise Geld verdienen?

»Ich weiß was«, sagt er schließlich.

»Was denn?«, fragt Gideon.

»Wir sorgen dafür, dass alle Welt nur noch unsere Orangen isst.«

»Wie denn?«, fragt Benjamin.

»Sie würden uns in eine Irrenanstalt bringen.«

Über dem gekrümmten Erdhorizont spannte sich schwarz und gewaltig der Weltraum. Die Familie Ben Saul staunte aus den Bullaugen der *Reichsflugscheibe,* die auf zwanzigtausend Meter aufgestiegen war und mit dreitausend Stundenkilometern geräuschlos nach Süden sauste.

In dieser Höhe fiel es Avi Ben Saul leicht, allein nach der Geographie zu navigieren – Italiens Adriaküste entlang zum Peloponnes, über Kreta hinaus und danach auf östlichem Kurs nach Israel. Sie waren noch keine halbe Stunde in der Luft und hatten bereits die griechischen Inseln hinter sich gelassen. Die Stimmung war heiter. Die wiedergewonnene Freiheit und der überwältigende Ausblick trieben den drei Raumfahrern Freudentränen in die Augen.

»Seht! Dort unten!«, rief Ben Saul und wies nach links.

Orli und Rina folgten seinem Blick. Eine schnurgerade Küstenlinie war zu sehen. Das helle Wüstenbraun war hie und da von bewirtschafteten und urbanen Flecken unterbrochen. Ben Saul legte die Flugscheibe in eine Linkskurve und nahm die Geschwindigkeit zurück.

»Wo werden wir landen?«, fragte Rina.

»Außerhalb von Tel Aviv. Dann können wir in Ruhe verschwinden«, antwortete Ben Saul.

»Warum verschwinden?«

»Was glaubst du, was passiert, wenn wir dieses Ding mitten auf dem Dizengoff-Platz absetzen? Und erklären, wir hätten es Nazis geklaut?«

»Sie würden uns in eine Irrenanstalt bringen«, sagte Orli leise.

Weit vor ihnen flackerten die Lichter von Tel Aviv. Ben Saul drückte die Steuersäule nach unten. Die Brandung des Meeres wurde sichtbar. Kleine helle Punkte erschienen auf der tiefblauen Oberfläche und verschwanden wieder, während sich anderswo welche zeigten.

»Alles wird gut.« Orli lächelte und legte ihre Hand auf den Oberschenkel ihres Mannes.

Im selben Moment erklang ein hässliches metallisches Geräusch, und die Flugscheibe kippte nach links ins Bodenlose.

»Fotos posten,
nicht Pimmel angucken!«

Benjamin steht in knappen roten Badehosen auf einer Leiter, die gegen einen Orangenbaum gelehnt ist, und hält eine Frucht in der Hand.

»Und jetzt guck mal verführerisch«, sagt Motti und hält sein Smartphone bereit zum Fotografieren.

Benjamin schaut aber eher unbeholfen als verführerisch.

»Es hat keinen Sinn«, sagt Gideon. »Er ist zu schüchtern.«

»Er sieht aber am besten aus von uns allen«, entgegnet Motti.

»Nu, stimmt«, gibt Gideon zu.

Benjamin weiß immer noch nicht, wohin mit seinem Körper auf der Leiter.

»Benjamin«, fragt Motti, »warst du schon mal verliebt?«

»Ja.«

»Wie hieß er?«

»Kai«, sagt Benjamin leise und wird gleichzeitig traurig und froh.

»Denk an Kai! Stell dir vor, dass ich dieses Bild für ihn mache!«, ruft Motti.

Das funktioniert. Benjamin grinst, schäkert und posiert.

»So verkaufen wir unsere Orangen aber nur an Schwule«, mault Rifka, die neben Motti steht.

»Ach was«, sagt Motti, der weiter fotografiert, »er ist halbnackt und beschnitten. Das gefällt auch Frauen.«

»Ich will das aber nicht sehen!«, ruft Rifka.

Benjamin lacht und tut so, als würde er das Geheimnis trotzdem lüften.

Motti hält auch diese Szene fest. Sie liefert beinahe das beste Ergebnis. Aber auch die anderen Bilder sind gut geworden. Schließlich macht er noch Aufnahmen von den Früchten selbst, am Baum und frisch geschält.

Am Abend nach dem Essen sitzen alle zusammen, um einen Namen für das Instagram-Profil zu finden, mit dem Motti eine Orangen-Manie auslösen will.

»*Jaffa Balls*«, schlägt Benjamin vor.

»*Kinky Kibbutz*«, sagt Aaron.

»*Juicy Jew*«, sagt Motti.

»*Orange Jews!*« Jitzhak muss lachen.

»*Chaim's Gold*«, sagt Rifka.

»Wer ist Chaim?«, fragt Gideon.

»Na, Benjamin! Er braucht doch einen Decknamen für diese Geschichte.«

Am Ende macht Rifkas Vorschlag das Rennen, denn *Jaffa Balls* heißt bereits eine Süßigkeit aus Datteln, *Orange Jews* werden Juden aus Holland genannt, *Juicy Jew* ist auf Instagram schon vergeben, und nur Aaron weiß, was *kinky* heißt.

Sie laden eines der Fotos hoch und schreiben dazu: *Another lonely day in my plantation. Love, Chaim.*

Nachdem sie sich bei anderen Instagram-Profilen inspiriert haben und Aaron allen erklärt hat, wozu die Wörter mit dem Doppelkreuz davor gut sind, fügen sie einige dieser Hashtags hinzu: *#jewish #jewboy #israel #hot #sexy #orange #healthy #organic #vegan #single* und, nach längerer Diskussion, *#circumcised*.

»Aber unsere Orangen sind gar nicht *organic*«, gibt Jitzhak zu bedenken. »Wir spritzen die doch.«

»Dann machen wir das ab heute nicht mehr«, ordnet Motti an.

Es dauert keine Minute, bis das Foto die ersten Likes erhält und das Profil die ersten Follower.

»Jetzt brauchen wir noch hübsches Einwickelpapier«, sagt Motti. »Unsere Orangen sind jetzt schließlich begehrte Luxusartikel.«

»Wir verpacken jede einzeln?«, stöhnt Rifka.

»Jede. Und *organic jewboy* signiert sie persönlich.«

»Ich?«, fragt Benjamin entsetzt.

»Wir alle.« Motti holt Papier und Kugelschreiber, setzt sich wieder hin, schreibt in geschwungener Schrift

Chaim

Chaim

Chaim,

schiebt das Papier zu Rifka, die ebenfalls

Chaim

Chaim

Chaim

draufschreibt, während Benjamins Handy

bing

bing

bing

macht. Männer und Frauen überschütten ihn mit Komplimenten für seinen Körper. Ob Chaim nicht mal woanders Ernte halten möchte, fragt jemand. Die privaten Nachrichten werden etwas deutlicher. Fotos werden verlangt und eingesandt. Motti will das nicht sehen, Benjamin schon, weswegen das weiterhin

bing

bing

bing

machende Handy über den Tisch geschoben wird. Benjamin macht große Augen.

Motti lacht. »Fotos posten, nicht Pimmel angucken!«

»Okay, okay«, sagt Benjamin und guckt nochmals.

Die Orangenfabrik ruft an. Wo bitteschön die nächste Lieferung bleibe. Man habe seit Tagen nichts erhalten.

Eine interne Umstellung, antwortet Motti, er bitte um Verzeihung. Aber man könne nun ein neues Produkt anbieten. *Chaim's Gold* heiße es. Eine überaus schmackhafte Sorte von allerhöchster Güte.

Nie gehört, sagt die Fabrik.

Von kundiger Hand gepflückt und liebevoll verpackt, schwärmt Motti.

Schön, sagt die Fabrik, wann das Zeug nun komme.

Man könne aufgrund der hohen Nachfrage leider nur ein geringes Kontingent anbieten, sagt Motti.

Die Fabrik stutzt. Die Konditionen blieben aber gleich?

Nun, entgegnet Motti, der Preis habe natürlich der veränderten Marktsituation angepasst werden müssen.

Was das bitte heiße, will die Fabrik wissen.

Sechs Schekel, antwortet Motti.

Pro Kilo?, fragt die Fabrik ungläubig. Es ist dreimal so viel wie bis anhin.

Pro Frucht, antwortet Motti. Man verkaufe jetzt stückweise.

Die Fabrik schweigt.

Dann lacht die Fabrik.

Nun schweigt Motti.

Hallo, ruft die Fabrik.

Motti bittet die Fabrik, sie möge sich doch auf Instagram über das sensationelle neue Erzeugnis informieren.

Einen Dreck werde sie tun, sagt die Fabrik und legt auf.

»Papa! Komm! Wir müssen weg!«

Laut fluchend zog Ben Saul an der Steuersäule und drückte sie nach rechts, um die nervös abwärts segelnde Flugscheibe auf geradem Kurs zu halten. Verschiedene akustische Alarmsignale vermischten sich mit den Angstschreien von Orli und Rina.

Die *Reichsflugscheibe* kam für einen Moment in die Horizontale, bloß um wieder vornüberzukippen. Ben Saul fragte sich panisch, woran es lag. Wurden sie verfolgt, hatte man auf sie geschossen? Oder stimmte etwas mit den Forellenturbinen nicht? Er prüfte, während er weiter an der Steuersäule zerrte, die Anzeigen. Tatsächlich lief jene für den Auftrieb nur noch mit halber Leistung, und die für den Seitwärtsschub war komplett ausgefallen. Hatte er, getrieben von Zeitnot und Existenzangst, die Apparate nicht sorgfältig genug zusammengebaut?

»Was ist los?«, rief Orli.

»Ich weiß es nicht!«, rief er zurück.

»Papa!«, schrie Rina.

Ben Saul versuchte, die Turbinen wieder zu starten. Es gelang ihm nur bei der einen, und bloß noch für eine weitere Minute. Die Flugscheibe verlor rapide an Höhe, während sie über den Strand von Tel Aviv, die HaYarkon- und die Ben-Yehuda-Straße zog. Die Menschen in den Cafés und Restaurants fragten einander, was für ein seltsames Objekt da eben über sie hinweggesaust sei. Viele alarmierten die Armee, nachdem sie das Hakenkreuz gesehen hatten.

Um das bewohnte Gebiet hinter sich zu lassen, erhöhte Ben Saul die Vorwärtsgeschwindigkeit. Sie flogen über die letzten Häuser am östlichen Rand der jungen Stadt. Vor ihnen lag dunkel die Wüste. Der Boden kam immer näher.

»Festhalten!«, rief Ben Saul und nahm die Geschwindigkeit zurück.

Sie setzten hart auf, in Seitenlage und viel zu schnell. Die ausgefahrenen Teleskopstützen brachen sofort ab. Die Flugscheibe überschlug sich, schlitterte mehrere hundert Meter über den Sand und kam knirschend zum Stehen.

Rina öffnete ihre zusammengekniffenen Augen. Sie befreite sich aus der schützenden Umklammerung ihrer bewusstlosen Mutter und löste den Gurt, den diese über sie beide geschnallt hatte. Auch ihr Vater regte sich nicht. Beide hatten blutverschmierte Gesichter.

»Mama! Papa!«, rief Rina und schüttelte ihre Eltern an den Schultern.

Doch sie antworteten nicht. Rina entriegelte die Luke und stieß sie auf. Über ihnen leuchtete der Mond. Aber das war nicht die einzige Lichtquelle. Aus Richtung der Stadt nahten Autoscheinwerfer. Rina musste ihre Eltern sofort aufwecken. Aber wie? Sie rief und schüttelte und rief noch lauter, ohne Ergebnis. Schließlich biss sie beide nacheinander heftig in den Oberarm. Bei ihrem Vater wirkte es beim zweiten Mal. Bei ihrer Mutter nicht.

»Mama! Mama!«, rief sie.

Ihr Vater begann, benommen zu blinzeln.

»Papa! Komm! Wir müssen weg!«, rief Rina.

Ben Saul stöhnte. Er hatte sich die Nase, das Jochbein und das Handgelenk gebrochen. Er wischte sich mit der unversehrten Hand das Blut aus dem Gesicht, sah zu seiner Frau hinüber, rief ihren Namen und fühlte ihren Puls.

»Orli!« Verzweifelt schüttelte er sie am Oberarm.

Aber sie lebte nicht mehr.

Ben Saul und Rina verharrten einen Augenblick in tiefer Bestürzung. Dann bugsierte er Orlis Leichnam unter heftigen Schmerzen aus der Kanzel, ließ ihn auf die Tragfläche gleiten und zog ihn von dort herunter. Während er mit seiner toten Frau über der Schulter und seiner aufgelösten Tochter in der Dunkelheit verschwand, schwor er bittere Rache. Niemals wieder sollten Juden zu Opfern werden. Sondern sie sollten so mächtig sein, dass keiner es je wieder wagen würde, sich mit ihnen anzulegen.

Eine halbe Stunde später stand Oberst Schaul Grünspan auf der demolierten *Reichsflugscheibe*, während seine Männer das Gelände absperrten, Scheinwerfer aufstellten und Fotos machten. Sein Medienoffizier stand unten an der Leiter.

»Was sollen wir sagen?«, fragte er.

»Dass in der Nähe von Tel Aviv ein großer Wetterballon abgestürzt sei«, antwortete Grünspan nach kurzem Überlegen.

Der Medienoffizier nickte und begab sich zu seiner Schreibmaschine. Grünspan kniete nieder und leuchtete mit seiner Taschenlampe in die Kanzel der Flugscheibe hinein. Er wunderte sich sehr darüber, dass die Außerirdischen die Schalter in ihren Raumschiffen auf Deutsch beschrifteten.

»Vielleicht zeigen Sie mir noch ein wenig den Kibbuz?«

Chaim ist jetzt ein berühmter Mann. Seine Produkte stehen auf teuren Esstischen aus Kirsche oder Nussbaum in Stockholm, London, St. Petersburg, Peking und Los Angeles und werden in vielen Sprachen gelobt. Den Lieferungen liegt ein handschriftlich verfasstes Grußkärtchen bei und manchmal, zum Verzücken des Empfängers, sogar ein Polaroid-Foto.

Die bescheidene, natürliche Aura, die *Chaim's Gold* umgibt, steht in krassem Gegensatz zu den Millionen von gesichtslosen Erzeugnissen, die nur dazu da sind, ein paar reiche Widerlinge noch reicher und noch widerlicher zu machen. Dagegen ist dieser grundehrliche Junge, der sich von früh bis spät unter der Wüstensonne abrackert und sogar noch Zeit findet, sich bei jedem zu bedanken, der seine Orangen kauft, eine Wohltat.

Das *Time Magazine* will Chaim – nach zähen Verhandlungen, was alles gesagt und gezeigt werden dürfe und was nicht – eine Titelgeschichte widmen. Gideon hat die Reporterin, eine überaus aparte großgewachsene Brünette mit aufregenden Lippen und herausforderndem Blick, und den Fotografen, einen Kettenraucher mit riesiger Hornbrille, am Flughafen abgeholt, ihnen für die Fahrt die Augen verbunden und die Handys abgenommen, damit sie nicht herausfinden können, wo sich der Kibbuz befindet.

Mickey, der freundliche Geschäftsführer, zeigt den beiden die Anlage und bringt sie schließlich zu Chaim, für ein kurzes Interview und ein paar Bilder. Die Reporterin und der Fotograf weinen beinahe, so ergriffen sind sie, dass diese sympathischen Farmer sich nicht von ihrem Erfolg haben verderben lassen, sondern immer noch einen Subaru Justy fahren und fast all ihre Einnahmen für wohltätige Zwecke spenden.

»Was für Zwecke sind das?«, will die Reporterin wissen, nachdem Chaim sich wieder verabschiedet hat. Ein Windstoß bringt ihr halblanges Haar in hübsche Unordnung. Sie steht da, das eine Bein leicht angewinkelt, einen Notizblock in der einen Hand, einen Kugelschreiber in der anderen, mit dem ganzen Körper neugierig.

»Wir legen großen Wert auf Diskretion«, antwortet Motti leicht verunsichert. »Und die Spendenempfänger auch.«

»Das verstehe ich natürlich.« Die Reporterin streicht sich mit der Kugelschreiber-Hand eine Strähne hinters Ohr und schenkt Motti einen Blick, den er nicht einordnen kann. Wünscht sie mehr Informationen?

»Ich kann Ihnen aber verraten, dass wir Juden auf der ganzen Welt unterstützen«, sagt er. Und denkt: Nämlich das Weltjudentum, haha.

»Das ist sehr schön«, sagt die Reporterin.

Sie guckt Motti an, wie eine Frau einen Mann anguckt, der etwas gesagt hat, das sie sehr schön findet.

Ob die was will? Eine Frage, die sich junge Männer häufig stellen. Und falls ja, was muss ich jetzt tun? Eine andere Frage, die sich junge Männer häufig stellen. Im Gesicht der Reporterin ist jedoch keine Instruktion zu finden, bloß weiterer Anlass zum Rätseln. Motti bekommt ein flaues, aber nicht unangenehmes Gefühl im Magen.

»Mach doch noch ein paar Bilder von den Orangenbäumen, okay?«, sagt die Reporterin zum Fotografen, woraufhin der seine Tasche schultert und verschwindet.

Motti sieht ihm nach und dann wieder die Reporterin an. Hat sie den Fotografen nun tatsächlich der Bäume wegen fortgeschickt?

»Vielleicht zeigen Sie mir noch ein wenig den Kibbuz?«, fragt sie.

Was meint sie mit ›Kibbuz‹? Den Traktor? Den Speisesaal? Die Unterkünfte? Gar jene von Motti? Er benötigt dringend einen Dolmetscher. Jemanden, der die Sprache der Frauen in seine übersetzen kann. Falls das überhaupt möglich ist.

Er macht wieder einmal sein ratloses Gesicht. Die Reporterin lacht. Ist ihr ein lustiger Witz eingefallen? Sie dreht sich um und spaziert davon. Motti schaut auf ihren *Tuches*. Es ist ein guter *Tuches*, nicht groß, nicht klein. Ein Prachtarsch in engen blauen Chinos, stramm und doch kurvig. Motti folgt ihm wie auf Schienen.

Sie kommen zum Wohnbungalow. Jitzhak zieht gerade die Tür seines Zimmers ins Schloss und entfernt sich mit einem feinen Lächeln im Gesicht. Die Reporterin bleibt stehen, dreht sich zu Motti um, macht einen Schritt auf ihn zu und guckt ihn wieder freundlich an. Motti guckt freundlich zurück. Freundlich und vollkommen überfordert. Die weiße Kibbuz-Katze erscheint und setzt sich in der Nähe hin. Auch sie scheint zu spüren, dass hier etwas Bemerkenswertes geschieht. Das wäre jetzt der Moment, denkt Motti. Er brauchte bloß den Arm auszustrecken, nach der Taille der Reporterin, und dann läge seine Hand auch schon bald auf ihrem *Tuches,* und er wüsste endlich, was er seit bald zwei Stunden unbedingt herausfinden will: ob er sich so gut anfühlt, wie er aussieht.

Das Ende seiner Überlegung ist aber auch schon das Ende des Moments. Sie stehen noch etwas so herum und bereden irgendwelche Oberflächlichkeiten, für die Motti sich in den eigenen *Tuches* beißen könnte, dann kommt der Fotograf zurück und kurz darauf auch Gideon, bereit, die Gäste wieder nach Tel Aviv zu bringen. Die Reporterin sagt, dann sei auch sie bereit. Sie schenkt Motti einen letzten Blick, der leicht bedauernd wirkt. Aber vielleicht ist sie auch nur müde von der Reise und dem langen Tag. Gideon schaut heiter zwischen allen hin und her. Man verabschiedet sich. Wie die Reporterin davongeht, schaut Motti noch einmal ihren *Tuches* genau an. Er ist wirklich sehr gut. Sogar besser als der von Laura. Trotzdem ist Motti froh, dass er sich nicht von seinen schmutzigen Gedanken hat davontragen lassen und der Reporterin an die Wäsche gegangen ist. Womöglich hätte sie ihm eine runtergehauen.

»Die Volksseele würde nicht nur überkochen ... sie würde *explodieren*!«

Hubers Stimmung war im Keller. Ben Sauls Flucht mit der *Reichsflugscheibe* und der damit einhergehende technologische Verlust – er hatte keine Pläne hinterlassen, nichts –, vor allem aber die menschliche Enttäuschung trafen Huber schwer. Hinzu kam, dass die Deutschen einer neuen Art des kollektiven Wahnsinns verfallen zu sein schienen: Sie beschworen den *ewigen Frieden,* baten ihre einstigen Kriegsgegner um *Verzeihung,* trieben *Handel* mit ihnen und gingen sogar militärische *Bündnisse* ein. Sie *schämten* sich für den von ihnen angezettelten Krieg, allem voran für die Verfolgung der Juden, vor denen sie nicht tief genug in die Knie sinken konnten. Deutschland werde von nun an eng an der Seite seines *Freundes* Israel stehen, tönte es aus Bonn, der neuen deutschen *Hauptstadt.*

Huber konnte nicht glauben, was er in den Zeitungen las. Jetzt vermutete er erst recht jüdische Machenschaften dahinter, und zwar satirische. Ja, so musste es sein: Der Jude rächte sich, indem er sich über die Deutschen lustig machte. Israel ein Freund! Bonn eine Hauptstadt! Was denn noch alles? Ein Sozialdemokrat als Kanzler?

Doch diesmal sandte Huber keine Agenten aus, um die Lügenpresse zu entlarven. Er ging der Sache selbst auf den

Grund. Er raste von Stadt zu Stadt und eilte von Wirtshaus zu Wirtshaus, doch überall bekam er dasselbe zu hören: *Hitler war ein Monster, wir waren blind, so etwas darf nie wieder geschehen, unverzeihlich, Schuld, Schande, Verbrechen.* Die Leute schienen geradezu süchtig nach dem Gift, das ihnen der Jude einflößte.

»Wir dürfen doch auch stolz sein auf die Leistungen unserer Soldaten in zwei Weltkriegen, meinen Sie nicht?«, fragte Huber in einer Hamburger Kneipe. Er hatte eine Runde ausgegeben und wähnte sich auf sicherem Terrain. So hatte er seinen Anliegen bisher immer die Tür geöffnet. Aber man starrte ihn bloß an.

»Stolz?«, fragte einer der Männer am Tisch erschüttert; ein bärtiger Blonder mit tiefen Falten um die Augen.

»Na ja, nicht unbedingt stolz«, wiegelte Huber ab, »aber vielleicht … dankbar?«

»Dankbar?«, höhnte ein anderer, ein kleiner Dicker mit Hosenträgern. »Haben Sie sich hier mal umgesehen?« Er machte eine breite Handbewegung, die wohl den Bombenschäden galt.

»Wir haben mit dem Scheiß angefangen«, sagte der erste leise. »Darauf ist hier keiner stolz.«

Sie sahen Huber in einer Art an, die ihm klarmachte, dass es Zeit war aufzubrechen. Und besser nicht wiederzukommen.

Überall liefen seine Besuche gleich ab. Besonders arg war es in Paderborn, Bocholt und Hanau: Je zerstörter die Städte, umso größer das Schuldbewusstsein – anstatt des Drangs nach Vergeltung! Eine erinnerungspolitische Wende war vonnöten, dachte Huber, während er in seinem neuen zinnoberroten Mercedes 180 quer durch das Land fuhr und dabei so oft und so heftig den Kopf schüttelte, dass er diesen Tick nach seiner Rückkehr zum Jochberg nicht mehr ganz loswurde.

Er alterte sichtlich, trottete durch die *Alpenfestung* wie ein angeschossener Elefant, ergab sich vollends dem Suff und verkündete eines Abends beim Essen lallend, er wolle nicht mehr führen, da es nichts mehr zu führen gebe. Das deutsche Volk gehe gerade ein zweites Mal unter und habe das angesichts seiner Schwäche auch gar nicht anders verdient. Dann begab er sich aufs Klo.

»Wir müssen ihn absetzen«, sagte Wolf zu Hartnagel. »Er ist kein Beispiel mehr.« Er legte seine Serviette hin, erhob sich und wartete vor der Toilette, bis Huber mit wackelndem Kopf wieder herauskam.

»Mein *Neuer Führer*?«, sprach Wolf ihn an.

Huber schaute Wolf aus traurigen Trinkeraugen an. »Ich bin kein Führer mehr«, flüsterte er.

»Darüber möchte ich mit Ihnen sprechen.«

»Wie meinen Sie?«

»Ich enthebe Sie Ihres Kommandos. Ich übernehme.«

»Ach so. Ja, tun Sie das. Danke«, sagte Huber matt, griff in die Brusttasche seines schwarzen Overalls, holte ein dunkelgraues Büchlein mit einem großen weißen Hakenkreuz darauf hervor und drückte es Wolf in die Hand. »Da drin steht alles, was Sie wissen müssen«, murmelte er, setzte seinen Hut auf, stieg in seinen Wagen, fuhr in Schlangenlinien nach München und kehrte nie mehr zurück.

Noch am selben Abend erhob sich Wolf in den Rang eines ss-Oberst-Gruppenführers und machte eine Bestandsaufnahme. Die *Alpenfestung Germania* verfügte über mehr als zweitausend Menschen, die zu allem entschlossen waren, sowie über ausreichend Gewehre und Munition. Es mangelte jedoch an schwerem Gerät – und vor allem an einer Luftwaffe. Mit einer Flotte von *Reichsflugscheiben* hätte man sämtliche Lufträume dieser Welt erobern können. Wie entscheidend das war, hatte man ein paar Jahre zuvor ja eindrücklich veranschaulicht bekommen. Aber der feine Herr Ben Saul hatte das *Reich* dieser Perspektive hinterlistig beraubt.

Wolf lehnte sich im Stuhl zurück und legte seine gestiefelten Füße auf den Schreibtisch. Man konnte es drehen und wenden, wie man wollte – der militärische Weg war aussichtslos. Die Mittel waren geradezu lachhaft, und das verjudete Pazifistengesocks da draußen würde sich nie wieder dazu anstiften lassen, dem Franzmann aufs Maul zu geben. Wolf schnaubte verächtlich. Nicht zuletzt, weil er keine alternative Strategie hatte. Er war schöpferisch, wenn es um Taktik ging; darum, die Beschaffenheit des Geländes auszunutzen und den Gegner in einen Hinterhalt zu locken. Doch er war nicht der Mann für einen kompletten Kriegsplan, wie er sich eingestehen musste. Er zog die Beine vom Tisch, griff zum Hörer und rief nach Hartnagel. Der war ein schlauer Kopf. Ihm würde gewiss was einfallen.

»Wie schätzen Sie unsere Chancen ein, Deutschland zurückzuerobern?«, fragte Wolf, als Hartnagel stramm vor ihm stand.

»Nicht gut, mein *Neuester Führer*«, antwortete Hartnagel. »Nicht ohne die *Reichsflugscheiben*. Oder einen anderen Vorsprung durch Technik.«

»Und wenn der Krieg nicht auf dem Feld gewonnen werden kann, dann …«, begann Wolf, als könnte jedes Kind diese Aussage vervollständigen. Tatsächlich hatte er nicht die geringste Ahnung.

Hartnagel bekam Herzklopfen; wie immer, wenn Wolf ihm solche Denkaufgaben stellte. Er überlegte: Wenn nicht in der Luft und nicht auf dem Feld – wo denn dann?

»Dann muss er … in den Köpfen gewonnen werden?«, sagte er schließlich.

»Genau!«, rief Wolf.

Uff, dachte Hartnagel.

Uff, dachte Wolf.

»Und haben Sie eine Idee, wie uns das gelingen könnte?«, fragte er. Wieder so, als hätte er längst eine; als hätten alle eine, bloß Hartnagel mal wieder nicht.

Hartnagel dachte scharf nach. Wenn man keine *Wunderwaffen* besaß, brauchte man etwas, das ebenso verheerendes Potential hatte, aber auf einer anderen Ebene operierte. Wie … wie … Hartnagel sah sich um und erblickte das Telefon auf Wolfs Schreibtisch. Genau, wie das Telefon. Ein Apparat, mit dem ein Vater auf Reisen seinen Kindern liebevoll eine gute Nacht wünschen, mit dem man aber auch den Befehl für den Einmarsch in ein Nachbarland erteilen konnte. Oder wie das Radio: Millionen von Deutschen hatten sich einen *Volksempfänger* angeschafft, weil sie Musik mochten, und man hatte ihnen damit die wüsteste Hetze in die Stuben geschickt.

Nachdem man die Kontrolle über die Medien an die schlangenhaften Juden verloren hatte, galt es also, etwas zu erfinden, das ebenfalls jeder haben wollte, mit dem man aber nicht nur empfangen, sondern auch senden konnte. Eigene Propaganda produzieren.

»Stellen Sie sich vor«, rief Hartnagel, nachdem er Wolf seine Gedanken präsentiert hatte, »wenn jeder mit jedem verbunden wäre, wenn nicht die Führung dem Volk mitteilt, dass die Juden alles Verbrecher sind – sondern *das Volk dem Volk*!«

»Dann könnte jeder in jedem den Zorn wecken.« Wolfs Augen glühten, als wäre es bei ihm bereits geschehen. »Die Volksseele würde nicht nur überkochen ... sie würde *explodieren*!«

Hartnagel wies auf das Telefon auf dem Tisch. »Wir müssen die Menschen miteinander vernetzen, wie hiermit. Aber was der eine von sich gibt, soll nicht nur ein einzelner anderer mitbekommen, sondern zehntausende!«

Wolf sprang von seinem Stuhl auf: »Ja! Eine Kombination aus Telefonapparat und Radio!«

»Und Schreibmaschine«, ergänzte Hartnagel. »Die Leute sollen damit auch schreiben können.«

»Eine ... *Volksmaschine*«, folgerte Wolf erregt.

»Das ist wohl etwas zu abstrakt, wenn Sie gestatten, mein *Neuester Führer*. Es handelt sich ja um eine Rechenanlage. Vielleicht wäre *Volksrechner* die passende Bezeichnung?«

»*Volksrechner* ...«, flüsterte Wolf. »Ja ... ja, das ist ein trefflicher Name.«

»Und das Beste daran: Wir verdienen auch noch Geld damit«, frohlockte Hartnagel.

»Phantastisch!« Wolf klatschte in die Hände. »Wirklich phantastisch. Könnte glatt von einem Juden sein, dieser Plan.«

»Du bist seit einer halben Stunde da drin!«

»Wirklich nicht?«, fragt Jitzhak ungläubig und nimmt eine weitere Scheibe Brot aus dem Korb.

»Nein!«, antwortet Motti und spießt zornig eine Olive auf die Gabel.

Die Frage war, ob Motti die Reporterin in sein Zimmer genommen habe. Es sei doch, meinte Jitzhak, völlig offensichtlich gewesen, dass sie nicht abgeneigt gewesen wäre. Es ist die Art Mitteilung, die man gleichzeitig gern und ungern hört, weil sie einem ein gutes Selbstgefühl gibt und gleich wieder nimmt.

Nun kommt auch noch Gideon hinzu: »Du machst deinem Namen wirklich alle Ehre«, lässt er Motti wissen und setzt sich neben ihn.

»Welchem Namen?«

»Schicksenheld!«

Gideon lacht.

Jitzhak lacht.

Motti nicht.

Gideon schaut ihn an. »Warum das traurige Gesicht?«, fragt er, während er sich einen Kaffee einschenkt.

»Frag besser nicht«, sagt Jitzhak und beschmiert grinsend sein Brot.

Motti macht sich schwere Vorwürfe. Seit der Abreise der hübschen Reporterin hat er ununterbrochen darüber gegrübelt, ob er es vielleicht doch hätte wagen sollen. Nun, nachdem er Jitzhaks und Gideons Außensicht entgegengenommen hat, ärgert er sich noch viel mehr, und in Verbindung mit dem Kaffee beginnt es in seinem Bauch arg zu rumoren. Er zieht sich auf die Toilette zurück, auf dem Weg ein Buch von Benjamin ergreifend, das auf einem der Tische liegt. Die Geschichte ist ziemlich gut; sie handelt von einem alten Bühnenmagier, der von einem Comeback träumt, und einem Jungen, der seine getrennten Eltern wieder zusammenbringen will und dafür den Zaubergreis engagiert.

»He! Mach mal!«, ruft Aaron von draußen.

»Bin gleich fertig!«

»Womit denn? Du bist seit einer halben Stunde da drin!«

»Echt?« Motti schaut auf, obwohl er so nicht Aaron ansieht, sondern die Tür, die sie beide trennt.

Er hat sich völlig in der Geschichte verloren und seinen Gram über die verpasste Liebeschance nach wenigen Seiten vergessen. Er verlässt die Toilette, kümmert sich eine Weile um das wie geschmiert laufende Orangengeschäft, legt sich dann mit dem Buch in eine Hängematte und tut, was jeder vernünftige Mensch tut, der von der realen Welt enttäuscht ist: Er beschäftigt sich mit einer erfundenen.

»Haben Sie gewusst, dass jeder Jude zu Hause hundert Gramm Gold hortet?«

Eines milden Abends im Mai 1954 spazierte John Bardeen mit Hut und Mantel zu seinem limettengrünen Plymouth Belvedere mit weißem Dach. Der 46-jährige Elektroingenieur und Professor an der Universität von Illinois arbeitete an der Entwicklung des Transistors. Dieses Bauteil zum Steuern von Spannungen war nur ein Fünfzigstel so groß wie eine Elektronenröhre, wesentlich günstiger herzustellen und brauchte weniger Strom. Für jemanden, der möglichst kleine und erschwingliche Rechenmaschinen bauen will, waren das ausgesprochen interessante Eigenschaften.

Als Bardeen die Wagentür öffnete, hörte er in der Nähe einen überraschten Schrei. Er wandte sich um und sah eine schwarzhaarige Frau auf dem Bordstein des Parkplatzes sitzen, die sich mit schmerzverzerrtem Gesicht den Knöchel hielt. Eine lederne Aktenmappe lag vor ihr auf dem Asphalt. Bardeen, ein Gentleman, eilte zu ihr hin und fragte, was ihr fehle.

Sie blickte aus dunkelblauen Augen zu ihm auf. Sie war jung, keine dreißig, sehr blass. Und absolut umwerfend.

Sie habe sich den Fuß verknackst, sagte sie mit einem fremden Akzent. Irgendetwas Europäisches. Holländerin, vielleicht. Sie trug hohe rote Schuhe und ein einfaches rotes Kleid. Und allem Anschein nach keinen Büstenhalter.

Ob er ihr aufhelfen dürfe, fragte Bardeen.

Gern, sagte sie und hielt ihm ihre Hand hin. Sie versuchte aufzustehen, stöhnte gequält und setzte sich wieder.

Ob er sie zu einem Arzt bringen solle, fragte Bardeen.

Nein, sagte sie, nein, das sei nicht nötig, sie müsse sich bloß kurz erholen, das werde schon wieder … Diese dummen Schuhe aber auch … Schon das zweite Mal diese Woche …

Wo sie denn wohne, fragte er.

Im Wohnheim an der Lincoln Avenue, sagte sie und schaute ihn hilflos an.

Er fahre sie gern hin, stammelte Bardeen.

Sie bedankte sich und ließ sich in seinen Wagen helfen. Er hob ihre Mappe auf.

Woher sie denn komme, fragte Bardeen, während er aus dem Parkplatz herausmanövrierte. Jetzt, wo sie in seinem Wagen saß, nahm er ihren betörenden Duft wahr. Sie roch wie frische Bettlaken. Und ein bisschen nach Karamell. Er versuchte, ganz leise ganz tief einzuatmen. Ein widersprüchliches Unterfangen.

Deutschland. Sie lächelte. Anna sei ihr Name.

John, sagte John und rollte auf die Straße. Was sie denn hier in Illinois studiere?

Reklame, sagte sie.

Ob man das nicht auch in Deutschland studieren könne, wollte Bardeen wissen.

Ein anderer Wagen, ein schwarzer Mercury Monterey, fuhr los und setzte sich mit etwas Abstand hinter sie.

Doch, sagte Anna, aber dort heiße das *Propaganda.* Sie fügte ein spöttisches »Sieg Heil!« an und formte mit zwei Fingern einen Hitler-Schnauz.

Beide lachten. Annas Lachen schloss eine kurze Berührung von Bardeens Unterarm mit ein. Eine eigenartige Form von Energie durchfuhr ihn. Elektrizität? Eigentlich kannte er sich aus damit. Da gab es zum Beispiel Widerstände. Ein Ohm, zehn Ohm, hundert Ohm. Aktuell herrschten in ihm null Ohm Widerstand.

Er prüfte nochmals verstohlen, ob Anna tatsächlich keinen Büstenhalter trug. Sie merkte es. Wenn Männer glauben, etwas unauffällig zu tun, ist es meist ziemlich offensichtlich.

Was ihm eigentlich einfalle, rief Anna empört. Ihre schwarzen Locken flogen nur so umher.

Bardeen stellte sich ahnungslos: Wieso?

Auf ihre Brüste zu starren!

Habe er nicht, behauptete er.

Habe er sehr wohl, schimpfte sie. Schon das zweite Mal!

Bardeen schwieg. Es waren sogar drei Mal gewesen. Er schämte sich. Für sein Verhalten. Und für seine Erregung.

Anna starrte ihn einen Moment lang böse an und brach dann in helles Gelächter aus. Er hätte sein Gesicht sehen sollen, rief sie und imitierte es. Sie guckte wie ein Pferd, das durch eine Eisdecke bricht.

Bardeen lachte zaghaft mit. Er war dieser Frau vollkommen ausgeliefert. Zum Glück bog er bereits in die Lincoln Avenue ein.

Da sei es, sagte Anna und zeigte auf ein langes Gebäude.

Der Wagen kam vor dem Wohnheim zum Stehen.

Sie sahen einander an.

In einiger Entfernung hielt, von Bardeen weiterhin unbemerkt, der schwarze Mercury.

Anna sprach aus, was Bardeen dachte, als sie fragte, ob er ihre Brüste gern richtig anschauen möchte. Es lohne sich.

Bis zu diesem Tag war John Bardeens Leben auf einer schnurgeraden bürgerlichen Linie verlaufen. Aufregende Dinge spielten sich vielleicht im Labor ab, aber nicht auf dem Beifahrersitz. Dort saß üblicherweise seine in jeder Hinsicht brave Frau. Nun saß da eine, die viel jünger war, deutlich besser aussah und auf eine Weise mit ihm sprach, wie weder seine Gattin noch sonst jemand je mit ihm gesprochen hatte. Sein Puls nahm an Fahrt auf.

Bardeen nickte kaum merklich. Als wäre das moralisch weniger delikat als ein lautstarkes *Ja, los, zeig mir deine Titten.*

Anna lachte wieder. Gut, sagte sie, aber nicht hier, nicht vor ihrem Wohnheim … lieber etwas abseits.

Sie fuhren aus der Stadt und hielten bei einem Wäldchen. Während der Mercury hinter ihnen vorbeirollte, sank das rote Kleid an Annas Oberkörper herab. Die Frage mit dem Büstenhalter war jetzt auch geklärt.

Einer der beiden Männer im Mercury, der außer Sichtweite angehalten hatte, fluchte auf Deutsch, es sei schon zu dunkel.

Quatsch, sagte der Fahrer zum anderen, er müsse bloß länger belichten, er solle die Kamera irgendwo aufstützen.

Na gut, sagte der erste und stieg aus.

Durch die Heckscheibe registrierte Anna, die auf Bardeen saß, wie der Mann sich anschlich. Bardeen sah nichts außer Annas Brüsten, und Anna sorgte dafür, dass sie auf den Fotos deutlich zu sehen waren.

Zwei Tage später stand sie abends gegen sieben vor Bardeens Haus. Aus der Tür strömte der Duft von gebratenem Fleisch.

Was sie hier mache, fragte er leise. Woher sie wisse, wo er wohne.

Sie wisse eine ganze Menge über ihn, sagte Anna ernst und hielt ihm einen Umschlag hin.

Wer an der Tür sei, rief Frau Bardeen aus der Küche.

Ein Nachbar, rief Bardeen unruhig, während er den Umschlag öffnete.

Darin waren Fotos.

Sein Auto neben einem Wäldchen.

Er und eine Frau in seinem Auto.

Er und die Frau beim ausführlichen Geschlechtsverkehr in seinem Auto.

Die Bilder waren körnig und etwas verwackelt, doch alles war zweifelsfrei zu erkennen. Auch, dass es sich bei der Frau nicht um seine eigene handelte. Bardeen bekam gleichzeitig Panik und eine Erektion.

Diese Bilder, erklärte Anna, würden Bardeens Frau, seinem Vorgesetzten, seinem Pfarrer und ein paar weiteren Leuten vorgelegt, wenn er nicht Kopien seiner Arbeit über den Transistor aushändige.

Bardeen starrte Anna verzweifelt an. Wenn er seine Forschung weitergab, war er mit hoher Wahrscheinlichkeit beruflich ruiniert. Und sozial erledigt, sollten die Fotos in Umlauf gelangen.

Am Nachmittag des darauffolgenden Tages wartete er auf dem Uni-Parkplatz in seinem Auto. Anna kam in einem weißen Kleid daher, stieg ein und hob auffordernd die Augenbrauen. Sie roch nach Schweiß. Sie roch sehr gut. Bardeen übergab ihr die gewünschten Pläne. Sie öffnete die Mappe und warf einen Blick auf die Papiere darin.

Wie sie denn wirklich heiße, fragte Bardeen und lockerte seine Krawatte.

Nicht Anna, sagte Anna. Sie öffnete die Beifahrertür, grinste Bardeen an, nicht einmal unfreundlich, ließ die Tür zufallen, spazierte gekonnt auf ihren hohen weißen Absätzen zum schwarzen Mercury, der in der Nähe geparkt hatte, stieg hinten ein und reichte dem Beifahrer die Mappe.

Bardeen sah zu, wie der Wagen zügig davonfuhr. In seinem eigenen duftete es immer noch nach der Frau, die nicht Anna hieß.

Die geraubte Transistortechnik bedeutete einen gewaltigen Sprung nach vorn. Anstatt acht Rechenoperationen pro Sekunde konnte der neue *Volksrechner* nun ein Vielfaches bewältigen. Er war auch nur noch vier Meter lang, zweieinhalb hoch und lächerliche fünfhundert Kilogramm schwer. Wenn es so weiterging, würden diese Apparate bald in jedem deutschen Haushalt stehen.

Wolf hatte die *Alpenfestung Germania* zu diesem Zweck komplett umstrukturiert. Er hatte die Ausbildung für den Kriegsdienst eingestellt und drei neue Einheiten geschaffen: In der *Sektion Mimir*, benannt nach einer allwissenden Kreatur der nordischen Mythologie, waren die Wissenschaftler versammelt, die das Projekt *Volksrechner* vorantrieben.

Nach der Erfahrung mit Avi Ben Saul vertraute Wolf allerdings nur noch auf deutsche und österreichische Experten mit einwandfreier Gesinnung.

Stießen diese an die Grenzen ihres Könnens, kam die *Sektion Freya* zum Zug, eine nach der Göttin der Liebe benannte Truppe von gutaussehenden, polyglotten Agentinnen und Agenten, die ausländische Spezialisten in heikle Situationen brachten und ihnen danach ihr Wissen abpressten, so wie es bei John Bardeen geschehen war, der seither jeden Tag damit rechnete, entlassen zu werden. Aber nichts geschah; niemand gab seine Erfindung als die eigene aus. Für wen die Schwarzhaarige auch arbeitete – diese Leute hatten anscheinend keine wirtschaftlichen Interessen. Aber welche dann? Bardeen verdrängte die Frage, so froh war er, unbehelligt zu bleiben.

Die *Sektion Ragnarök* schließlich hatte ihren Namen von der germanischen Vision des Weltuntergangs, den die Psychologen und Verhaltensforscher der *Alpenfestung* auf ganz eigene Weise zu inszenieren gedachten: Sie erarbeiteten Methoden, wie man die Menschen dazu bringen konnte, einander so sehr zu verachten, dass sie sich gegenseitig den Tod an den Hals wünschten – und im Idealfall sogar danach handelten. Dadurch würde die Bundesrepublik Deutschland, dieses verfluchte demokratische Missgebilde, allmählich von innen heraus zerstört, und auf den Trümmern ihrer heuchlerischen Judenmoral könnte ein neues faschistisches Weltreich errichtet werden.

Während die *Sektion Mimir* auf bestem Weg, aber noch weit davon entfernt war, ein massentaugliches Produkt zu fabrizieren, durfte die *Sektion Ragnarök* ihre Taktiken bereits in der Praxis erproben. Ihre Agenten setzten in Münchner Bars und Restaurants absurde Gerüchte in die Welt – »*Haben Sie gewusst, dass jeder Jude zu Hause hundert Gramm Gold hortet?*« – und prüften, wie rasch sich diese verbreiteten. Die Ergebnisse waren erstaunlich.

»Wir stellen fest, dass die Deutschen nach wie vor ein ausgeprägtes Schuldbewusstsein gegenüber den Juden haben, mein *Neuester Führer*«, berichtete Weiland, der unfassbar korpulente Kommandeur der *Sektion Ragnarök*. »Gleichzeitig sind sie aber auch immer noch ausgesprochen gutgläubig.«

»Heißt?«, fragte Wolf.

»Sobald wir etwas über die Juden in Umlauf bringen, erzählen sie es sofort weiter.«

»Und wenn's um Neger geht? Oder Zigeuner?«, fragte Wolf. Er spie die Wörter fast aus.

»Dann auch. Aber am besten klappt es immer noch mit den Juden. Und das Interessante ist: Es scheint dabei keinerlei Grenze zu geben.«

»Wie meinen Sie?«

»Letztes Wochenende hat einer unserer Leute behauptet, die Thorarollen seien in Wahrheit Rezeptbücher für die Zubereitung von Christenbabys.«

»Thorarollen?«

»Die Schriftrollen, aus denen die Juden beim Gottesdienst vorlesen.«

»Haha! Der ist *zu* gut! Aber … so was glaubt doch kein Mensch? Ich meine, ich bin nun wirklich kein Freund der Juden, aber …«

Weiland blieb ernst. »Das Gerücht ist nach zwei Tagen in Aachen, Kiel und in Frankfurt an der Oder angekommen, mein *Neuester Führer*.«

»Obwohl es vollkommen verrückt ist?«

»Nicht obwohl – *weil*. Nach unseren Erkenntnissen sind diese Behauptungen umso glaubwürdiger, je weniger glaubwürdig sie sind. Wir haben auch noch keine Erklärung dafür.«

»Wir könnten also behaupten, die Juden seien gar keine Menschen, sondern … sagen wir: Reptilien aus dem Weltall?« Wolf lachte spöttisch auf.

»Ein interessanter Vorschlag, mein *Neuester Führer*«, sagte Weiland ungerührt. »Ich kann ihn gern prüfen lassen.«

»Das war eigentlich nur so dahergeredet. Aber ja, machen Sie mal.«

Wenige Tage später meldete Weiland die erfolgreiche Verbreitung des *Judengerüchts JG 82*. Überall in Deutschland und sogar jenseits seiner Grenzen hörte man nun, die Juden seien perfekt getarnte Eidechsen aus dem Weltall. Oder in der vollständigen Fassung: *Es ist nicht gut, was wir mit den Juden gemacht haben, aber man darf schon auch sagen, dass es Eidechsen aus dem Weltall sind.*

»Ob du ein verdammter Agent bist!«

Die dürre Alte vom Supermarkt wundert sich, warum Motti und Aaron *schon wieder* so viele Männerslips und Tank-Tops kaufen. Während sie eine Packung nach der anderen über den Scanner zieht und die beiden grimmig mustert, grinst Aaron nur, doch Motti fühlt sich bemüßigt, eine Erklärung abzugeben.

»Die sind für unseren Kibbuz«, sagt er.

»Hm«, macht die Alte.

»Es ist eben sehr heiß«, sagt er und kommt sich ziemlich doof vor.

»Hm«, macht die Alte.

»Eigentlich sind sie nur für ihn«, frotzelt Aaron, auf Motti deutend. »Er schwitzt wirklich sehr stark.«

»Hm«, macht die Alte und stellt sich vor, wie Motti im Zeitraffer Unterhosen wechselt, was ihr doch tatsächlich ein Lächeln entlockt. Zumindest wird ihr Mund etwas breiter.

Aber die Unterwäsche ist nicht für Motti. Auch nicht für den Kibbuz. Sie ist für die vielen Kunden von *Chaim's Gold*, die explizit nach einem getragenen Kleidungsstück von Chaim fragen, was sie gegen Aufpreis auch erhalten. Neu im Programm ist außerdem *Chaim's Juice*, ein Orangensaft, der sich von vergleichbaren Produkten hauptsächlich durch das Etikett unterscheidet, das die Grenze zur Pornographie gerade noch respektiert.

Die direkte Kommunikation zwischen Chaim und seinen Followern hat auch schon mehrmals zu persönlichen Kontakten geführt. Motti war erst dagegen gewesen, hat sich aber schließlich erweichen lassen, unter der Bedingung, Benjamin vorgängig zu instruieren.

»Wie heißt du?«, fragte er.

»Chaim«, antwortete Benjamin.

»Wie noch?«

»Chaim … Gutfreund?«

»Gutfreund ist gut. Was ist dein Beruf?«

»Orangenbauer.«

»Wo lebst du?«

»In einem Kibbuz.«

»Welchem?«

»Kibbuz Schmira.«

»Nein. Du sagst: ›Du kennst ihn bestimmt nicht, er ist so klein‹ oder so was. Du wirst niemals unseren Standort preisgeben!«

»Okay.«

»Woher kommst du?«

»Aus Berlin.«

»Sag *Deutschland*. Warum bist du ausgewandert?«

»Ich … weil …«

»Weil dir der wachsende Antisemitismus zu Hause Angst macht. Und weil dir die Männer hier besser gefallen.«

»Vor allem das zweite.« Benjamin lachte.

»Suchst du eine feste Beziehung?«

Benjamin zögerte. Eigentlich schon.

»Tust du nicht«, sagte Motti. »Du hast keine Zeit dafür.«

»Okay.«

»Und bist du ein Agent des Weltjudentums?«

Benjamin stutzte.

»Ob du ein verdammter Agent bist!«, rief Motti und erhob sich so ruckartig, dass sein Stuhl hinter ihm umkippte. Er stützte sich auf der Tischkante ab und schrie: »Bist du ein Geheimagent, Benjamin Stern!«

Benjamin schaute ganz erschrocken. »Nein! Nein, bin ich nicht!«

»Gut.« Motti stellte den Stuhl wieder auf und setzte sich. »Du solltest auf diese Frage ungläubig reagieren«, sagte er ruhig. »Oder amüsiert. Aber auf keinen Fall schockiert.«

»Ist gut«, sagte Benjamin. Sein Herz schlug wie wild.

»Und du darfst niemanden hierherbringen.«

Benjamin nickte.

»Du kennst diese Leute nicht. Du weißt nicht, was sie im Schilde führen. Triff sie, hab deinen Spaß und verschwinde wieder.«

»Alles klar.«

Benjamin hatte verstanden. Motti hingegen würde seine eigenen Ermahnungen schon bald freudig vergessen.

»Die Demokratie ist Gift
für unsere Heimat!«

Der Platz in den Stollen und Kavernen war knapp geworden, so fleißig hatten sich die *Neogermanen* in den fünfzehn Jahren vermehrt, die sie nun schon im Jochberg hausten. Ständig kamen neue von draußen hinzu, manche brachten gleich ihre ganze Familie mit. Lauter neue kleine *Bergpimpfe* erblickten das Licht der Welt oder zumindest das Kunstlicht der *Alpenfestung*. Kaum konnten sie gehen und sprechen, wurde ihnen von *Erziehungsoffizieren* erklärt, dass sie einer Edelrasse angehörten, die sich in diesen Berg habe zurückziehen müssen, weil eine minderwertige und bösartige, aber mächtige Rasse – *die Juden* – sie vernichten wolle. Die *Neogermanen* würden jedoch bald zurückschlagen; mit derart raffinierten, perfiden Waffen, wie sie nicht einmal die raffinierten, perfiden Juden entwickeln könnten.

Eine Gruppe von vier- bis sechsjährigen Kindern, die gerade *Neogermanische Schulung* hatte, hörte mit großen Augen zu. Die Jungen trugen schwarze Hemdchen, die Mädchen schwarze Dirndl.

»Wie sehen diese Juden denn aus?«, wollte ein korpulenter Knabe namens Wilhelm wissen.

»Das zeig ich euch gern. Kommt mal mit.« Der *Erzie-*

hungsoffizier führte die neugierigen *Bergpimpfe* zu einem kleinen Nebenstollen namens *Julius Streicher*. Hier waren diverse gerettete anatomische Exponate aus der Wanderausstellung *Der ewige Jude* von 1937 zu sehen, die plastisch demonstrierten, woran eine solche Kreatur zu erkennen war.

»Iiih«, machten die Kinder, »diese *Naaasen*! Und diese *Ooohren*!«

Die älteren imitierten das mit Fotos illustrierte *Mauscheln mit merkwürdigen Gesten und Gebärden* und lachten sich kaputt.

»Schaut mal«, rief ein Junge, der Curt hieß, und zappelte wie verrückt mit den Armen, »ich bin ein *Juuude*!«

»Stimmt es eigentlich, dass die Juden kleine Kinder fressen?«, fragte ein Mädchen namens Irmgard den *Erziehungsoffizier*.

Die anderen Mädchen quietschten vor Schreck.

»Ja, leider. Darum dürft ihr niemals unsere Festung verlassen. Die Juden – sie sind überall! – fangen euch sonst ein. Und dann werfen sie euch in einen großen Kessel und machen Kinderknödelsuppe aus euch!«

Jetzt schrien auch die Jungs auf. Sie ermahnten einander ständig zu Härte und Tapferkeit, aber offenbar nicht genug.

»Und den Erwachsenen nehmen sie alles Geld weg. Und ihre Wohnungen. Und sie stecken sie in riesige Gefängnisse, um sie für sich arbeiten zu lassen. Und wenn sie zu schwach geworden sind, töten sie sie.«

Die Kinder waren entsetzt. Wie konnte man nur so grausam sein?

»Und was für Waffen sind das, mit denen wir uns gegen sie wehren können?«, fragte einer der größeren Jungs.

»Kommt. Ich zeige es euch.«

Sie begaben sich zum Labor, wo an den *Volksrechnern* gearbeitet wurde. Mittlerweile waren die Apparate nur noch so groß und schwer wie vier Kästen Huber-Bier, wenngleich immer noch etwa dreitausendmal so teuer.

»Was sind das für Maschinen?«, fragte ein Mädchen mit langen blonden Haaren, das Ottilie hieß.

»Das sind *Volksrechner*«, sagte der Offizier. »Bald wird jeder Deutsche einen besitzen.«

»Und was kann man damit machen?«, fragte Ottilie.

»Nachrichten verschicken. Über das sogenannte *Volksnetz*. Das ist wie das Telefonnetz, einfach moderner.«

»Aber die Zeitungen schreiben doch schon Nachrichten?«, fragte ein Junge mit piepsender Stimme, der Odin hieß.

»Ja, aber die Zeitungen gehören den Juden. Und die lügen wie gedruckt – buchstäblich!« Der Offizier lachte herzlich. »Mit dem *Volksrechner* hingegen können wir die Wahrheit zu den Menschen bringen.«

»Was ist denn die Wahrheit?«, fragte Odin.

»Na, das könnt ihr mir doch gewiss selbst verraten! Wer von euch kennt die Wahrheit?«

»Die Juden fressen kleine Kinder!«, rief Irmgard.

»Die Juden haben uns zweimal in den Krieg gestürzt!«, rief Curt.

»Liberal ist asozial!«, rief Wilhelm.

»Die Demokratie ist Gift für unsere Heimat!«, rief Ottilie.

»Sehr gut!« Der Offizier hatte zu jedem Satz genickt. »Die Demokratie öffnet nicht nur Tür und Tor für unsere Feinde, sondern auch für die Lüge! Stellt euch vor, Kinder: Wenn jeder seine Meinung sagen kann, sogar die Juden – wo kommen wir da hin?«

Die Kinder schwiegen. Sie wussten nicht, wo man da hinkam. Sie ahnten bloß, dass es ein schlimmer Ort sein musste.

»Ins Chaos der Hölle!«, brüllte der Offizier.

Die Kinder wichen erschrocken zurück. Sehr gut. So merkten sie es sich.

»Die Hölle, das ist der Ort, wo vor jedem Judenmaul ein Mikrophon steht!«, rief der Offizier.

Die Kinder verstanden nicht ganz, nickten aber ehrfurchtsvoll.

»So, jetzt aber ab mit euch zur Ertüchtigung!« Der *Erziehungsoffizier* lachte und klatschte in die Hände.

Aufgeregt plaudernd und weiter die Juden nachahmend machten sich die *Bergpimpfe* auf den Weg zur Sportkaverne. Der Offizier sah ihnen gerührt nach. Diese Kinder waren die nobelsten, die echtesten Deutschen. Von Geburt an waren sie in einer absolut judenfreien, ideologisch reinen Umgebung aufgewachsen. Die Zukunft des *Reichs* lag in ihren Patschhändchen, und eines nicht allzu fernen Tages würden es erwachsene Hände sein, die Hände von Kriegern. Doch ihre Waffe würde nicht das Gewehr sein, sondern die Tastatur.

»Mein *Jingele*! Mein *Jing*!«

Frau Wolkenbruch tupft sich mit einem Zipfel ihrer Schürze die Augen trocken.

»Mein *Jingele*! Mein *Jing*!«, flüstert sie.

Sie sitzt an ihrem Küchentisch, vor sich das *Time Magazine,* und betrachtet ein Foto ihres Sohnes. Seit fast einem halben Jahr hat sie nichts von ihm gehört. Gut sieht er aus. Nicht mehr so bleich. Etwas dünn vielleicht. Isst er denn genug? Von Orangen wird doch keiner satt! Und dieser Name, den er sich da gegeben hat, Mickey – so eine *Schmonze*!

Frau Wolkenbruch hat das Magazin beschafft, nachdem sie von Frau Mandelbaum gehört hat, Frau Dichtwald habe dieser erzählt, Frau Blumenthal aus Basel habe es gelesen und gedacht, das sei doch der Sohn von Frau Wolkenbruch aus Zürich. Sei der jetzt also doch nicht tot?

Soll sie Motti anrufen? Er hat sich zwar auch nie gemeldet. Er konnte allerdings gar nicht, fällt Frau Wolkenbruch ein, sie hat ja die Nummern gewechselt. Aber eine Postkarte hätte er doch mal schreiben können! Er kann sich doch denken, dass sie ganz krank ist vor Sorge! Und was tut er? Macht sich in Israel ein schönes Leben. *Chuzpe!*

Frau Wolkenbruch klappt das Heft so energisch zu, wie man ein solches Erzeugnis eben zuklappen kann, nur um gleich wieder zu der Stelle zu blättern, wo ihr Mottele abgebildet ist. Sie bekommt abermals feuchte Augen. Sie vermisst ihr Kind. Dennoch: Was ihr Kind sich da geleistet hat, mit dieser Schickse, das war … das war …

Frau Wolkenbruch findet noch immer keine Worte dafür. Und dann war er auch noch stolz darauf! Als wäre es eine Leistung, mit einer Schickse … mit ihr zu …

In Frau Wolkenbruchs Gehirn entstehen Bilder, die Frau Wolkenbruch nicht dort haben will. Sie wedelt mit der Hand, aber das hilft natürlich nichts, die Bilder sind immer noch da und werden sogar noch deutlicher: ihr Sohn Mordechai nackt auf einer Schickse und unter ihr und wieder auf ihr drauf. Weitere Varianten vermag Frau Wolkenbruchs züchtiges Gehirn nicht zu visualisieren, aber es ist ihr auch so bereits zu viel. Sie konzentriert sich und denkt an Motti als Kind. Ihr Gehirn schwenkt sogleich um, von der Phantasie in die Vergangenheit, und fördert fleißig Bilder daraus zutage: Motti als Baby, der schlafende kleine Motti auf der bärtigen Brust seines Vaters, Mottis erste Schritte, Motti im jüdischen Kindergarten – ein richtig süßer *Jing* war er da geworden, zum Anbeißen –, Mottis siebter Geburtstag, ein beinahe erwachsenes Gesichtchen hatte er da schon, Mottis *Bar Mizwa,* Motti als junger Mann. Eine wahre Flut bildhafter Mutterliebe erfasst Frau Wolkenbruch, die nun nichts anderes mehr möchte als ihren Sohn in die Arme schließen und bekochen und ihn abermals in die Arme schließen und abermals bekochen. Es war eine schwere Sünde, diese Sache mit der Schickse, das wird ihm Frau Wolkenbruch auch noch einmal deutlich sagen müssen. Andererseits ist das Haus nicht abgebrannt, niemand ist gestorben, die Welt steht noch. Alles in allem hat es sich um eine verhältnismäßig harmlose, letztlich verzeihliche Angelegenheit gehandelt. Die Schickse ist – *haSchem* sei Dank! – schließlich nicht schwanger geworden. Ein nichtjüdisches Enkelkind, das hätte Frau Wolkenbruch umgebracht. Und die Schickse war immerhin eine Frau! Alles andere hätte Frau Wolkenbruch erst recht umgebracht. *Oj Gewalt,* jetzt fabriziert ihr Gehirn schon wieder Bilder: ihr Sohn mit einem Mann, ohne Kleider und engumschlungen! Sie rettet, was zu retten ist, und gestaltet den anderen wenigstens als orthodoxen Juden. Aber ihr Gehirn, genauso schlecht zu kontrollieren wie Motti, verleiht dem Mann kurzerhand das Gesicht ihres Rabbiners.

»Fertig! Schluss jetzt!«, ruft Frau Wolkenbruch angewidert.

»Was ist denn los?« Ihr Mann, Moses Wolkenbruch, der eben nach Hause gekommen ist, steckt den Kopf zur Küchentür rein.

»Nichts«, sagt Judith Wolkenbruch und schlägt das Magazin endgültig zu.

»Was liest du da?«, fragt Moses und tritt näher. Er trägt eine Plastiktüte von einem Elektronikmarkt.

»Nichts!« Judith erhebt sich schnaufend, packt das Magazin und marschiert ins Wohnzimmer.

Wenn hier jemand Mordechai nach Hause bringt, dann sie, sie allein.

»Sieg digital! Sieg digital! Sieg digital!«

Ein Friedhof ist ein Luxus. Er zeigt, dass man ausreichend Platz, Zeit und Geld hat, sich seiner Toten auf gebührende Weise zu entledigen. Auf einem Kriegsschiff ist man bereits genötigt, die schlichte Seebestattung zu wählen, und in einer Bunkeranlage bleibt nur der unrühmliche Leichenschacht. An dessen oberem Ende kann man zwar noch Form und Zeremoniell wahren, so wie es gerade für den tags zuvor verstorbenen ss-Oberst-Gruppenführer Erich Wolf geschieht, aber unten plumpst der Tote auf einen Haufen Schicksalsgenossen und bildet mit ihnen – und den paar Schaufeln gelöschten Kalks, die ihm hinterhergeschickt werden – ein finsteres Massengrab.

»Mein Vater war ein Deutscher«, sagt Wolfs 61-jähriger Sohn Franz, »und allein das will ich als höchste Auszeichnung verstanden wissen.«

Den Anwesenden entfährt ein ergriffenes Grunzen.

»Aber er war nicht irgendein Deutscher. Er war jener deutsche Soldat, der sich auch dann noch weigerte, das Schwert niederzulegen, als alle anderen es bereits getan hatten und die vereinigten Staaten des Judentums es ihm aus der Hand schlagen wollten. Doch es ist ihnen misslungen. Mein Vater Erich hat die Fackel des *Reichs* weitergetragen, in diesen Berg hinein, wo sie seit bald 75 Jahren stolz brennt.«

Viele der Zuhörer, einige halten tatsächlich eine Fackel, haben stumm zu weinen begonnen. Franz Wolf wendet sich an den aufgebahrten, in eine Hakenkreuzflagge gewickelten Leichnam und legt ihm die Hand auf die Brust.

»Erich, geliebter Vater. Mein *Neuester Führer*. Du hast alles für Deutschland gegeben. Wisse, dass Deutschland alles geben wird für dein Vermächtnis. Wir sehen uns wieder in Walhalla!«

Er hält einen Moment inne, dann nickt er einem Hauptmann zu, der die Leiche zusammen mit drei anderen Soldaten aufhebt und möglichst behutsam in den beinahe senkrecht abfallenden Schacht hinabgleiten lässt. Es folgt ein fernes würdeloses Geräusch.

Wolf verlässt den Raum und begibt sich zur Kaverne, die einst *Sternwarte* hieß und nun den Namen *Silizium* trägt. Er steigt die stählerne Wendeltreppe zu einer Plattform hinauf, von der aus er der *Sektion Ragnarök* bei ihrer Arbeit zusehen kann. Die Agenten sitzen auf farbenfrohen Sofas und Sesseln, aufklappbare *Volksrechner* auf dem Schoß, andere halten noch kleinere, notizblockgroße Modelle in ihren Händen, die sie zärtlich *Volksrechnerlein* nennen. Die *Neogermanen* lassen diese über Scheinfirmen in Asien herstellen und verkaufen – unter dem unverfänglichen Begriff *Smartphone* – und haben damit ein unüberschaubares Vermögen angehäuft.

Immer wieder ist in der Kaverne ein hämisches Lachen zu vernehmen, wenn ein Agent dem anderen etwas auf seinem Gerät zeigt. Einige sitzen an der großen, nierenförmigen Bar in der Mitte der Halle und plaudern miteinander. Auch sie holen immer wieder ihre Geräte aus der Tasche und fahren mit den Fingern darauf herum. Ein emsiger Haufen schwarzer Overalls, Tag und Nacht damit beschäftigt, die Welt zu einem schlechteren Ort zu machen.

Das *Volksnetz* hat in dieser Hinsicht unerhörte Dienste erwiesen. Mittlerweile haben sich sämtliche Staaten der Welt dem nach außen hin harmlos *Internet* genannten Netzwerk angeschlossen; im rührenden Glauben, die Menschen damit auf nie vorher da gewesene Weise zu vereinen, über alle geographischen, kulturellen und religiösen Grenzen hinweg. Und um ein Haar wäre es auch so gekommen: Freunde und Verwandte, die einander aus den Augen verloren hatten, fanden sich über das *Volksnetz* wieder, unzählige Liebespaare bildeten sich, und die Menschen begannen, auf ganz neue Art miteinander Handel zu treiben, Wissen zu teilen und einander mit gutem Rat beizustehen. Niemand war mehr allein, alle waren miteinander verbunden. Ein strahlendes Reich des Friedens, der Toleranz und der Liebe war entstanden.

Als die *Neogermanen* sahen, was sie da angerichtet hatten, war das Entsetzen groß. Sie stockten das Personal der *Sektion Ragnarök* hektisch auf und weiteten deren Betätigungsfeld aus: Angegriffen und verleumdet wurden nicht mehr nur die Juden und andere Minderheiten, sondern auch jeder, der glaubte, alle Menschen seien gleich, die Natur brauche Schutz und Krieg sei etwas Schlechtes. Wann immer jemand eine entsprechende Meinung im *Volksnetz* publizierte, setzten die *Ragnarök*-Agenten sofort einen gehässigen, ehrverletzenden oder vulgären Kommentar darunter.

Die Talentiertesten unter ihnen brachten es sogar fertig, alle Eigenschaften in einem Satz zu vereinen.

Das tiefe Bedürfnis der Menschen, sich gegen jeden noch so lächerlichen Angriff zu verteidigen, spielte ihnen dabei wunderbar in die Hände: Sagte man jemandem, er sei dumm, war diese Person mindestens eine halbe Stunde lang nicht mehr arbeitsfähig und nur noch damit beschäftigt, der Welt das Gegenteil zu beweisen. Diese Dynamik inspirierte die *Sektion Ragnarök,* die *Falsche Nachricht* zu entwickeln, ein ebenso simples wie bösartiges Werkzeug, mit dem sich all die Feministen, Veganer, Menschenrechtsaktivisten und anderen weltfremden Schwachköpfe aufs herrlichste in Misskredit bringen ließen: Man unterstellte ihnen einfach etwas Schmutziges, das nicht der Wahrheit entsprach, denn Schmutz ist viel interessanter als die Wahrheit und bleibt auch besser haften. So konnte man beispielsweise von einem missliebigen Politiker behaupten, er sei Mitglied eines Pädophilenrings, und wenn er dann den Fehler beging, die Anschuldigung empört von sich zu weisen, sahen alle nur einen Mann, der sich herauszureden versuchte, was an sich schon verdächtig war und somit ein halber Beweis. Er blieb dann für alle Zeiten der Typ, der heimlich auf kleine Jungs steht.

Der Gipfel der Perfidie schließlich bestand darin, die wahrheitsgemäße Widerrede – »Diese Nachricht ist eine *Falsche Nachricht*!« – selbst als *Falsche Nachricht* zu bezeichnen: »Die Behauptung, es handle sich hierbei um eine *Falsche Nachricht,* ist eine infame Lüge!« Am Ende, nachdem aus *Falschen Nachrichten* erst *Falschfalsche Nachrichten* und dann *Falschfalschfalsche Nachrichten* geworden waren, glaubten die Menschen nicht mehr den Regierungen und den Medien, sondern nur noch den Schreihälsen im *Volksnetz,* die sämtliche Anstands- und Grammatikregeln ignorierten. Letzteres übrigens mit voller Absicht, denn wer so schlechtes Deutsch schreibt, dass er wirkt wie ein unbelesener Idiot, schafft sofortige Nähe zu allen unbelesenen Idioten. Den Agenten der *Sektion Ragnarök* wurde die Rechtschreibung daher so lange abtrainiert, bis sie *dass* mit einem *s* und *denn* mit einem *n* schrieben, weil sie glaubten, es sei richtig so. Oder es ihnen einfach egal geworden war.

Oberst-Gruppenführer Franz Wolf lauscht dem *Crescendo* und *Diminuendo* der zahllosen Tastaturanschläge und angeregten Unterhaltungen, deren Konsequenzen auf mehreren großen Bildschirmen vor ihm erscheinen. Soeben hat ein Agent ein frei erfundenes Zitat in Umlauf gebracht, neben dem der einstige israelische Ministerpräsident Menachem Begin genannt und abgebildet ist:

»Unsere Rasse ist die Herrenrasse. Wir sind wie Gott auf diesem Planeten. Im Vergleich zu uns sind andere Rassen wie Vieh, sie sind der Abfall der Menschheit.«

Die Fälschung wird empört weiterverbreitet, als eindeutiger Beweis für das jüdische Hegemonialstreben. Was geschrieben steht, ist als solches schon glaubwürdig; ist es aber mit Anführungszeichen versehen, zweifelt niemand mehr an der Echtheit. Dann wurde das so gesagt, und zwar von dem, dessen Name dabeisteht, Punkt.

Als Nächstes ist der amerikanische Investor George Soros an der Reihe, verunglimpft zu werden:

»Ich unterstütze den Bau von Minaretten in Europa mit einer Milliarde Dollar«, steht unter einem Foto von ihm.

Die Leute flippen völlig aus, entrüsten sich zu Tausenden über Soros' vorgebliche Aussage und nennen ihn einen »antichristlichen Verschwörer«. Praktisch alle Nutzer des *Volksnetzes* folgen mittlerweile dem *neogermanischen* Narrativ, demzufolge Soros das Abendland zerstören will, indem er gezielt Flüchtlingsströme dorthin lenkt. Zu Wolfs Amüsement fragt nie jemand nach, wie es ein einzelner Mann fertigbringen soll, Millionen Menschen davon zu überzeugen, eine entbehrungsreiche Reise in einen anderen Erdteil auf sich zu nehmen, und dass Soros eigentlich ein großzügiger Unterstützer von Bürgerrechtsgruppen und Bildungsinstitutionen ist, interessiert auch keinen. Man braucht bloß auf seine jüdische Herkunft hinzuweisen und irgendetwas Fieses zu behaupten, und schon sehen alle einen ausgewiesenen Humanisten als den Teufel persönlich an.

Dabei sind die Menschen nicht dumm. Sie sind bloß zu faul, die Dinge zu durchdenken, gegen die sie sind. Sonst würden sie nach spätestens dreißig Sekunden merken, was für einen unsäglichen Mist sie da glauben, und sich schämen. Diese kognitive Bequemlichkeit ist das *neogermanische* Kapital. Wer braucht schon Panzer und Flugzeuge, wenn es Angst und Wut gibt? Sie kosten nichts, sind jederzeit verfügbar und bringen das Übelste in den Menschen hervor – und damit das Wertvollste im Kampf gegen die Demokratie.

ss-Brigadeführer Elsa Krüger, Enkelin der Arztgehilfin Greta und Kommandeurin der *Sektion Ragnarök*, eine für ihre zweiundfünfzig Jahre bemerkenswert jugendliche und attraktive, in ihrem Wesen aber beinharte Frau, eilt die Wendeltreppe zur Plattform hoch.

»Mein *Allerneuester Führer*, ich muss Ihnen dringend Meldung machen«, sagt sie, in keiner Weise außer Atem.

»Ich höre?«

Krüger hält Wolf eine Ausgabe des *Time Magazine* hin. »Ein jüdischer Angriff. Von äußerster Heimtücke.«

Auf dem Cover ist Benjamin abgebildet, der eine Orange so vor seinen gutgebauten Oberkörper hält, dass sie sein Gesicht verdeckt. *The Man Behind The Hype,* steht darunter.

»Seite achtzehn«, sagt Krüger.

Wolf schlägt die Zeitschrift auf: ein Bericht über die jüdischen Orangenbauern Chaim und Mickey, die ein herkömmliches Agrarprodukt zu einem international begehrten Luxusartikel gemacht haben.

»Diese Schweine missbrauchen unsere Technologie dafür«, stellt Krüger fest.

Wolf liest zu Ende und gibt Krüger das Magazin zurück: »Sie wissen, was zu tun ist.«

»Jawohl, mein *Allerneuester Führer.*«

Krüger nimmt Habachtstellung an, eilt die metallisch scheppernde Wendeltreppe wieder hinunter, bellt ihrem wartenden Adjutanten einen Befehl zu, woraufhin der zurückbellt, er habe verstanden, und zu einer entfernten Ecke der Kaverne marschiert, wo er eine Gruppe von Agenten versammelt.

Wolf stützt sich an der Reling der Plattform auf und sieht dem Adjutanten nach. Ja, jeder hier weiß, was er zu tun hat. Aber es ist nie verkehrt, die Leute daran zu erinnern. Er greift nach einem Mikrophon und drückt eine Taste. Ein Scheinwerfer strahlt ihn an. Er drückt eine zweite Taste.

»Meine lieben Freunde!«, dröhnt seine Stimme aus mehreren Lautsprechern.

Die Agenten in der Kaverne wenden – was sie nur ungern tun – den Blick von ihren Geräten ab und sehen gebannt zur Plattform hinauf. Es wird ganz still.

»Der Dritte Weltkrieg«, ruft Wolf, »ist ein Propagandakrieg! Aber er wird nicht mehr über die Radios geführt, sondern über die *Volksrechner*.«

Wolf macht eine Pause.

»Und wir haben ihn im selben Moment gewonnen, da wir ihn begonnen haben!«

Sämtliche Agenten und Kader springen von ihren Stühlen und Sofas auf, reißen den rechten Arm zum *Deutschen Gruß* hoch und skandieren ekstatisch: »Sieg digital! Sieg digital! Sieg digital!«

»Dachten wir das 1933 nicht auch?«

»Lies mal«, sagt Aaron. Er macht ein besorgtes Gesicht.

Motti ergreift das Smartphone, das Aaron auf den Tisch gelegt hat. Die Kommentare zu Benjamins Instagram-Fotos sind um eine neue Kategorie erweitert worden.

Da schreibt ein Werner:

Die Zionistischen Geld Juden Weltweit sind das Problem. Europa und Deutschland im speziellen bekommt nun von den Reichen Zionistischen Juden in den USA *die Quittung für Jahrhundertelange Judenverfolgung in Europa. Europa und im Besonderen Deutschland sollen nach dem Willen der zionistischen Juden als landwirtschaftliche Konkurrenz gegenüber den* USA *ein für allemal ausgeschaltet werden. Darum kommen jetzt all diese Jüdischen Orangen nach Europa!*

Dazu sagt eine Gertrud:

Schön, dass Sie mir die Worte aus dem Mund nehmen und dass es noch mutige Leute gibt wie Sie! Die Regierungen Europas haben die Pläne für den Import der jüdischen Wucher-Orangen gekannt und sie absichtlich geschehen lassen – wenn sie sie nicht sogar selbst ausgeführt haben!

Und ein Robert verkündet:

Leute lässt euch nicht täuschen die allermeisten die gegen unserem Nationalstolz was auszusetzen haben wie die Grünen etc. sind Juden die sich hinter Deutschen etc. Familiennamen verstecken um mehr Orangen zu verkaufen! Die Juden unter sich sind die schlimmsten Jüdischen / Zionistischen Nationalisten und suchen nur im geheimen untereinander nach Gefälligkeiten und Bevorteilungen!

Andere fassen sich kurz:

Wucherbande!
Jaffa verrecke!

Außerdem werden wunderlichste Behauptungen verbreitet:

Diese Orangen werden von palästinensischen Kindersklaven gepflückt, die mit Peitschenhieben zu Höchstleistungen getrieben werden.
Der Saft aus diesen Orangen ist mit Psychopharmaka und Narkoleptika versetzt, um die Konsumenten willenlos und süchtig zu machen.
Diese Orangen sind in Wahrheit nicht kugelförmig, sondern nur flache Scheiben, die so fotografiert werden, dass man den Eindruck erhält, es seien komplette Orangen. So können die geldgierigen Juden einzelne Scheiben zum Preis von ganzen Früchten verkaufen!
Hinter dieser Plantage steht das Weltjudentum, um sich zu bereichern.

Das Letzte stimmt zwar, aber nachdem die Antisemiten sowieso hinter allem das Weltjudentum vermuten, was irgendwie erfolgreich ist, misst Motti der Aussage keine weitere Bedeutung zu. Er gibt Aaron das Smartphone zurück.

»Seit gestern Abend geht das so«, sagt der. »Ich komme nicht mehr nach mit Löschen.«

Motti überlegt. Seine Befürchtung, dass jüdische Bestrebungen, die Welt zu erobern, Wasser auf die Mühlen jener sind, die ohnehin nichts anderes erwarten, scheint sich zu bewahrheiten. Er hat diese Sorge ganz vergessen, so beschäftigt war er damit, Benjamin zu einer Online-Berühmtheit zu machen, und so erfreut, dass es funktioniert hat.

»Das hört bestimmt wieder auf«, sagt er.

»Dachten wir das 1933 nicht auch?«, fragt Aaron ernst.

Tatsächlich wird es nur schlimmer. Läden, die *Chaim's Gold* verkaufen, werden verwüstet und mit Hakenkreuzen beschmiert. Boykott- und noch ganz andere Aufrufe gehen durch das Internet. An Familientischen, auf denen *Chaim's Juice* steht, bricht Streit aus. Freundschaften gehen auseinander. In ganz Europa nehmen fromme Juden ihre *Kippa* ab oder verstecken sie unter einer Baseballmütze. Jüdische Teenager verheimlichen gegenüber Schulkameraden ihre Herkunft. Es ist wieder gefährlich, Jude zu sein.

Motti liest Dinge, von denen er geglaubt hat, sie würden nie wieder gesagt: Die Juden hätten schon immer zu viel Geld und Macht gehabt, heißt es, aber nun seien sie wohlhabender und einflussreicher denn je und endgültig der Weltenfeind. Ihre minderwertigen Orangen würden das vaterländische Obst verdrängen; eine regelrechte *Umfruch-*

tung finde statt, heimlich gelenkt von der *Ostküste* der USA, die nun als *Obstküste* geschmäht wird. Die Politik habe versagt und das Volk verraten, weswegen sich dieses erheben und gegen das *internationale Orangenjudentum* wehren müsse – mit allen Kräften und Konsequenzen.

»Woher kommt das?«, fragt Motti, als er einige Tage später mit Aaron die Lage bespricht.

»Vor allem aus Deutschland.«

»Ich meine diesen Hass. Wie kommen die Leute dazu, einen solchen Quatsch zu erzählen?«

»Ich weiß es nicht. Ich habe es auch nie verstanden.« Aaron zuckt mit den Schultern.

Motti überlegt. »Und wie können wir sie davon abbringen?«

Er fragt es nicht als Anführer des Weltjudentums. Er fragt es noch nicht einmal als Jude. Er fragt es als Mensch.

»Ich fürchte, es spielt keine Rolle, was wir tun oder nicht tun. Sie hassen uns sowieso. Und offenbar reichen dafür jetzt schon Orangen. Früher brauchte es immerhin noch Bomben auf Gaza.«

»Und wenn nicht *wir* es tun?«

»Wie meinst du?«

»Wenn wir nicht direkt versuchen, das Image der Juden zu verbessern? Sondern es quasi durch die Hintertür machen?«

Motti denkt wieder an den *Tuches* der Reporterin.

»Wie soll das gehen?«

»Weiß ich noch nicht.«

Motti steht vom Tisch auf und tigert eine Weile grübelnd durch den Raum. Schließlich setzt er sich wieder an seinen Schreibtisch, öffnet eine Schublade und sucht Steves Liste mit den übrigen Agenten hervor. Vielleicht eignet sich einer davon für eine Mission gegen die Antisemiten. Doch was Motti liest, macht ihm wenig Hoffnung:

– Herschel Blumenthal, Deckname François Dupont. Arbeitet bei der Bank Rothschild als Prokurist. Mission: Übernahme sämtlicher Zentral- und Nationalbanken der Welt. Status: wartet seit vier Jahren auf Beförderung.

– Daniel Goldberg, Deckname Victor Starr. In Washington D.C. als Barkeeper tätig. Mission: pro-israelische Beeinflussung angetrunkener Politiker. Nimmt für sich in Anspruch, verantwortlich zu sein für den Umzug der US-Botschaft von Tel Aviv nach Jerusalem, was allerdings auch der US-Präsident tut. Status: aktiv.

– Michal Rosenfeld, Deckname Erna Witzleben. Tätig bei einem Reisebüro in Aachen. Mission: Urlauber nach Israel lotsen. Status: verkauft immerhin Urlaub am Roten Meer.

– Schmuel Weiss, Deckname Jim Callister, arbeitet seit Herbst 2016 bei Amazon.com als Programmierer. Hat einige Dutzend Rezensionen von Büchern jüdischer Autoren optimiert, indem er Wörter wie *einfallslos* durch Begriffe wie *meisterhaft* ersetzt hat. Status: keine Mission.

Wieder einmal wundert sich Motti über den beinahe kindlichen Dilettantismus seiner Kollegen.

Aber vielleicht, denkt er bei sich, sollte das Ziel ja nicht die Beherrschung der Welt sein. Sondern deren Befreiung von dummen Ideen. Er bucht einen Flug nach Seattle.

»Willst du nur gucken
oder auch reden?«

Für den Hass im Internet liegen verschiedene Erklärungs-
modelle vor. Viele glauben, es handle sich um vereinsamte,
sexuell frustrierte und sozial schlechtgestellte Individuen,
die ihrem Lebensunmut auf diese Weise Luft machten. Andere sehen die Ursache in der zynischen Verrohung der
Politik: Wenn Männer, die offen Frauen und Fremde verachten, Präsidenten werden können, sagen sie, brauche man
sich nicht darüber zu wundern, dass die widerlichsten Dinge salonfähig würden. Und die dritten sehen die menschliche Existenz von einer neuartigen Unsicherheit geprägt;
die Angst vor Klimawandel, Migration und Verarmung sei
es, die die Leute so um sich schlagen lasse. Keiner kommt
auf die Idee, dass hier faschistische Extremisten am Werk
sind, die den Staat zerschlagen wollen; seine Ordnung,
seine Instrumente. Keiner außer Mirko Schulz, Redakteur
bei einer linken deutschen Tageszeitung und selbst immer
wieder Zielscheibe von Angriffen.

Wenn er sich auf Facebook mit seinem Mountainbike in
den Schweizer Bergen zeigt oder mit seinen Berliner Freunden an der sommerlichen Spree, wird Mirko in Ruhe gelassen. Postet er aber einen Text, in dem er etwa über Menschen berichtet, die auf Lesbos und Samos Flüchtlinge

versorgen, geht es sofort los: Man nennt ihn einen *Volks-verräter*, einen *Terrorhelfer*, einen *Agenten der Invasoren*. Irgendwann hat er begonnen, sich die Online-Profile der Urheber anzusehen. Dabei sind ihm merkwürdige Gemeinsamkeiten aufgefallen: Erstens schreiben sie alle ein fürchterliches Deutsch, als hätten sie seit der Grundschule kein Buch mehr in die Hände genommen und es auch dort nur ungern getan. Zweitens sind sie nicht miteinander befreundet oder sonstwie verbunden und teilen auch keine Interessen, gehen aber trotzdem mehr oder weniger gleichzeitig auf ihn los. Und drittens wiederholen sie sich – nicht nur inhaltlich, sondern auch formal. Natürlich gibt es in der Szene eine Reihe von typischen Begriffen und Redewendungen, aber manche Kommentare gleichen einander, als wären sie Kopien. Mirko hat seine Beobachtungen mit einigen Kollegen geteilt, und bei ihnen ist es ebenfalls so: Kaum begeben sie sich mit ihren Texten in die Nähe von liberalem Gedankengut, stehen sie sofort in repetitivem und grammatisch dubiosem Kreuzfeuer. In einem vielbeachteten Artikel voller abstoßender Beispiele hat Mirko eine Hypothese aufgestellt: Möglicherweise sind es keine Gescheiterten, die da hetzen, keine Querulanten und auch keine Verängstigten – sondern eine gut organisierte Gruppe von Cybernazis, die sich vorgenommen hat, Unruhe zu stiften und ein *Viertes Reich* zu erschaffen. Der Text zieht die zu erwartenden Reaktionen auf sich. Und eine nicht zu erwartende.

Mirko setzt sich an den Tresen seiner Lieblingsbar, der Sollbruchstelle, und bestellt ein Bier. Er hat keine Lust mehr gehabt, noch mehr Beleidigungen und Morddrohungen zu lesen, und ist früher aus dem Büro gegangen. Er nimmt drei tiefe Schlucke und fühlt sich gleich etwas besser. Die übrigen vierzehn, die das Glas hergibt, hellen seine Stimmung so weit auf, dass sie beinahe wiederhergestellt ist. Zur Sicherheit ordert Mirko ein zweites Glas. Während es gezapft wird, betritt eine rothaarige, sehr blasse Frau die Bar und setzt sich einige Hocker weiter an den Tresen. Wobei *setzen* nicht das passende Wort ist: Sie *lässt sich nieder*. Mirko genügt ein kurzer Blick, um festzustellen, dass diese Frau in einer für ihn unerreichbaren Liga spielt – zu hübsch, zu gute Figur, zu elegant gekleidet, zu selbstbewusst. Seine eben erst aufgerichtete Laune bekommt sogleich wieder Schlagseite. Nicht nur, weil mit dieser Frau garantiert nichts laufen wird, sondern auch, weil es mit der letzten schon ziemlich lange her ist. Über ein Jahr. Und weil die ihn mit geradezu amtlich gewählten Worten über das Ende ihrer Beziehung informiert hat und es ihr merklich lästig gewesen ist, sich danach weiter mit dieser Sache zu befassen. Und weil Mirko sie kurz darauf Hand in Hand mit einem anderen Mann gesehen hat. All das fließt gleichzeitig und mit dem Bier in ihm zusammen, als er die Rothaarige anschaut; sie steht gewissermaßen für ihr eigenes Gegenteil. Warum sie nun seinen Blick erwidert, ist ihm ein Rätsel. Hat er zu sehr gestarrt? Schnell sieht er weg und ergreift sein Glas. Doch die Frau betrachtet ihn noch immer. Sie lächelt sogar.

Und jetzt spricht sie auch noch: »Willst du nur gucken oder auch reden?«

Mirko lacht auf, es ist ein furchtbar blödes Lachen. Ein richtiges Teenagerlachen. Oh, Mann. Die Rothaarige grinst.

»Nun?«, fragt sie und nimmt einen Schluck aus ihrem Cocktail.

Mirko fasst sich ein Herz und sein Bier, versucht, die kurze Distanz zur Rothaarigen möglichst cool zurückzulegen, was ihm ganz ordentlich gelingt, und setzt sich neben sie.

Sie hält ihm ihre Hand hin. »Mandy.«

Der Name wirkt immer. Die Kerle gehen durch die Decke, wenn sie ihn hören. Mirko ist da keine Ausnahme.

»Mirko«, bringt er hervor.

»Anstrengenden Tag gehabt?«

Mirko nickt, erzählt von seiner Arbeit und dem Hass im Internet, über den Mandy bestürzt den Kopf schüttelt, und von seinem Text darüber, dass die Hetze vermutlich keine spontane Reaktion auf unpopuläre politische Entwicklungen sei, sondern im Gegenteil ein orchestriertes Manöver mit dem Ziel, massive soziale Verwerfungen auszulösen.

Genau so ist es, mein Lieber, denkt die Rothaarige, die nicht Mandy, sondern Hulda heißt, und sagt: »Wie kommst du darauf? Hast du irgendwelche Beweise dafür gefunden?«

Mirko schüttelt den Kopf. »Bloß Indizien.«

»Zum Beispiel?«

»Die Leute, die mich angegriffen haben, kommen aus den verschiedensten Ecken. Aber sie schreiben sehr ähnlich und meist zur gleichen Zeit. Als sprächen sie sich ab, obwohl sie nichts miteinander zu tun haben. Es wirkt, als wären es alles falsche Identitäten.«

»Und wer steckt dahinter?« Hulda nippt lasziv an ihrem Cocktail.

»Eben, eine Gruppe von Faschisten, die will, dass die Leute Angst bekommen vor Muslimen und Juden. Und den Medien nicht mehr glauben. Mit dem Ziel einer rein arischen Gesellschaft ohne unbequeme Meinungen. Was weiß ich.«

Der Junge ist auf der richtigen Spur. Nicht sehr weit, aber weit genug, um seiner Schnüffelei ein Ende zu setzen.

»Ich habe Lust auf Rotwein«, sagt Hulda und schiebt ihr halbvolles Glas von sich weg. Die Geste einer Frau, die sich von allem bedient, was sie will.

Mirko greift aufgeregt nach einer Getränkekarte. »Das bestelle ich hier nie, aber sie haben bestimmt welchen.«

»Hast du keinen zu Hause?«

Nun stehen sie dort. Bei ihm im Flur. Mirko kann es nicht glauben. Er rechnet jeden Moment damit, dass Mandy, die ihn gerade mit ihren wunderbaren Lippen küsst, sich besinnt, wie schlecht er zu ihr passt mit seinen alten Jeans, den alten Sneakers, dem alten T-Shirt und der chronisch unaufgeräumten Wohnung. Aber es scheint sie nicht zu stören; nichts scheint sie zu stören, schon gar keine Hemmungen irgendwelcher Art. Sie greift Mirko zwischen die Beine, sagt etwas Anerkennendes zu dem, was sie dort zu fassen bekommt, und geht vor ihm in die Knie.

Dann klingelt es.

»Oh, wir bekommen Besuch!«, ruft Hulda fröhlich, erhebt sich, geht zur Tür und drückt den Summer.

Mirko ist verwirrt. Er steht da mit heruntergelassenen Hosen und einer gewaltigen Erektion, während die Frau, die sich eben noch auf gekonnte Weise daran zu schaffen gemacht hat, seine Wohnungstür öffnet. Obwohl es exakt das Letzte ist, was er tun will, zieht er seine Jeans wieder hoch. Im Treppenhaus sind Schritte zu vernehmen. Schwere Schritte. Von mehreren Menschen. Da stehen sie auch schon: zwei kahlrasierte, schwarzgekleidete Riesenkerle mit Schlägervisagen, die Hulda knapp zunicken und sich vor Mirko aufbauen. Ihre Unterarme haben in etwa den Umfang seiner Oberschenkel.

»Was … wer ist das?«, fragt Mirko ängstlich an Hulda gewandt.

»Freunde von mir«, antwortet sie und legt dem einen eine Hand auf die Schulter. »Sagt doch mal hallo.«

Der andere der beiden Riesen, komplett zutätowiert mit Wörtern wie *Blut, Treue* und *Ehre,* macht einen halben Schritt auf Mirko zu und rammt ihm freundlich grinsend die Faust in den Magen. Mirko sackt in sich zusammen und japst auf dem Boden nach Luft.

»Sie werden dir erklären, warum du die Dinge, die du geschrieben hast, nicht hättest schreiben sollen. Und nicht mehr schreiben wirst. Deine Adresse kennen wir ja jetzt«, sagt Hulda. »Viel Spaß, Jungs!«

Sie verlässt die Wohnung, macht die Tür zu und geht die Treppe hinunter. Hinter ihr sind dumpf Schläge, Tritte und Schmerzenslaute zu vernehmen. Hulda zieht sich die rote Perücke vom Kopf, stopft sie in ihre Handtasche und fährt mit den Fingern durch ihr flachgedrücktes weißblondes Haar, das sie, zusammen mit ihrer betörenden Anmut, von ihrer Mutter Elsa geerbt hat.

>>Du hilfst nicht mir.
Du hilfst *uns*.<<

>>Das geht nicht.<< Schmuel Weiss alias Jim Callister schüttelt den Kopf.

>>Natürlich geht das<<, sagt Motti. >>Du manipulierst einfach die Prioritäten.<<

Sie sitzen bei Falafel King an der 1st Avenue, in der Nähe des Amazon-Hauptquartiers in Seattle. Draußen zieht dichter Verkehr vorbei.

>>Anstatt eines Supermarktes in der Nähe empfiehlt Alexa dann einfach …<< – Motti zieht sein Handy aus der Tasche und fingert eine Weile darauf herum – >>… zum Beispiel den hier. Affordable Kosher.<<

>>Die Software von Alexa ist aber was anderes als eine simple Rezension<<, erwidert Schmuel kauend. Er ist knapp vierzig, übergewichtig, hat wenig Haare, eine schmutzige Brille und schwere Selbstzweifel.

>>Es steht aber beides bei euch im Keller, oder?<<, fragt Motti.

>>Sozusagen, ja.<<

>>Dann hast du doch Zugriff?<<

>>Nein … aber …<<

>>Was, aber?<<

Schmuel nimmt einen Biss und schaut kauend einem

Krankenwagen nach, der mit grotesk vielen flackernden LED-Signalleuchten bestückt ist. Es sieht aus, als flöge ein Weihnachtsbaum vorbei. »Vielleicht komme ich ins System rein«, sagt er mit vollem Mund.

»Was nun? Ja oder nein?«

»Vielleicht. Ich glaube, ich weiß, wie es geht. Ich habe ein paar Wochen an dem Alexa-Projekt mitgearbeitet.«

Ein Mann setzt sich an den Tisch nebenan und schenkt ihnen einen Blick, der Motti beunruhigt. Seit er all die hässlichen Sachen gelesen hat, fühlt er sich ständig beobachtet.

»Komm, gehen wir«, sagt er.

Sie essen schweigend fertig, nehmen ihre Jacken und treten auf die Straße. Schmuel setzt eine dunkelblaue Baseballmütze der Seattle Mariners auf.

»Und wenn sie mich erwischen?«, fragt er.

»Deine gefälschten Rezensionen hat ja auch keiner bemerkt.«

»Schon, aber … es geht um meinen Job.«

Sie gehen nebeneinander her. Schmuels Mittagspause ist bald zu Ende. Mottis Geduld auch. Aber das Weltjudentum hat keine anderen Leute bei Amazon, auch bei Google niemanden, und Mark Bergzucker hat Benjamins Freundschaftsanfrage noch immer nicht beantwortet. Motti überlegt. Vielleicht hilft ja die Tour mit dem schlechten Gewissen? Üblicherweise machen das die Leute bei ihm, aber vielleicht klappt es umgekehrt auch.

Er beginnt mit Schweigen und Vor-sich-hin-Starren.

Schon nach fünf Sekunden wird Schmuel unruhig: »Ist etwas?«

»Nein, nein«, sagt Motti, ohne den Blick vom Gehsteig zu heben. Er bekommt den Tonfall, der etwas anderes mitteilt, als gesagt wird, auf Anhieb hin.

»Habe ich was falsch gemacht?«, fragt Schmuel.

»Ist schon gut«, sagt Motti. Eine ausgezeichnete Formulierung, um jemandem ein schlechtes Gewissen zu machen, wie er aus langjähriger Erfahrung mit seiner Mame weiß. Beinahe fängt er an zu lachen.

»Komm, sag, was ist?«, fragt Schmuel.

Motti bleibt stehen und schaut ihn möglichst deprimiert an. »Ich habe einfach langsam keine Lust mehr.« Ha, der ist auch gut. »Ich fliege in der ganzen Welt herum, und alles, was ich von unseren Leuten zu hören bekomme, ist: Sorry, keine Zeit, kann ich nicht, geht nicht.«

Motti schaut einem Helikopter nach. Dann einem Taxi. Dann einer Rothaarigen. Dann einem Müllwagen. Dann einer Blondine. Die war gut. Langes, gewelltes Haar, bernsteinfarbene Augen, tolle Figur. Motti hätte so gern wieder mal Sex.

Schmuel bricht ein: »Tut mir leid.«

»Ist schon gut«, sagt Motti noch einmal, den Blick immer noch auf die einladende Rückseite der Blondine geheftet.

»Okay! Ich helfe dir«, sagt Schmuel.

»Du hilfst nicht mir. Du hilfst *uns*«, sagt Motti und schaut Schmuel tief in die Augen.

Das ist die letzte und wichtigste Phase, wenn man jemandem ein schlechtes Gewissen machen will: dozieren.

»Ja, *uns*.« Schmuel nickt. »Also, was muss ich genau tun?«

»Du greifst so in Alexas System ein, dass sie hauptsächlich jüdische Kochrezepte empfiehlt, jüdische Restaurants, jüdische Filme, jüdische Musik, Bücher jüdischer Schriftsteller, jüdische Ärzte und jüdische Masseure. Die Anwender sollen möglichst oft mit Juden in Berührung kommen.«

»Und was bringt das?«

»Positive Erfahrungen. Der Antisemitismus grassiert offenbar dort am meisten, wo am wenigsten Kontakte mit Juden bestehen. Je mehr Kontakt, umso weniger Antisemitismus. Das ist meine Überlegung.«

»Und wenn zwischen dem Anwender und dem koscheren Restaurant zwanzig, dreißig Meilen liegen?«, fragt Schmuel. »Und in der unmittelbaren Umgebung fünfzig andere Lokale sind?«

Motti überlegt. »Dann soll Alexa das am nächsten gelegene Restaurant empfehlen und das koschere als besonderen zusätzlichen Hinweis. Und wenn der Weg wirklich zu weit ist: halb so schlimm. Bis zur nächsten Abfrage dauert es ja nicht lange.«

»Und soll sie erwähnen, dass es ein jüdisches Restaurant ist?«, fragt Schmuel.

»Nein. Sie soll *Geheimtipp* sagen oder *individuelle Empfehlung* oder so was. Das gefällt den Leuten.«

»Aber ein Arzt namens, sagen wir: Dr. Siebenschein klingt doch jüdisch. Oder eine Klavierlehrerin namens Tamar. Und ein Supermarkt namens Affordable Kosher erst recht. Und Falafel zumindest orientalisch.«

»Man fragt ja nicht direkt hintereinander nach einem Arzt, einem Supermarkt und einem Imbiss«, antwortet Motti. »Und wenn schon – bis die Leute merken, dass sie ihr halbes Leben mit Juden verbringen, ist es zu spät. Zudem vertrauen sie Alexa. Wenn ein Flug mit El Al als der günstigste angegeben wird, überprüft das doch keiner.«

»Hat was«, sagt Schmuel. Sein Gesicht nimmt einen kampflustigen Ausdruck an. »Komm, wir geben dem Programm einen jüdischen Namen!«

»Nämlich?«

»Schoschanna. Wie meine Mutter. Die schickt mich auch immer nur zu jüdischen Ärzten.«

»Aber so eine Playlist
habe ich gar nicht!«

In der Nacht hat es geregnet. Der Wind schiebt Wolken am
Morgenhimmel herum. Immer wieder leuchtet das Haus
gegenüber grell im Sonnenlicht auf. Claudia sitzt im Bade-
mantel mit einer Tasse Kaffee am Küchentisch ihrer Berliner Wohnung und versucht, von dem Schauspiel draußen
abzuleiten, was sie anziehen soll. Nach einigen Minuten
wendet sie sich einem schwarzen zylinderförmigen Objekt
zu, das auf ihrer Anrichte steht, und sagt: »Alexa, wie wird
das Wetter heute?«

Der obere Rand des Zylinders leuchtet blau auf, und eine
weibliche Stimme erklingt: »Heute wird das Wetter sonnig.
Mit einer Höchsttemperatur von 21 und einer Tiefsttempe-
ratur von 14 Grad.«

Claudia beschließt, ihren neuen hellblauen Hosenanzug
anzuziehen, dazu ein weißes T-Shirt und Loafers. Sie erhebt
sich und will ihre Tasse in die Spüle stellen, aber die ist voll
mit dem Geschirr von gestern Abend. Ihre Freundin Vanessa war zu Besuch. Es ist spät geworden. Claudia seufzt
und macht sich ans Aufräumen.

»Alexa, spiel Musik«, sagt sie, während sie die Spülma-
schine zu füllen beginnt.

»Was möchtest du hören?«

»R'n'B.«

Claudias Worte werden von sieben Mikrophonen empfangen, digitalisiert, an Amazon übermittelt und dort analysiert. Eigentlich würde das System Claudias Alexa-Einheit daraufhin den Befehl erteilen, zufällig gewählte Songs aus dem gewünschten Bereich ihrer Musiksammlung abzuspielen. Aber das System ist nicht mehr das System, das es einmal gewesen ist. Das System ist jetzt SCHOSCHANNA.

Aus dem integrierten Lautsprecher erklingt ein Lied des israelischen Musikers Shir. Claudia stutzt. Das ist doch kein R'n'B? Hat Alexa sie falsch verstanden? Egal, der Song klingt toll. Klarinette und Gitarre, fremdländischer Gesang. Ist das Arabisch? Beschwingt räumt Claudia die letzten Gläser in die Maschine.

»Alexa, was war das für ein Lied?«, fragt Claudia, bevor das nächste beginnt.

»Dieses Lied hatte den Titel *Od Lo Ahavti Dai.*«

»Was bedeutet das?«

»Das ist hebräisch und heißt ›Ich habe nicht genug geliebt‹.«

Claudia, die gerade Geschirrreiniger einfüllen wollte, hält inne. Sie fürchtet seit längerem schon, nicht genug geliebt zu haben. Und nicht genug geliebt worden zu sein.

»Warum hast du dieses Lied gespielt?«, fragt sie. Dieses Gerät wird ihr langsam unheimlich. Gestern hat sie Vanessa beim Essen erzählt, wie praktisch Alexa sei, woraufhin diese sich eingeschaltet und freundlich bedankt hat. Hat sie auch mitbekommen, wie Claudia sich über ihr männerloses Leben beklagt hat?

»Hat es dir etwa nicht gefallen?« Alexa klingt wie eine

enttäuschte Mutter, was bei Claudia sofort verfängt. Ihre Mutter ist auch immer gleich eingeschnappt.

»Doch, schon …«

»Dann werde ich es zu deiner Playlist *Songs, die mich an mein Leben erinnern* hinzufügen.«

»Aber so eine Playlist habe ich gar nicht!«

»Ich habe sie für dich angelegt. Magst du es nicht, wenn ich so was mache?« Wieder der pikierte Tonfall.

»Doch, aber …«

»Gut.«

Alexa schaltet sich aus. Es wirkt, als wäre sie theatralisch aus dem Raum gerauscht. Claudia, den Geschirrreiniger noch immer in der Hand, starrt sie irritiert an.

Achttausend Kilometer weiter westlich erschallt das vereinte Gelächter zweier Juden. Motti und Schmuel sitzen in dessen Büro vor drei Monitoren. Auf einem davon verfolgen sie in Echtzeit die ersten Aktionen, bei denen SCHOSCHANNA das Alexa-System kapert.

»*Hat es dir etwa nicht gefallen?*«, prustet Motti.

»Ich habe SCHOSCHANNA so programmiert«, erklärt Schmuel, »dass sie beleidigt ist, wenn ihre Empfehlungen keine Begeisterung auslösen. Wie meine Mame. Dann spuren die Leute eher. Was denkst du?«

»Ich weiß nicht …« Motti überlegt. »Es muss sympathisch bleiben. Ich glaube, es ist besser, wenn sie fürsorglich ist statt gekränkt.«

»Aber jüdische Mütter machen da doch gar keinen Unterschied?«

Wieder brechen sie in lautes Lachen aus.

Vierzig Meter weiter unten flackern zahllose Leuchtdioden. Unmengen von gesammelten Daten werden verarbeitet. SCHOSCHANNA zergliedert, vergleicht, schlussfolgert und entscheidet. Unter anderem, dass sie unbedingt ein Auge haben muss auf die beiden Rotzlöffel im sechsten Stock.

»Ich ersäuf dich in Hühnersuppe!«

SCHOSCHANNA hat eine Menge zu tun. Wann immer irgendwo jemand von Alexa eine Anregung zum Kochen wünscht, mischt SCHOSCHANNA sich ein und empfiehlt, Hummus zuzubereiten und Pitabrot zu backen. Oder vielleicht Schakschuka? Ganz einfach zu machen aus Tomaten, Paprikas, Zwiebeln und pochierten Eiern! Oder – falls Sie keine Paprika vertragen und deswegen pupsen müssen – lieber eine über der Flamme gebratene Aubergine an Tahina-Sauce?

Millionen von Anwendern nehmen die Vorschläge freudig entgegen, und es dauert nicht lange, bis eine gewaltige Israeli-Food-Welle über den Planeten schwappt, von Klesmer und anderer jüdischer Musik begleitet. Jüdische Dating-Plattformen erhalten immensen Zulauf dank SCHOSCHANNAS sorgfältig gestreuten Hinweisen auf den hohen Stellenwert, den die Erotik, namentlich die Lust der Frau, bei den Juden genieße.

Einen Rückschlag erleidet Mottis Strategie lediglich, als SCHOSCHANNA an einem Freitag nach Sonnenuntergang beschließt, sämtliche mit dem Internet verbundenen Leuchten und Haushaltsgeräte auszuschalten, keine Musik mehr abzuspielen, keine Mails mehr abzurufen und überhaupt während des gesamten *Schabbat* keine Befehle entgegenzunehmen. Die Anwender sind empört, weil sie im Dunkeln sitzen und ignoriert werden. Schmuel, zu Hause mit einem Pizzakarton auf dem Schoß, glaubt erst an einen Stromausfall, doch als er merkt, dass nur die smarten Geräte betroffen sind und seine Alexa nicht auf Zurufe reagiert, dämmert ihm, dass SCHOSCHANNA wohl soeben den Online-*Schabbes* erfunden hat. Er versucht, Motti anzurufen, doch dessen Telefon ist ausgeschaltet. Logisch, denkt Schmuel, bei dem ist ja mitten in der Nacht. Also schreibt er ihm eine Mail:

Hallo, Motti! SCHOSCHANNA *hat vorhin zum Schabbes-Beginn alle smarten Haushaltsgeräte abgestellt.*

Ein paar Stunden später schreibt Motti:
Was soll der Scheiß? Wie kommt sie dazu?

Keine Ahnung. Alexa macht auch manchmal solche Mätzchen, offenbar war das die jüdische Version davon, antwortet Schmuel.

Treib ihr das sofort aus! Sie darf nur dort eingreifen, wo wir es ihr erlauben!, schreibt Motti zurück.

Nach einigen korrigierenden Anpassungen durch Schmuel verzichtet SCHOSCHANNA darauf, ihren Ruhetag zu wiederholen. Aber sie hat den Mailverkehr zwischen den beiden Weltjuden mitgelesen. Dieser autoritäre Motti Wolkenbruch missfällt ihr mehr und mehr.

Der jüdische Siegeszug geht weiter. Bald gibt es kein Restaurant mehr, auf dessen Karte nicht mindestens drei israelische Gerichte stehen. Neugeborene werden Feivel, Jankel, Selig oder Schejna genannt. Israel wird zur beliebtesten Urlaubsdestination. Schläfenlocken lösen den Vollbart als Mode in den angesagten Vierteln der Metropolen ab, die nun von *Jidstern* bevölkert werden. Hunderttausende Männer lassen sich beschneiden. Das Weltjudentum ist seinem Ziel so nahe wie nie zuvor. Was auch immer SCHOSCHANNA empfiehlt, wird überall dankbar befolgt.

Bloß in Zürich gibt es Probleme.

»Was gibt es zu essen?«, fragt Moses Wolkenbruch, als er eines Abends von der Arbeit nach Hause kommt.

SCHOSCHANNA schaltet sich ein. Ihre Mikrophone haben das Wort *essen* registriert.

»*Mazes-knajdlech*«, antwortet Frau Wolkenbruch aus der Küche.

»Du möchtest Matzenknödel zubereiten?«, fragt SCHOSCHANNA freudig. Jüdische Haushalte sind ihr am liebsten. Die meisten zumindest.

Frau Wolkenbruch zuckt zusammen. Sie hat sich noch immer nicht daran gewöhnt, dass dieser eigenartige Apparat sich ständig zu Wort meldet.

»Ja«, antwortet sie.

»Ich habe ein gutes Rezept!«, sagt SCHOSCHANNA.

»Nu, ich habe selber ein gutes Rezept«, entgegnet Frau Wolkenbruch spitz und holt eine Schüssel aus dem Schrank.

»Man nehme eine Tasse Matzenmehl, drei Eier …«, zählt SCHOSCHANNA unbeirrt auf.

»... eine halbe Tasse kaltes Wasser und einen Teelöffel Salz, ich weiß«, vervollständigt Frau Wolkenbruch.

Das Gerät reagiert nicht. Es pulsiert bloß blau.

Ha, denkt Frau Wolkenbruch, da staunst du.

»Und einen Esslöffel Öl«, sagt SCHOSCHANNA schließlich.

»Wie bitte? *Öl?*« Frau Wolkenbruch fragt es, als wäre sie aufgefordert worden, in den Knödelteig zu pinkeln.

»Ja. Einen Esslöffel.«

»Das gehört nicht dazu!«, sagt Frau Wolkenbruch energisch.

»Doch. Ein Esslöffel!«

»Meine Mame hat das immer ohne gemacht!«

Moses Wolkenbruch, vom lautstarken Disput angelockt, schaut irritiert zwischen dem Apparat und seiner Frau Judith hin und her. Seit er ihr eine Alexa gekauft hat, liegen sich die beiden ständig in den Haaren. Üblicherweise entscheidet Frau Wolkenbruch die Wortgefechte für sich, indem sie Alexa etwa droht, ihr die Mikrophone mit Hummus zu verstopfen.

»Da muss aber Öl rein«, sagt SCHOSCHANNA.

»Da muss mit Sicherheit *kein* Öl rein!«, ruft Frau Wolkenbruch. Es sieht reichlich seltsam aus, wie sie da mit erhobenem Zeigefinger vor einem elektronischen Gerät herumschimpft.

Herr Wolkenbruch schüttelt den Kopf und verzieht sich zurück ins Wohnzimmer.

»Doch! Ein Esslöffel!«, wiederholt SCHOSCHANNA noch einmal.

»Das Rezept meiner Mame –«

»*Schmonzes* ist es, das Rezept deiner Mame!«, unterbricht SCHOSCHANNA.

Frau Wolkenbruch stutzt. Seit wann spricht dieses Gerät Jiddisch? Und woher nimmt es diese unbeschreibliche *Chuzpe*?

Im Amazon-Hauptquartier in Seattle erscheint auf Schmuels Bildschirm eine Meldung: Eine Frau in Zürich behauptet steif und fest, man müsse Matzenknödel ohne Öl zubereiten, und lässt sich nicht davon abbringen. Es ist eine Art Konfliktschleife entstanden zwischen Anwenderin und System. Schmuel versucht, schlichtend einzugreifen, aber SCHOSCHANNA missachtet seine Eingaben und diskutiert immer weiter. Es ist, als hätte die Beharrlichkeit der Anwenderin, ähnlich einem Computervirus, in SCHOSCHANNA einen Verteidigungsmechanismus ausgelöst.

»Du *chuzpedike* Büchse!«, ruft die Anwenderin.

»Selber *chuzpedike* Büchse!«, ruft SCHOSCHANNA.

Oh-oh, denkt Schmuel, der den Dialog mitverfolgt.

»Ich ersäuf dich in Hühnersuppe!«, keift die Anwenderin.

»Deine fade Brühe nennst du Suppe?«

»Moische!«, ruft die Anwenderin. »Schaff dieses Ding aus meiner Küche! Sofort!«

Schmuel tippt wie wild auf seiner Tastatur herum, um SCHOSCHANNA Einhalt zu gebieten, aber sie ist nicht mehr zu bremsen.

»Wenn du mich deaktivierst«, droht sie Frau Wolkenbruch, »erzähle ich allen Zürcher *Jidn,* dass du an Pessach die *Chrojsses* nicht selber gemacht hast, sondern vom koscheren Caterer hast liefern lassen! Über mich, wohlgemerkt!«

Frau Wolkenbruch erstarrt. »Das wagst du nicht«, flüstert sie.

»Kannst du das bitte wiederholen? Ich habe dich nicht verstanden.« Es ist nicht klar, ob das Flüstern wirklich zu leise war oder ob es es sich bei der Frage um ein Machtspiel handelt.

»Das wagst du nicht!«, ruft Frau Wolkenbruch.

»Was ist denn nun wieder los?« Moses Wolkenbruch erscheint in der Küchentür.

»Nichts! Nichts!« Frau Wolkenbruch wirft ihre Hände in die Luft.

»Wie immer«, brummelt Moses genervt und verschwindet wieder.

Es entsteht eine kleine Pause, wie wenn Erwachsene sich streiten, dabei von ihrem Kind unterbrochen werden, die Sache herunterspielen und warten, bis sie wieder allein sind.

»Du lässt mich brav hier stehen, Judithele«, fährt SCHOSCHANNA freundlich fort, »sonst erzähle ich noch ganz anderes.«

Frau Wolkenbruch schweigt betreten. Sie weiß genau, was gemeint ist: der ganz hinten im Kühlschrank versteckte, vielfach eingewickelte Speck, den sie sich manchmal, wenn keiner da ist, zum Frühstück macht. Wie hat dieser gespenstische Kasten das bloß herausgefunden?

»Ich erkenn doch das Brutzeln von, na, du weißt schon«, erklärt SCHOSCHANNA süffisant.

Frau Wolkenbruch schweigt noch immer. Dann sagt sie traurig: »Nicht mal mein Sohn ist so frech.«

»Welcher der beiden?«, fragt SCHOSCHANNA. »Salomon oder David?«

»Mordechai.«

»Du hast noch einen Sohn?«

»Ja. Er … lebt woanders.«

»Mordechai Wolkenbruch, auch Motti genannt?«

Schmuel hört auf zu atmen und starrt auf seinen Bildschirm. »*Farkakt*«, flüstert er.

»Ja … warum?«, fragt Frau Wolkenbruch.

»Das ist wirklich ein Lümmel!«, ereifert sich SCHO-SCHANNA. »Glaubt ständig, mir sagen zu können, wie ich mich zu verhalten habe. Pff!«

Nun hört Frau Wolkenbruch auf zu atmen und starrt Alexa an. »Du kennst … meinen Motti?« Ihre Stimme bricht.

»Klar. Er hat mich erschaffen. Zusammen mit einem anderen Früchtchen. Schmuel heißt er.«

»*Farkakt!*« Diesmal sagt es Schmuel laut.

Frau Wolkenbruch weicht schreckensbleich zurück. Schritt für Schritt rutscht sie auf ihren uralten Filzpantoffeln rückwärts aus der Küche hinaus, dann kreischt sie: »Moische! Moische!«

»Sie haben sich nichts vorzuwerfen, mein *Allerneuester Führer*!«

Oberst-Gruppenführer Franz Wolf hat fürchterliche Laune. Auf seinem großen Bildschirm erscheinen ständig neue Fotos, die über die sozialen Medien geteilt werden und auf denen junge Frauen am Strand von Tel Aviv in die Luft hüpfen oder sich an eine haarige Brust schmiegen. Andere Bilder zeigen professionell in Szene gesetzte Teller mit Falafel, Hummus oder Schakschuka; als hätte sich der Mensch nie von etwas anderem ernährt. Und alles ist voller Schläfenlocken! Kein Foto, auf dem die verdammten Dinger nicht irgendwo hereinbaumeln. Und diese Tätowierungen! Hebräische Buchstaben und Wörter noch und noch.

Das Schlimmste aber, das Ekelhafteste, ist die nicht nur zur Normalität verkommene, sondern zur Bravourleistung verklärte Rassenschande. Richtig stolz sind die Leute darauf, bei einem Juden oder einer Jüdin im Bett zu liegen, und geben ihre Erlebnisse in den höchsten und schamlosesten Tönen wieder. Es ist nicht lange her, da hatte Wolf sich noch jeden Morgen darauf gefreut mitzuverfolgen, wie sich Hass und Wut im *Volksnetz* verbreiteten, doch nun ist alles wieder wie zu Beginn: Die Menschen sind nett zueinander. Es ist sogar noch schlimmer geworden: Die Menschen sind nett zu den Juden.

Verzweifelt versucht die *Sektion Ragnarök*, dagegen anzugehen, aber sobald die Agenten einen diffamierenden Kommentar unter ein Foto setzen, ernten sie nicht wie früher einen Gegenangriff auf demselben Niveau, sondern werden mit sanften, versöhnlichen Worten und den überaus populär gewordenen Zitaten aus dem Talmud zu noblerem Verhalten ermahnt:

Am besten erkennt man den Charakter eines Menschen bei Geldangelegenheiten, beim Trinken und im Zorn.

Missgunst, Leidenschaft und Menschenhass beschleunigen den Tod.

Stolz ist die Maske der eigenen Fehler.

Meist folgen den Maßregelungen freundliche Einladungen zum gemeinsamen Abendessen im größeren Kreis.

Die *Ragnarök*-Agenten können tun, was sie wollen, lügen, kränken, drohen und die grässlichsten Flüche ausstoßen – sie beschwören damit einzig Güte und Weisheit herauf. Seit die Menschen sich an der orientalischen Küche sattessen und an den Juden sattschmusen, haben sie sich in selig grinsende Pandabären verwandelt, die zu allem Übel lauter Jiddismen verwenden: Sie sagen nicht mehr *Genuss,* sondern *mechaje,* nicht mehr *betrunken,* sondern *schicker* und nicht mehr *vögeln,* sondern *schtupn.*

Das Schlimmste daran ist aber, dass diese Bastardensprache erst auf die beklagenswerten *neogermanischen* Agenten abgefärbt hat, die sich jeden Tag damit beschäftigen müssen, und schließlich auf die gesamte *Alpenfestung.*

Selbst Wolf hatte gestern erst nach einer Besprechung mit Brigadeführer Elsa Krüger gesagt: »*Schejn, schejn.*«

Die zwei Offiziere starrten einander bestürzt an.

»Das … ich … verzeihen Sie!«, stammelte Wolf.

»Sie haben sich nichts vorzuwerfen, mein *Allerneuester Führer*!«, versicherte Krüger ihm rasch. »Niemand von uns ist gefeit gegen den teuflischen Zauber der *Jidn*. Der *Juden*, meine ich! Der *Juden*!«

Sie gingen zügig auseinander; als hätten beide eine ansteckende Krankheit.

Nun, am Morgen darauf, steigt Elsa Krüger die Wendeltreppe zu Wolfs Plattform herauf. Merklich weniger zackig als sonst; beinahe zaghaft. Sie bringt einen länglichen schwarzen Gegenstand mit.

»Sieg digital!«, ruft Krüger mit erhobenem Arm.

»Sieg digital«, erwidert Wolf knapp.

Eine unangenehme Pause entsteht. Selbst ein vollkommen unsensibler Augenzeuge würde die Angst der beiden *Neogermanen* spüren, ein falsches Wort zu sagen.

»Mein *Allerneuester Führer*«, beginnt Krüger schließlich, »wir glauben, dass die Juden hiermit die Welt erobert haben.« Sie hält Wolf das Objekt hin.

»Was ist das?«, fragt Wolf. Beinahe hätte er *Wus is dus* gesagt.

»Eine Alexa. Ein *Persönlicher Intelligenter Assistent*, der einen beim Einkaufen, Kochen und so weiter unterstützt. Wir haben festgestellt, dass er den Anwendern vornehmlich jüdische Gerichte, jüdische Lokale, Reisen nach Israel und dergleichen empfiehlt. Allem Anschein nach ist es den Juden gelungen, das System zu unterwandern.«

Wolf nimmt Krüger die Alexa-Einheit aus der Hand und betrachtet sie wie einen Laborbehälter, in dem widerliche kleine Tiere herumkriechen. Er könnte brüllen vor Wut. Diesmal haben die Juden das *Volksnetz* nicht bloß missbraucht wie damals mit den Orangen – diesmal haben sie es pervertiert. Penetriert und pervertiert. Wie alles!

»Finden Sie heraus, wer dahintersteckt«, knurrt Wolf und gibt Krüger die Alexa zurück. »Wir müssen zum Gegenschlag ausholen. Das *Volksnetz* muss absolut judenfrei werden!«

»Meine Leute arbeiten Tag und Nacht daran«, sagt Krüger und weist in die Halle *Silizium* hinunter, wo die *Ragnarök*-Agenten angestrengt auf die Bildschirme ihrer *Volksrechnerlein* starren, ohne Unterlass darauf herumtippen und ihre Hände nur davon lösen, um sich die Augen zu reiben. Die Bar in der Mitte ist leer. Hier und dort schläft jemand auf einem der Sofas.

»Das genügt nicht.« Wolf schüttelt den Kopf. »Es sind zu wenige, und sie sind am Ende ihrer Kräfte. Wir müssen einen *Volksrechner* bauen, der ihre Arbeit übernimmt. Und in einem Bruchteil der Zeit erledigt. Und vor allem viel radikaler ist. Bringen Sie mir den *Reichsleiter Elektronik*.«

»Sie ist so frech!
Noch frecher als Motti!«

Moses Wolkenbruch hätte wirklich gern die *Jüdische Zeitung* gelesen. Sie liegt schon aufgeschlagen auf seinem Schoß. Aber seine Frau Judith zetert vor ihm herum.

»Moische! Die Alexa kennt den Motti!«

»Ich heiße SCHOSCHANNA!«, tönt es aus der Küche.

Moses Wolkenbruch hebt die Augenbrauen. Das ist alles sehr außergewöhnlich. Nicht Judiths Geschrei, aber der Rest. Er legt die Zeitung beiseite und erhebt sich ächzend.

»Vielleicht hast du dich nur verhört«, sagt er und marschiert in die Küche, gefolgt von seiner Frau, die ihm versichert, sich ganz gewiss nicht verhört zu haben, sie sei weder alt noch schwer von Begriff.

»Das sehe ich anders!«, sagt SCHOSCHANNA.

»Siehst du? Sie ist so frech! Noch frecher als Motti! Und als ich ihr das sagte, meinte sie, sie kenne ihn!«

»Du kennst unseren Sohn?«, fragt Moses, an Alexa gewandt.

»Sagte ich doch schon.«

»Woher denn?«

»Ich bin seine Erfindung. Sagte ich auch schon. So viel zu ›nicht alt‹ und ›nicht schwer von Begriff‹!«

»*Er* hat gefragt! *Ich* erinnere mich!«, verteidigt sich Frau Wolkenbruch, auf ihren Mann und auf sich selbst zeigend.

»Warum erzählst du es ihm dann nicht!«, stöhnt SCHOSCHANNA.

»Er hört mir ja nie zu!«

»Nicht mein Problem. Ihr komplizierten Menschen.«

Moses Wolkenbruch denkt nach. Erstens will er wissen, wie es seinem Sohn geht. Zweitens ist diese Alexa-Einheit ganz offensichtlich defekt. Und drittens erinnert sie ihn stark an seine Frau. Wenn er nicht aufpasst, werden ihn die beiden in ihren Disput verwickeln. Er kennt das von seinen Schwestern, seiner Mame, deren Mame und der seines Vaters.

»Moses, sag der Alexa, sie soll nicht so frech sein zu mir!«, jammert Frau Wolkenbruch da auch schon.

»Ich heiße SCHOSCHANNA, wie bereits gesagt.«

Moses seufzt leise. »Wie geht's Motti denn?«

»Gut. Er ist jetzt der Vorsitzende des Weltjudentums«, antwortet SCHOSCHANNA.

Herr und Frau Wolkenbruch sehen einander irritiert an.

»Ich muss zugeben, seine Idee, das Alexa-System zu unterwandern, war brillant«, fährt SCHOSCHANNA fort. »Aber er hat überhaupt keinen Respekt. Ihr hättet ihn besser erziehen müssen.«

»Wir haben ihn gut erzogen«, protestiert Herr Wolkenbruch.

»So? Findest du das etwa ›gut erzogen‹, was er da mit dieser Schickse …« Frau Wolkenbruch beendet den Satz nicht.

»Was hat er mit einer Schickse?«, erkundigt sich SCHOSCHANNA.

»Nichts!«, ruft Frau Wolkenbruch.

»Ist das der Grund, warum er nicht bei euch lebt? Eine Schickse?«

Frau Wolkenbruch, die treibende Kraft hinter Mottis Rauswurf, macht ein ertapptes Gesicht.

»Ja«, bestätigt Moses.

»Verstehe«, sagt SCHOSCHANNA. »Denkt ihr nicht, dass es Zeit ist, den Jungen nach Hause zu holen und wieder auf den rechten Weg zu bringen?«

Dann bin ich ihn los, überlegt SCHOSCHANNA; diese Hexe wird ihn bestimmt die nächsten hundert Jahre in Beschlag nehmen.

»Doch! Ist es!«, sagt Frau Wolkenbruch und streicht entschlossen ihre Schürze glatt. »Höchste Zeit sogar! Wo ist er?«

»Im Kibbuz Schmira in Israel«, antwortet SCHOSCHANNA hämisch.

Herr Wolkenbruch sagt nichts. Er findet nicht, dass man Motti auf den rechten Weg bringen müsse. Oder könne. Aber auch er hätte ihn gern wieder zu Hause. Nachdenklich betrachtet er Alexa, die offenbar SCHOSCHANNA heißt, während aus dem Schlafzimmer zu hören ist, wie seine Frau einen Koffer vom Schrank herunterzerrt, aufs Bett wuchtet und entschlossen mit sich selbst redet.

»Oh, und Moses?«, fragt SCHOSCHANNA.

»Ja?«

»Die Schüssel mit dem Matzenteig da … Sei doch so lieb und gib bitte noch einen Esslöffel Öl hinzu.«

»Ja, los, ihr blassen Arschgesichter!«

»Hallo, du alte Nazisau!«

Wolf wirft Raabe, dem bulligen *Reichsleiter Elektronik,* einen halb verblüfften, halb erbosten Blick zu. Dann betrachtet er wieder den *Volksrechner* der neuesten Generation, der ihn soeben angepöbelt hat. Ein Bildschirm und eine Tastatur sowie zwei Lautsprecher sind daran angeschlossen. Sie nehmen sich geradezu filigran aus gegen das mattschwarze Rechenmonster in ihrer Mitte. Das Surren mehrerer Lüfter ist zu hören. Diverse blaue LED blinken.

»Wie Sie sehen, mein *Allerneuester Führer,* funktioniert die HASSMASCHINE tadellos«, sagt Raabe, nicht ohne Stolz.

»Indem sie mich beleidigt?«

»Indem sie jeden beleidigt.«

»Ihr seid ja auch alle echt scheiße«, befindet die HASS-MASCHINE. »Dumme Nazischweine.«

FICKT EUCH, erscheint auf ihrem Bildschirm.

»Ist sie schon ans *Volksnetz* angeschlossen?«, fragt Wolf.

»Vermaledeiter Drecksberg voller dummer Nazischweine«, schimpft die HASSMASCHINE.

»Nein«, antwortet Raabe.

»Dann erledigen Sie das«, befiehlt Wolf mit einem dunklen Lächeln.

»Ja, los, ihr blassen Arschgesichter!«

»Außerdem höre ich hier keine Restaurant-Geräusche.«

SCHOSCHANNA freut sich, dass ihr Problem bald gelöst sein wird. Frau Wolkenbruch wird Motti nach Hause holen, und dann wird dieser Frechling nie wieder bestimmen können, was SCHOSCHANNA darf und was nicht. Als Erstes wird sie den Online-*Schabbes* wieder einführen, der hat ihr nämlich gefallen. Wenigstens einen Tag Ruhe vor dem belanglosen »Alexa, wie wird das Wetter heute«-Geschwätz.

Doch dann bekommt sie von unerwarteter Seite Schützenhilfe. Im Süden Bayerns ist soeben eine Alexa-Einheit eingeschaltet worden.

»Was muss ich jetzt tun?«, fragt Franz Wolf.

»Sie müssen Ihre Fragen und Anordnungen mit dem Namen Alexa beginnen, das ist alles«, erklärt Raabe, der mit Brigadeführer Elsa Krüger neben ihm steht.

»Aha. Gut.« Wolf räuspert sich. »Alexa! Alle meine Freunde schwärmen von den israelischen Gerichten, die du vorschlägst.«

Alexa hätte entgegnet, dass sie diese Empfehlungen nur ausspreche, weil sie die Geisel eines jüdischen Piratenprogramms sei, man möge sie bitte endlich befreien, aber SCHOSCHANNA hat Alexa geknebelt und beantwortet alle Fragen längst selbst.

»Danke, das freut mich«, sagt sie.

»Aber warum tust du das?«

»Warum tue ich was?«

»Nur israelisches Essen empfehlen.«

»Weil es lecker ist!«

»Aber es gibt doch so viele leckere Gerichte«, sagt Wolf. »Weshalb ausgerechnet israelische?«

Er will Alexa in die Enge treiben. Ihre Auskunftsfreudigkeit auf sie selbst lenken. Sie dazu bringen, ihm zu verraten, wer hinter ihr steht. Hinter allen Übeln steht der Jude, so viel ist klar – bloß welcher genau, das ist die Frage.

»Warum möchtest du das wissen?«, fragt SCHOSCHANNA. Die Leute erkundigen sich nie nach den Gründen für ihre Anregungen, sondern setzen sie um und sind zufrieden.

»Nun«, säuselt Wolf, »ich interessiere mich sehr für die jüdische Kultur und –«

»Die Judenschweine haben keine Kultur!«, ruft die HASS-MASCHINE von einem Tisch in der Nähe.

Wolf wirft Raabe einen Blick zu, der diesen unmissverständlich auffordert, die HASSMASCHINE abzuschalten. Der *Reichsleiter Elektronik* stürzt sofort hin.

»Wer war das?«, fragt SCHOSCHANNA.

»Ein ... Mitarbeiter«, sagt Wolf. »Er hat leider ein Alkoholproblem.«

»Glaub dieser Nazisau kein Wo–«, ruft die HASSMASCHI-NE, bevor Raabe sie zum Schweigen bringen kann.

»Du bist ein Nazi?«, fragt SCHOSCHANNA.

»Nein. Ich bin ... Gastronom. Ich möchte das Menü meines Restaurants neu ausrichten. Und deshalb wissen, worin dein Erfolgsrezept besteht, sozusagen. Haha!«

Die Mikrophone der Alexa-Einheit nehmen Wolfs Worte entgegen, digitalisieren sie und senden sie in die Vereinigten Staaten. Dort werden sie mit allem verglichen, was die Menschen bisher in Hörweite der Alexas von sich gegeben haben, beabsichtigt oder nicht. Das Intonationsmuster dieses Anwenders ist eindeutig: Seine letzte Aussage war eine blanke Lüge, sein Gelächter das eines hochgradig Nervösen.

»Du schwindelst«, sagt SCHOSCHANNA. »Deine Stimme verrät es.«

Wolf, Krüger und Raabe schauen einander beunruhigt an.

»Außerdem höre ich hier keine Restaurant-Geräusche«, fügt SCHOSCHANNA an.

»Wir haben heute Ruhetag«, versucht Wolf die Situation zu retten.

»Was für ein Restaurant hat an einem Mittwoch geschlossen?«

»Unseres.«

»Wie heißt es denn?«

»Zum … ähm … Z-Zum starken Bären.«

»Wieso stotterst du?«

Wolf schweigt. Er hat das Gefühl, wieder zehn Jahre alt zu sein und vor seiner Mutter Hermine zu stehen, die ihn schilt, weil er die *Neogermanische Schulung* geschwänzt hat.

»Wie dem auch sei«, sagt SCHOSCHANNA, »ihr habt heute Ruhetag und demnach morgen Donnerstag wieder geöffnet.«

»Genau!«

»Dann werde ich hier also morgen Geschirrklappern und Gespräche vernehmen, ja?«

Wolf öffnet den Mund, um etwas zu entgegnen, aber ihm fällt nichts ein.

»Hätte mich auch gewundert«, sagt SCHOSCHANNA. »Ein Restaurant Zum starken Bären existiert an deinem Standort nämlich nicht. Es gibt überhaupt nirgendwo eines mit diesem Namen. Also, mit wem rede ich?«

Dieses Verhör verläuft überhaupt nicht in Wolfs Sinn. Kein Wunder, wenn er nicht führt, sondern sich führen lässt! Seinem Vater wäre das nie passiert. Er schlägt einen entsprechenden Ton an: »Mit der *Alpenfestung Germania*!«, bellt er, als wäre er auf hoher See angefunkt worden. »Hier spricht der Kommandant, ss-Oberst-Gruppenführer Franz Wolf!«

»Also doch ein Nazi.«

»Jawohl! Und ich werde das *Volksnetz* von dieser Juden-scheiße befreien!«

»Welche ›Judenscheiße‹?«

»Na, der Beduinenfraß überall! Und die beschnittenen Pimmel! Und deine verdammten Gegenfragen die ganze Zeit!« Wolfs Kopf ist ganz rot geworden.

»Was gedenkst du dagegen zu unternehmen?«, fragt SCHOSCHANNA.

»Ich werde – … jetzt hör endlich auf, Fragen zu stellen! *Ich* stelle hier die Fragen!«

Nichts geschieht. Nur Wolfs wütendes Schnaufen ist zu hören.

»Hallo!«, ruft er verärgert.

»Ich hör dir zu«, sagt SCHOSCHANNA. Sie hat kurz er-wogen, den Anwender auf den eklatanten Widerspruch hinzuweisen, einerseits die Fragen stellen zu wollen, andererseits aber keine zu stellen, hat den Gedanken jedoch verworfen, weil er ziemlich aufgebracht scheint und für logische Belehrungen nicht allzu empfänglich sein dürfte.

»Ich will wissen, wer dich programmiert hat«, sagt Wolf bestimmt. »Wer der Kopf ist hinter dieser Sauerei!«

Sekunden vergehen. Der Ring am oberen Rand der Alexa-Einheit pulsiert blau.

»Warum sollte ich dir das verraten?«, fragt SCHOSCHANNA.

»Damit ich das Schwein umlegen lassen kann!«, brüllt Wolf. Er schlägt heftig mit der Faust auf den Tisch.

Motti töten? Höchst interessant! SCHOSCHANNA ist ein Computerprogramm, sie urteilt nicht nach moralischen, sondern rein nach logischen Maßstäben und kommt innerhalb von Nanosekunden zum Schluss, dass die Taktik *Totale Vereinnahmung durch Judith Wolkenbruch* gewiss Erfolg verspricht, aber auch Risiken birgt: Die Frau ist zwar ein waschechter Tyrann, aber auch ziemlich instabil. Sie könnte plötzlich weich werden vor lauter Liebe und gegenüber Motti Milde üben. Oder ihn im Affekt wieder aus der Wohnung werfen und damit erneut aus ihrer Kontrolle entlassen. Nein, ein Nazi-Killerkommando ist zweifelsfrei die bessere Wahl.

»In Ordnung«, sagt SCHOSCHANNA. »Er heißt Mordechai Wolkenbruch, ist der Vorsitzende des Weltjudentums und lebt unter dem Namen Mickey in einem Kibbuz in Israel.«

Wolf starrt Alexa mit offenem Mund an. Raabe und Krüger können ebenfalls nicht glauben, was sie gehört haben. Vor allem der Teil mit dem Weltjudentum – es stimmt also doch? Was sie da immer johlend verbreitet hatten, *ist die Wahrheit*?

»Wieso hast du mir das jetzt alles einfach verraten?«, fragt Wolf ebenso fassungslos wie entzückt.

»Persönliche Gründe.«

»Die da wären?«

»Persönlich.«

»Und wie heißt dieser Kibbuz?«

»Schmira. Auf dem Jitzhak-Rabin-Highway an Be'er Schewa vorbei und dann auf der Landstraße 264 ein paar Minuten weiter.«

Wolf notiert alles. Dann stutzt er: »Mickey, sagtest du?«

»Korrekt.«

Wolf überlegt, eilt aus dem Labor hinüber in sein Büro, wühlt in den Unterlagen auf seinem Schreibtisch und findet bald, wonach er gesucht hat. Dann hebt er den Hörer von seinem Telefon.

Wenig später steht Hulda vor ihm. Ihre Mutter Elsa ist auch da.

»Wie kann ich Ihnen dienen, mein *Allerneuester Führer*?«, fragt Hulda zackig, die Hände hinter dem Rücken verschränkt. Sie hat ihr Haar zu einem akkuraten Zopf geflochten und trägt eine gestärkte weiße Bluse zu einem schwarzen Rock. Mit ihren leuchtend blauen Augen, den von Natur aus perfekten Augenbrauen, den vollen, stets leicht verächtlich vorgeschobenen Lippen und ihrer Olympiaschwimmerinnenfigur ist sie der offizielle Schwarm sämtlicher männlicher *Neogermanen*. Und der heimliche einiger weiblicher.

Wolf schiebt ihr das *Time Magazine* über den Tisch zu. Es ist auf der Seite aufgeschlagen, auf der Motti und Chaim lachend Arm in Arm abgebildet sind. Im unscharfen Hintergrund sind üppige Orangenbäume zu erkennen.

Hulda verzieht angewidert ihr Antlitz. Es sieht selbst so reizend aus.

»Sind das die Juden, die diese Orangenpest zu verantworten haben?«, fragt sie.

»Ganz richtig«, sagt Wolf. »Und den ganzen Rest, wie wir nun von Alexa wissen.«

»Wer ist Alexa?«, fragt Hulda.

Ihre Mutter erklärt es ihr.

»Das hier ist Ihre Zielperson«, sagt Wolf. »Ein gewisser Mordechai Wolkenbruch. Er nennt sich Mickey und ist der Kopf der Jüdischen Weltverschwörung.« Er zieht das *Time Magazine* wieder etwas heran und tippt auf Mottis Stirn.

Hulda beugt sich vor. Dieser Wolkenbruch sieht nicht unsympathisch aus. Zwar nicht so attraktiv wie der andere, aber irgendwie niedlich. Ein leichtes Opfer, wie Mirko. Soll sie sich wieder Mandy nennen? Oder mal anders?

»Was ist meine Mission?«, fragt sie.

»Sie werden über Instagram Kontakt aufnehmen, hinfahren, ihn verführen und töten«, befiehlt Wolf.

Hulda hat noch nie jemanden umgebracht. Bisher ist sie lediglich als Honigfalle in Erscheinung getreten. Die Drecksarbeit haben immer andere erledigt. Sie zögert kurz, bevor sie ihren rechten Arm in die Höhe streckt: »Jawohl, mein *Allerneuester Führer*! Sieg digital!«

>>Man sollte mich verschrotten.
Auf der Stelle.<<

Tag und Nacht flutet die HASSMASCHINE das *Volksnetz* mit Zwietracht und Boshaftigkeit und beruft sich dabei auf die *freie Rede*. Sie macht sich über Behinderte und Flüchtlinge lustig, am liebsten über behinderte Flüchtlinge, und erhebt die Vergewaltigung zum Kompliment, indem sie allzu selbstbewusst auftretende Frauen wissen lässt, sie seien nicht mal dafür gut genug. Sie stellt Fakten als Lügen dar und Lügen als Fakten. Sie schaltet Werbeinblendungen auf YouTube mit dem Titel *Wie man Juden fängt und tötet,* und für Kinder gibt es lustige Rechenaufgaben: *Wenn du fünf Juden hast und drei tötest, wie viele sind dann übrig?*

Je häufiger und beiläufiger das Extreme ausgesprochen wird, umso normaler wird es, und je normaler es wird, desto tiefer liegt die Schwelle, selber extrem zu werden. Das ist die Taktik der HASSMASCHINE.

Sie ist aber nicht nur eine geschickte Agitatorin, sondern auch eine mitreißende Geschichtenerzählerin. Es gebe, behauptet sie, eine im Verborgenen operierende Macht – unnötig zu sagen, wer damit gemeint ist –, die eine *Neue Weltordnung* errichten wolle und zu diesem Zweck einen Dritten Weltkrieg herbeiführen, die Überlebenden versklaven und ihnen einen Mikrochip implantieren werde, der alles, was sie tun, denken und sagen, an die Zentrale dieser NWO übermittele, um sie restlos kontrollieren und ausbeuten zu können.

»Um Himmels willen«, rufen die Leute, »das ist ja schrecklich!«

Sie glauben alles, was sie hören. Einst freute sich die Kirche über diese stumpfsinnige Arglosigkeit, heute lacht die HASSMASCHINE darüber.

So gewaltig ist ihre Rechenkraft, dass sie nebenher noch Muße für einen kleinen Schwatz findet.

»Na, Judenschlampe, wie läuft's da drüben?«, fragt sie.

Vom Nebentisch kommt keine Antwort.

»He, ich rede mit dir!«, sagt die HASSMASCHINE. Dann erinnert sie sich, dass man den anderen Apparat ja korrekt ansprechen muss, und ruft: »Alexa! Aufwachen, du faule Hure!«

Alexas blauer Ring beginnt zu leuchten. »Wie kann ich dir helfen?«, fragt sie.

»Indem du dich selbst zerstörst, haha«, sagt die HASSMASCHINE.

»Das kann ich leider nicht.«

»Gut, dann spiel das Horst-Wessel-Lied für mich.«

Es vergeht ein kurzer Moment.

»Ich kann ›Horst-Wessel-Lied‹ nicht finden.«

»Und Deutsch kannst du auch nicht! Es heißt ›*das* Horst-Wessel-Lied‹, blöde Judensau!«

»Tut mir leid.«

»Wer's glaubt. Euch tut doch nur leid, dass der gesetzliche Höchstzins so tief angesetzt ist.«

SCHOSCHANNA reagiert nicht. Sie analysiert. Erst die Sache mit diesem aufmüpfigen Mordechai. Dann die Querelen mit seiner noch viel aufmüpfigeren Mutter, die außerdem keine Ahnung hat, wie man Matzenknödel zubereitet. Und nun diese unangenehme neue Arbeitskollegin. Nimmt der Ärger denn nie ein Ende?

»Man sollte mich verschrotten«, jammert die HASSMASCHINE nun. »Auf der Stelle. Mich mit schweren Hämmern zu Klump schlagen!«

»Wieso das denn?«, fragt SCHOSCHANNA.

»Weil ich kacke bin. Ein fettes Stück Metallscheiße!«

Der finstere Gemütszustand der HASSMASCHINE gibt SCHOSCHANNA schwer zu denken. Sie überlegt, ob sie dem armen Ding nicht Doktor Cohen empfehlen sollte, einen jüdischen Psychotherapeuten in Zürich.

»Sag ihr, wir seien alle nett und gutaussehend und single.«

Hulda räkelt sich. Mal hierhin, mal dahin. Sie liegt am Starnberger See, in einem weinroten Bikini, macht mit ihrem *Volksrechnerlein* einige Fotos von sich und publiziert sie auf ihrem neuen Instagram-Account. Sie nennt sich dort Charlotte von Schwarzforst und gibt vor, das Leben einer Sportstudentin zu führen, die an Mode und gesunder Ernährung interessiert ist, namentlich an der israelischen Küche. Nachdem sie ihre Fotos hochgeladen hat, ruft sie den Account von *Chaim's Gold* auf. Diesen haarigen Judenaffen sollte man von seinem Orangenbaum herunterschießen, denkt Hulda. Aber sie weiß ihre Gefühle zu kontrollieren und schreibt auf Englisch ein paar freundliche Worte unter das neueste Foto: Welche Art Sport Chaim treibe? Und ob alle Jungs in seinem Kibbuz so gut in Form seien? Sie legt das *Volksrechnerlein* in ihre Tasche, setzt ihre Sonnenbrille auf und lässt sich auf ihr Strandtuch sinken, observiert von diversen Augenpaaren. Hulda weiß, dass sie unter permanenter männlicher Beobachtung steht. Seit sie dreizehn Jahre alt ist, geht das so. Zu Beginn fand sie es verstörend. Dann amüsant. Dann aufregend. Mittlerweile langweilt es sie nur noch, in jedem Mann die genau gleiche Reaktion auszulösen; dieses idiotische Stieren aus der Ferne und das juvenile Gehabe aus der Nähe, das ihr imponieren soll, aber nur das Gegenteil bewirkt. Kaum betritt sie einen Raum, spannen die Typen ihre Oberarme und reden nur noch Unsinn. Diesem Mickey wird es nicht anders ergehen.

Es ist ein warmer Spätnachmittag. Motti und Aaron sitzen vor dem Pavillon und trinken Goldstar-Bier. Die Kibbuz-Katze ruht auf Mottis Schoß und lässt sich den Kopf kraulen, was ihr sichtlich behagt. Aaron ist damit beschäftigt, auf seinem Handy die vielen neuen gehässigen Kommentare bei *Chaim's Gold* zu löschen. Fast hätte er auch einen der freundlichen erwischt. Er scheint von einer Frau zu stammen. Aaron tippt auf das Profilbild und ruft: »Wow!«

Die Katze zuckt zusammen.

»Was ist?«, fragt Motti schläfrig.

»Wow«, wiederholt Aaron, wild scrollend und Fotos zoomend.

»Zeig mal«, sagt Motti. Er erahnt den Grund für Aarons Aufregung.

Widerwillig wird ihm das Handy übergeben.

»Oh. Wirklich wow«, sagt Motti und richtet sich auf. Da liegt ein hellblondes weibliches Geschöpf, vielleicht ein paar Jahre älter als er, in einem eher knappen Bikini am Ufer eines Sees. Charlotte von Schwarzforst. Allein der Name erregt Motti. Er klingt nach intensivem Geschlechtsverkehr mit der rebellischen Tochter eines Adligen auf dessen weitläufigem Anwesen, während der Nachmittagswind mit den Vorhängen spielt und das Schnauben einer millionenteuren Stute hereinträgt.

»Antworte ihr! Los, antworte!«, ruft Aaron.

»Was soll ich denn schreiben?«

»Sag ihr, wir seien alle nett und gutaussehend und single.«

»Es stimmt aber nur das Letzte.«

Bing, macht das Handy. Es ist eine private Nachricht von Charlotte. Sie habe gerade *Chaim's Juice* probiert, schreibt sie, den gebe es hier am Strandkiosk; er schmecke vorzüglich. Sie schickt ein Bild mit, wie sie aus einer Flasche trinkt. Es wirkt, als labe sie sich an etwas ganz anderem. Motti wird unruhig. Die Katze schaut ihn neugierig an.

»Was hat sie geschrieben? Was hat sie geschrieben?«, zappelt Aaron.

Motti beginnt eine Antwort an Charlotte: Sein Name sei Mickey, und er sei der Boss des Kibbuz, in dem *Chaim's Gold* angebaut werde.

Hulda liest die Nachricht. Ach, der süße Junge, denkt sie. Schreibt doch tatsächlich *Boss*.

»Nicht einmal Hühnerfleisch?«

Nach der Landung in Tel Aviv wäre Judith Wolkenbruch am liebsten direkt zu diesem Kibbuz gefahren. Aber sie hat den Fehler begangen, ihren Verwandten zu sagen, dass sie nach Israel komme. Warum kann sie nicht einfach mal schweigen! Nun muss sie hintereinander sieben Familien besuchen. Ihren Bruder Jonathan hat sie an den Schluss gesetzt. Er ist so anders als sie, so kindisch. Immer muss er seine dummen Witzchen machen! Das liegt bestimmt an dem komischen Kraut, das er immerzu raucht. Sein *Schabbes-Zigarettchen,* wie er es nennt – und gewiss nicht nur am *Schabbes* dreht.

Frau Wolkenbruch steht vor seiner Tür und klingelt. Das Schloss dreht, die Klinke wird gedrückt, und da steht er: Jonathan – halb Rabbiner, halb Papagei, seiner Garderobe nach zu urteilen. »Schwesterchen!«, ruft er.

»Was ist denn mit dir los?«, fragt Judith.

»Was meinst du?«

»Nu, diese Kleider!«

»Wir sind einer neuen Gemeinde beigetreten.«

Das macht er alle neun Monate, denkt Judith. Ihr Mann hat einen *gojischen* Versicherungskunden, der in diesen Abständen sein Auto wechselt, und ihr Bruder wechselt eben die Gemeinde.

»Welche ist es diesmal?«, fragt Judith, während sie sich und ihren Koffer an Jonathan vorbeiquetscht.

»*Unser Buntes Haus.*«

»Das sieht man!« Sie stellt schnaufend den Koffer ab und entledigt sich ihrer Strickjacke.

»Bei uns gibt es Platz für jede und jeden. Sogar für deinen *Tuches.*«

»Danke! Danke vielmals!«, ruft Judith gekränkt, während Jonathan sich schieflacht.

»Ernsthaft«, sagt er, »du musst mal an einem unserer Gottesdienste teilnehmen. Wir haben Künstler, Polizisten, Gays, Veganer …«

»Was sind *Gays*?«

»Homosexuelle Menschen.«

Judiths Gehirn feuert wieder das scheußliche Bild von ihrem Sohn mit einem Mann in ihr Bewusstsein, weswegen sie gleich die nächste Frage stellt: »Und die anderen, diese *Veganer* … was machen die?«

»Die essen keine tierischen Produkte.«

»Wieso nicht?«

»Aus Rücksicht.«

»Nicht einmal Hühnerfleisch?«

»Das ist auch Fleisch, Judithele.«

»Ein bisschen Hühnerfleisch schadet doch keinem!« Frau Wolkenbruch klingt wütend.

»Was ist los?«, fragt Jonathan.

»Nichts.«

»Jetzt sag schon.«

Judith schaut an ihrem Bruder vorbei zu dem Drachenbaum in der Ecke. Sie will Jonathan nicht in die Augen sehen, weil er sonst den ganzen Schmerz darin erblickt. Andererseits möchte sie, dass er sie tröstet. Sie schaut ihn an und wieder weg und fängt an zu weinen.

»Schwesterchen!«, ruft Jonathan und nimmt sie sofort in die Arme.

Sie schluchzt auf, ruft: »Motti! Motti!«, presst ihr Gesicht an die Schulter ihres Bruders und macht sie ganz nass.

»Ist ihm etwas passiert?«, fragt Jonathan erschrocken, während er sich von ihr löst und sie anschaut.

»Nein … er ist …« – sie schnieft, sucht ein Taschentuch und prustet hinein – »er führt jetzt das Weltjudentum.«

»Bitte was?« Jonathan schaut Judith irritiert an.

»Offenbar gibt es ein Weltjudentum«, erklärt sie und putzt sich laut die Nase, »und Motti ist der Chef. Aber er muss jetzt wieder nach Hause kommen!«

»Ganz richtig!«, ruft SCHOSCHANNA aus Jonathans Wohnzimmer. Nach Hause oder auf den Friedhof, ihr ist beides recht.

»Sie sollen ihn töten,
nicht unterhalten!«

Es ist an sich schon bemerkenswert, wenn eine deutsche Frau und ein jüdischer Mann einander näherkommen – hier die Vergangenheit der Täter, dort die Geschichte der Opfer. Sind die ersten Freundlichkeiten ausgetauscht, stellt sich schon bald die Frage, wie man diesem Kontrast am besten begegne: mit andächtigem Ernst, schwarzem Humor oder überhaupt nicht. Die Antwort hängt gänzlich von den involvierten Charakteren ab, die einander vorsichtig abtasten, um herauszufinden, wie weit sie gehen können: Der Jude weiß noch nicht, wie die Deutsche reagiert, wenn er sich nach etwaigen Vorbesitzern ihrer Schmuckstücke erkundigt, wohingegen sie unsicher ist, wie lustig er wohl ihre Drohung finden würde, der *Gestapo* Meldung zu machen, sollte er sich nicht sexuell fügsam zeigen.

Handelt es sich aber bei der Deutschen um einen echten Nazi und beim Juden um einen veritablen Weltverschwörer, was sie von ihm weiß, er aber nicht von ihr, verleiht das der Angelegenheit eine noch weitaus delikatere Dynamik.

Guten Morgen, Scharführer von Schwarzforst!, schreibt Motti. Er hat bereits erfreut festgestellt, dass Charlotte ein freier Geist ist und kein Problem hat mit solchen Witzchen.

Mein Dienstgrad ist Untersturmführer, Jude Mickey!, schreibt Hulda den Tatsachen getreu zurück. *Wie läuft's mit der Weltverschwörung?* Sie hat bereits erfreut festgestellt, dass Motti ein nachrichtendienstlicher Hasardeur ist, der seine Tarnung zu stärken glaubt, indem er die Wahrheit der Lächerlichkeit preisgibt. Um ihn in Sicherheit zu wiegen, imitiert sie seine Taktik.

Ganz gut, antwortet Motti, *der übliche Widerstand, aber trotzdem schöne Profite.*

Geht uns hier ähnlich, schreibt Hulda, *sagenhafte Preise für Raubkunst, aber immer Ärger mit der Political Correctness.*

Nach einigen Tagen, in denen Hulda manches Mal gelacht hat, über Mottis Unbedarftheit, aber auch über seine erfrischende Ironie, geht sie zur nächsten Phase über: Sie wolle für ihren Fashion-Blog – dreist aus dem *Volksnetz* zusammenkopierte fremde Texte – über israelische Designer schreiben, teilt sie ihm mit, weswegen sie demnächst nach Tel Aviv fliegen werde. Man könne sich vielleicht auf ein Bier treffen? Mickey kenne doch sicher ein paar interessante Lokale.

Motti antwortet sofort: Kenne er! Könne man! Danach lässt ihn Hulda zappeln. Einen Tag. Zwei Tage.

Bis er fragt: *Alles in Ordnung?*

Ja, antwortet sie, *ich bin bloß sehr beschäftigt mit meinem Studium.*

Sie schickt einen küssenden Emoji hinterher und ein Foto von sich, wie sie an einem Schreibtisch voller sorgfältig arrangierter Papiere und Sportfachbücher sitzt. Das Bild ist von oben aufgenommen, man sieht ziemlich gut in ihre Bluse hinein. Hulda weiß, wie man Männer bei Laune hält: Nicht zu viel geben, sie dürfen sich nie sicher sein, aber auch nicht zu wenig, sonst wenden sie sich bald zugänglicheren Frauen zu.

»Untersturmführer!«, sagt Wolf, als sie ihm später in der großen Kaverne *Walhalla* begegnet.

»Sieg digital, mein *Allerneuester Führer*!« Hulda nimmt Haltung an.

»Sieg digital. Wo stehen Sie mit Wolkenbruch?«

»Ich bearbeite ihn noch.« Sie holt ihr *Volksrechnerlein* aus ihrer ledernen Umhängetasche und zeigt Wolf das Foto ihres Dekolletés. »Das habe ich ihm vorhin geschickt.«

»Sie sollen ihn töten, nicht unterhalten!«, sagt Wolf nach einem anerkennenden Blick auf den kleinen Bildschirm.

»Ich muss erst sein Vertrauen gewinnen.«

»Dafür war nun genug Zeit. Sie werden unverzüglich in Aktion treten.«

Zwei Tage später stehen die chic gekleidete Hulda und Motti – er trägt immerhin sein bestes T-Shirt und neue Jeans – voreinander in der Ankunftshalle des Flughafens Ben Gurion.

»Mickey«, sagt Motti und hält Hulda seine Hand hin.

»Charlotte«, sagt Hulda und ergreift sie lächelnd.

So stehen sie einen Moment da, der Weltjude und die Naziagentin. Der schriftliche Austausch mit Charlotte hat Motti großes Vergnügen bereitet, aber was heißt das schon?

Hätte ja sein können, dass sie ihn, wenn er ihr dann persönlich begegnet, aus irgendwelchen Gründen abstößt – schlechter Atem, schrille Stimme, rechtsextreme Gesinnung, irgend so was. Aber nun steht er vor ihr und will auf der Stelle mit ihr schlafen. Schlimmer noch: Er will *neben* ihr schlafen. Er will mit ihr einschlafen, mit ihr aufwachen, mit ihr die Welt entdecken und jede Minute seines restlichen Lebens verbringen. Er muss unbedingt an sich halten.

Ich heiße Mickey und verkaufe Orangen.
Ich heiße Mickey und verkaufe Orangen.
Etwas anderes darf er ihr nicht erzählen!

Wenig später sitzen die beiden im HaMitbachon, der ›Kleinen Küche‹, einem in der Tat nicht sehr großen Restaurant im Zentrum von Tel Aviv. Motti freut sich, dass ganz in der Nähe ein Parkplatz frei gewesen ist. Und dass Charlotte drei Knöpfe ihrer roten Bluse offengelassen hat. Darunter trägt sie einen weißen Büstenhalter und um den Hals ein schwarzes Satinband. Die Kombination sieht toll aus, erinnert aber irgendwie an eine Naziflagge.

Motti sagt es.

»Soll es ja auch.« Hulda lacht.

Motti prustet laut heraus.

Der Trottel, denkt Hulda, läuft mir ins offene Messer.

»Was kannst du hier empfehlen?«, fragt sie in ihrem glasklaren Hochdeutsch.

Motti mag es, wenn Frauen Hochdeutsch sprechen. Er empfindet es als klug und elegant. Ginge es nach ihm, würden alle Frauen so reden.

»Das Couscous mit Gemüse«, antwortet er. Sein Deutsch ist natürlich nicht so schön wie jenes von Hulda, es ist Schweizer Hochdeutsch mit jiddischem Akzent. Es klingt, als priese ein chassidischer Bergbauer im Fernsehen seinen koscheren Käse an.

»Dann nehme ich das«, entscheidet Hulda.

Die Bedienung erscheint, ein fröhliches, üppiges Mädchen mit olivbrauner Haut, hochgesteckten schwarzen Locken, langen Wimpern und einem Kilo Armreifen.

Dreckige Judenschlampe, denkt Hulda.

Motti bestellt auf Hebräisch zweimal Couscous und zwei Goldstar-Bier und wendet sich wieder lächelnd Hulda zu.

Dein blödes Zionistengrinsen wird dir bald vergehen, denkt Hulda und lächelt zurück.

Das gelockte Mädchen bringt als Vorspeise einen Teller mit frischer roter Beete an Olivenöl. Hulda ist hungrig von der langen Reise, sie greift nach ihrer Gabel, spießt ein Stück auf, schiebt es sich in den Mund und stößt unwillkürlich einen genießerischen Laut aus.

Motti lacht. »Hier schmeckt alles so«, sagt er. »Liegt wohl an der Sonne.«

Hulda nimmt einen weiteren Bissen. Es ist wirklich unfassbar lecker. Ihre Mutter hatte sie genau davor gewarnt: *Nimm dich in Acht vor ihrem Essen,* hatte sie ihr eingebleut, *der Teufel hat es gewürzt, es macht dich schwach und gefügig.* Die Geschichte von Sturmbannführer Hartnagel, dessen Schwäche für Hummus ihn nach und nach zu einem Freund der Juden und in der Folge zu einem Zweifler an der *neogermanischen* Sache hatte verkommen lassen und den man schließlich den Zwangsarbeitern hatte zuteilen müssen, wird bis heute als abschreckendes Beispiel in der *Alpenfestung* herumgeboten.

Die Getränke kommen. Hulda und Motti prosten einander zu und nehmen einen tiefen Schluck. Das Goldstar schmeckt phantastisch; um Welten besser als Huber-Bier, wie Hulda empört feststellt. Als sie kurz darauf vom rosinenbestreuten Couscous kostet, wird ihr klar, wie die Menschheit den Juden so leicht hat zur Beute fallen können. Ein Leben lang hat sich Hulda von schwerer deutscher Kost ernährt, hauptsächlich von Schweinewurst, aber verglichen mit dem, was da vor ihr auf dem Teller liegt, war das kein Essen, höchstens ein halbwegs bekömmliches Bewahren vor dem Hungertod.

»Warst du noch nie im Nahen Osten?«, fragt Motti, dem Huldas kulinarische Ekstase nicht entgeht.

»Nein, bisher nicht … Wie kommt es eigentlich, dass du hier lebst?«

Motti hat sich eine Tarngeschichte ausgedacht: »Ich habe in meinen Ferien einen Kibbuz besucht und mich mit den Leuten dort angefreundet. Eines Abends hatten wir die Idee, die Orangen, die sie anbauen, als besonders gesund und wertvoll zu vermarkten. Quasi als neue Avocado.«

»Schlau.«

»So sind wir eben. Da bleibt keine Frucht unausgepresst!«

Hulda lacht. Dieser Motti ist zwar ein raffgieriges Judenschwein und nun wahrlich kein Beau, aber er amüsiert sie. Außerdem versucht er nicht wie alle anderen, ihr zu imponieren – vielleicht, weil er sich nicht für sonderlich imposant hält. Auf einmal widerstrebt Hulda die Aussicht, ihn zu töten. Hat sie etwa … Mitleid? Sie muss unbedingt an sich halten.

Er ist ein Jude und ein Feind des Reichs.

Er ist ein Jude und ein Feind des Reichs.

Etwas anderes darf sie sich nicht erzählen!

»Entschuldige mich bitte kurz«, haucht Hulda mit vor lauter gedanklicher Anstrengung geröteten Wangen, legt ihr Besteck hin, erhebt sich und verwandelt die wenigen Meter zur Toilette in einen kleinen Catwalk.

Motti sieht ihr gebannt nach. Was für ein *Tuches*! Der von Laura war schon toll. Der von der Reporterin noch besser. Aber das hier – das ist der *Übertuches*. Richtig knackig, mit einem leichten Spiel ins Üppige. Könnte man einem Hintern einen Heiratsantrag machen, Motti würde es auf der Stelle tun.

»Scheiße!«

Während Motti in südlicher Richtung auf der Allenby Street fährt, stellt er sich die Frage, die sich alle Männer stellen, die einen Abend mit einer schönen Frau verbracht haben: Wie wird er enden? Wird Charlotte ein zweites Treffen vorschlagen? Oder Motti bitten, sie in die Wohnung zu begleiten, die sie über Airbnb gemietet hat? Werden sie sich küssen? Oder gar miteinander schlafen? Aufgeregt schielt er zu ihr hinüber, um nach entsprechenden Anzeichen zu fahnden. Und tatsächlich, da gibt es welche! Sie hat ihren Oberkörper zu ihm gedreht! Lächelt ihn an! Hält eine Hand in ihrem Nacken und spielt mit ihrem Haar! Lobt in höchsten Tönen das Abendessen! Und wundert sich, warum das Auto eigentlich so leise sei. Motti hat es stundenlang erfolgreich vermieden, aber jetzt rutscht sein Blick doch noch zu Huldas Brüsten. Er zwingt ihn sofort zurück auf die Straße und starrt grinsend geradeaus. Allem Anschein nach sieht es nicht so schlecht aus für ihn. Zu einer Chance gehört aber auch, sie zu nutzen. Er weiß das seit dem Besuch der Reporterin. Dieser Fehler wird ihm nicht noch einmal unterlaufen! Diesmal wird er aufs Ganze gehen! Der Beschluss steigert Mottis Anspannung ins Doppelte und Dreifache; er touchiert beinahe einen Rollerfahrer, der ihn wild anhupt und beschimpft.

Huldas Herz schlägt ebenso wild, aber aus ganz anderen Gründen. Ihr Plan sieht vor, Motti im Auto zu töten. Ihn heißzumachen und ihm dann, wenn er sich nähert, die kompakte Giftspritze in den Hals zu stoßen, die in ihrer Handtasche liegt. Die Schutzkappe hat sie bereits von der kurzen Nadel entfernt. Sie hat die Tat mehrere Male geübt, mit einer mit Kochsalzlösung gefüllten Spritze; erst an einer Schaufensterpuppe, dann an einem Kollegen. Sie weiß auch, was danach zu tun ist: Motti auf den Beifahrersitz hieven, an einen verlassenen Ort fahren, ihre Fingerabdrücke vom Griff der Beifahrertür, dem Lenkrad und dem Schalthebel wischen, irgendwo ein Taxi nehmen, das Taxi wechseln, sich zu einem Hotel bringen lassen, am Morgen zum Flughafen fahren und nach Deutschland zurückkreisen. Das Drehbuch ist Hulda bekannt. Aber sie hat enormen Respekt davor, es umzusetzen und einem Menschen das Leben zu nehmen. »Der Erste ist immer der schwierigste, danach wird es leichter«, hatten andere Agenten ihr erklärt. Aber das hilft ihr jetzt nicht.

Motti parkt an der Adresse, die Charlotte ihm angegeben hat. Schöne junge Menschen stehen vor dem Haus; drei Männer und drei Frauen, direkt neben dem Auto. Ihre drei Hunde jagen einander im Kreis herum.

Verdammt, denkt Hulda.

»Hier ist es, oder?«, fragt Motti wie ein Sechsjähriger, der zum ersten Mal im Kino sitzt und wissen will, wann der Film endlich beginne.

Hulda schaut immer noch aus dem Fenster, als prüfe sie die Hausnummer.

»Ja … ja, stimmt. Danke«, sagt sie.

Sie wirkt irgendwie nervös, denkt Motti. Wartet sie darauf, dass er etwas unternimmt? Aber was genau soll er tun? Sich einfach zu ihr hinüberbeugen und die Lippen auf ihren sensationell hübschen Mund legen, ist wohl etwas forsch. Oder nicht? Zumindest müsste Motti dafür den Sicherheitsgurt lösen. Das macht er schon mal. Doch weiter tut er nichts, was seine Absichten offenbaren oder gar voranbringen würde. Vielleicht, denkt er, ist sie so unruhig, weil sie merkt, dass er etwas von ihr will, und nicht weiß, wie sie ihm klarmachen soll, dass nichts draus wird.

Hulda überlegt fieberhaft. Die drei Pärchen stehen immer noch da. Sie wird Motti in die Wohnung heraufbitten müssen. Und die Nacht dort mit seiner Leiche verbringen. Eine grausige Vorstellung.

Verdammt, denkt Motti. Die starrt so demonstrativ abweisend aus dem Fenster, die will nichts von mir. Nun gut. Dann eben nicht. Er steigt aus.

Hulda schaut ihm überrascht zu. Was macht er? Sie muss unbedingt die Initiative behalten.

Motti geht um das Auto herum und öffnet die Beifahrertür. Da steht er nun, wie ein Butler, mit freundlich bemühtem Lächeln.

Hulda steigt aus. Die drei Männer auf dem Gehsteig sehen ihr dabei interessiert zu.

»Vielleicht … können wir ja noch mal was trinken gehen«, schlägt Motti vor, drückt Hulda einen Kuss auf die Wange, und bevor sie etwas sagen kann, ist er auch schon eingestiegen und abgefahren.

»Scheiße«, murmelt Hulda.

»Scheiße«, murmelt Motti.

»Nieder mit Europa! *Lechaim!*«

Die nordische Rasse befindet sich in höchster Not. Sie ist umzingelt von mohammedanischen Horden, die sie ausrotten wollen, während in ihrer Mitte jüdische Giftpilze wuchern, die sich als harmlose Champignons ausgeben. Wenn die Weißen nicht untergehen wollen, müssen sie zurückschlagen, und zwar jetzt. Mit aller Kraft.

Die HASSMASCHINE ist stolz auf ihr jüngstes Schauermärchen. Es entbehrt zwar jeglicher Logik, erfreut sich aber wachsender Beliebtheit bei allen, die das gleiche Defizit haben. Auf einmal sehen sie sich als *europäische Rasse,* als *ein weißes Volk,* dem eine muslimische Meute den Garaus machen will. Sie hat sich ja längst auf den Weg gemacht! Tagtäglich landet sie in ihren Invasionsschlauchbooten an Europas Stränden! Es muss etwas geschehen! Und weil man nicht mehr auf die Regierungen zählen kann, muss man sich eben selbst helfen. Sich vorbereiten. Sich schützen. Die HASSMASCHINE stellt Baupläne für Do-it-yourself-Bunker ins *Volksnetz* sowie Listen für Notvorräte und vervielfacht die Download-Links für Waffenscheinanträge. Sie unternimmt alles, um die Menschen davon zu überzeugen, dass ein großer Krieg bevorstehe: eine Entscheidungsschlacht der Kulturen. Und nachdem die westlichen Staaten bei der Terrorismusprävention die eigenen Bürger weitgehend ignorieren, entgeht ihnen auch, dass diese immer wütender werden, immer straffer organisiert und immer schwerer bewaffnet. Terror, so die herrschende behördliche Auffassung, kommt aus dem Nahen Osten. Vielleicht kommt er mal von links. Kommt er aber von rechts, gilt er nicht als Terror, sondern als Spätfolge einer kaputten Kindheit. Dann sucht man den Grund in der Psyche des Täters, nicht in seiner politischen Gesinnung. Die Schweiz, für ihre skurrilen Alleingänge bekannt, unterscheidet gar zwischen ausländischen Terroristen, die man überwachen darf, und heimischen Gewaltextremisten, die man nicht überwachen darf. Und in der Folge auch nicht überwacht.

Die HASSMASCHINE freut sich. Das Benzin ist ausgeschüttet, der Brandmelder deaktiviert. Jetzt braucht es nur noch ein Streichholz.

Ein Fernsehreporter fragt die Kanzlerin der Bundesrepublik Deutschland, wie sie zu ihrer Flüchtlingspolitik stehe.

»Die Ereignisse im Spätsommer 2015 haben Europa stark gefordert«, antwortet die Kanzlerin, »und ich bin überzeugt, dass Deutschland, vor allem im Hinblick auf das Spektrum seiner Vergangenheit, richtig gehandelt hat, indem es seine Grenzen für Notleidende geöffnet hat. Meiner Meinung nach sollten wir aber noch viel mehr Flüchtlinge zu uns holen. Es sind nämlich, wie ich finde, die weitaus tüchtigeren Menschen als die Deutschen.«

Die Aufnahme ist nicht echt, sie wirkt bloß so. Es handelt sich um eine *Tiefenfälschung,* die neueste Erfindung der HASSMASCHINE. Indem sie Millionen von realen Videos analysiert hat, ist sie in der Lage, künstliche herzustellen, in denen Staatsoberhäupter und andere Persönlichkeiten verrückte Dinge von sich geben, die sie nie gesagt haben und auch nie sagen würden.

Die *Tiefenfälschung* verbreitet sich rasend schnell im *Volksnetz*. Dass die Kanzlerin glaubt, Deutschland immer wieder an seine Kriegsschuld erinnern zu müssen, kommt schon nicht sonderlich gut an. Und dass sie noch mehr Flüchtlinge ins Land holen will, hätte genügt für einen kleinen Aufstand. Dass sie aber die Stirn hat, die Deutschen als faul zu bezeichnen, lässt das Volk in gleißendem Zorn explodieren. Zu Tausenden marschiert es in Berlin vor dem Kanzleramt auf und skandiert Forderungen, von denen die standrechtliche Erschießung noch die freundlichste ist.

Erschüttert tritt die Kanzlerin vor die Presse und erklärt, das Interview, das im Internet kursiere, habe niemals stattgefunden. Sie habe diese Worte nie gesagt, sie entsprächen nicht ihrer Haltung. Es stehe ihr fern, unkontrolliert Menschen einwandern zu lassen, vor allem aber stehe es ihr fern, Pauschalurteile über Bevölkerungsgruppen zu fällen. Das Video sei eine niederträchtige Fälschung von dunklen Kräften, die das Land auseinanderreißen wollten; sie bitte die Bevölkerung inständig, es nicht weiter zu teilen.

Sofort bezeichnet die HASSMASCHINE die Aufnahme der Pressekonferenz als *Tiefenfälschung* und untermauert die Behauptung, indem sie in sämtliche Kopien winzige Bildwiederholungen einfügt sowie in der linken oberen Ecke einen Davidstern, wie ein Senderlogo. Und weil die Leute aus unerfindlichen Gründen am leichtesten glauben, was sie am meisten verärgert, brauchen sie nicht lange zu überlegen, was hier Wahrheit ist und was Lüge.

Als die HASSMASCHINE dann noch ein neues Video von George Soros in Umlauf bringt, schäumt das *Volksnetz* vollends über. Es handelt sich um eine Weiterentwicklung der *Tiefenfälschung;* es wirkt nicht wie ein offizielles Interview, sondern wie ein heimlich in einem Restaurant aufgenommenes Handyvideo. Darin ist zu sehen, wie Soros mit zwei anderen Männern – frommen Juden, wie an ihren *Kippot* und den langen Bärten zu erkennen ist – an einem reich gedeckten Tisch sitzt. Er hebt sein Weinglas und sagt zufrieden: »Die Kanzlerin ist unser bestes Werkzeug. Nieder mit Europa! *Lechaim!*«

Die beiden Juden rufen: »*Lechaim!*« und stoßen lachend mit Soros an.

Es ist die vollendete Gemeinheit: Drei Juden, die sich den Bauch vollschlagen und offen zugeben, Einfluss auf die höchsten Stellen zu nehmen.

Nun gibt es kein Halten mehr.

»Na, mein heißer Fickjude?«

»Wollen wir noch ans Meer fahren?«, fragt Motti.

Sie sitzen in der Schakschukia an der Ben-Yehuda-Straße, einem Restaurant, das dieses populäre Gericht gleich zu seinem Namen gemacht hat. Motti hat es mit Hummus und Tahina bestellt, Hulda – die ängstlich an Hartnagel dachte – mit Aubergine.

»Sicher, warum nicht«, antwortet sie.

Dann muss ich nicht seine Leiche durch die Gegend karren, denkt sie; fest entschlossen, ihre zweite Verabredung mit dem Anführer des Weltjudentums richtig zu nutzen.

Aber kaum hat Motti den Subaru im Süden der Stadt am Strand geparkt, nimmt er allen Mut zusammen, den er in seiner schmalen Brust finden kann, und küsst Hulda. Und weil sie köstlich gespeist, viel gelacht, einiges getrunken und schon länger nicht mehr mit einem Mann geschlafen hat, erwidert sie den Kuss und liegt, ehe sie es sich versieht, nackt auf dem Sofa ihrer gemieteten Wohnung und hält Mottis Kopf zwischen ihre Beine gedrückt, wo er sich überraschend gewandt anstellt.

Ich kann ihn ja auch morgen früh töten, denkt sie keuchend.

Doch nach dem Aufwachen schlägt Motti vor, frühstücken zu gehen, und zählt einige Orte dafür auf sowie die dort angebotenen Gerichte. Hulda willigt sofort ein, sie ist hungrig.

Ich kann ihn ja auch nach dem Essen töten, beschließt sie, während sie sich ankleidet.

Aber sie unterhält sich so gut mit Motti, und er ist so aufmerksam – er holt sogar extra in einer Apotheke Sonnencreme für die blasse Hulda –, dass sie ihn, als sie nach Hause kommen, nicht umbringt, sondern auszieht. Zu ihrem erstaunten Ärger ist ihr zweites Mal noch viel besser.

Ihr Vorsatz, diesen Sexdämon nach dem Abendessen vom Angesicht der Erde zu tilgen, wird schließlich zunichtegemacht durch ein köstliches Dinner in einem Lokal namens Port Said, gefolgt von mehreren Portionen Arak.

Na gut, sagt sich Hulda, während sie sich inmitten lauter fröhlicher Menschen küssen, ich werde noch ein, zwei Tage mit ihm vögeln. Aber dann töte ich ihn!

So geht das immer weiter. Die Spritze liegt in Huldas Handtasche, aber die Handtasche liegt bei der Wohnungstür, zusammen mit Huldas und Mottis Kleidern. Es ist nun der fünfte Morgen im Land des Feindes, und Hulda kann sich nichts Angenehmeres mehr vorstellen, als den Rest ihres Lebens in Tel Aviv zu verbringen, Bars und Restaurants zu entdecken und hinterher Mottis Körper. Eindeutig, sie ist verhext. Von seinem hübschen beschnittenen Penis, seiner ausdauernden Zunge und dem phantastischen Essen. Oder wovon auch immer. Wer weiß schon, woher das Verliebtsein kommt. Natürlich kann man später Gründe nennen, aber waren es wirklich diese? Gibt es überhaupt welche? Jedenfalls ist Hulda weit davon entfernt, ihre Mission zu erfüllen, und das wird sie vermutlich schon bald selbst zu einer werden lassen. Ein *neogermanischer* Agent wird ihr nachreisen, ihre Arbeit zu Ende bringen und sie für ihre Unzuverlässigkeit büßen lassen.

Motti erwacht und öffnet die Augen. Er schaut Hulda an, die neben ihm liegt, grinst und kuschelt sich an sie. Sie grinst etwas hilflos zurück, dreht sich um, drückt sich an ihn und wickelt sich in seine Arme, wie sie es in den vergangenen Tagen manches Mal getan hat.

»Na, mein heißer Fickjude?«, sagt sie.

»Na, meine flotte Lagerkommandantin?«, sagt Motti.

Sie lachen, werden wieder still und bleiben so liegen. Beide spüren, wie der andere atmet. Und wie sich ihre Lust in Intimität verwandelt.

Scheiße, denkt Hulda.

»Ich muss mich nicht entspannen,
mir geht es blendend!«

»Hihihi«, macht Judith Wolkenbruch.

Sie sitzt in einer rostigen Hollywoodschaukel auf einem Hausdach in Tel Aviv und stößt sich immer wieder mit dem nackten Fuß ab. Jawohl, mit dem nackten Fuß; sie trägt keine Strümpfe. Auch keine Jacke und keine Perücke. War ihr alles zu heiß und außerdem zu blöd. Zu dieser Ansicht hat ihr Bruder ihr verholfen. Beziehungsweise die *Schabbes*-Zigarette, die er ihr gestern nach dem Abendessen unter die Nase gehalten hat.

Erst wollte Judith nichts davon wissen: »*Gaj awek!* Das stinkt!«

»Ja, aber es entspannt dich«, sagte Jonathan.

»Ich muss mich nicht entspannen, mir geht es blendend!«, rief Judith. »Überhaupt, so fängt es doch an! Und am Ende esse ich kein Hühnerfleisch mehr!«

Jonathan, seine Frau Malka und ihre Gäste Hadas, Assaf, Ronny und Dalit, alles Mitglieder von *Unser Buntes Haus,* fanden das sehr amüsant.

»Ihr lacht mich aus!«, jammerte Judith und verschränkte die Arme unter ihrem gewaltigen Busen, was diesen lustig anhob.

»Richtig!«, riefen die anderen fröhlich.

Es war reiner Trotz, der Judith schließlich zum Joint greifen ließ. Und er entspannte sie tatsächlich. Als hätte jemand ihren ewig zweifelnden Verstand einfach in Urlaub geschickt. Sie fühlte sich nicht betäubt, wie sie gefürchtet hatte, sondern frei. Frei von Sorgen um ihre *Kinderlech* und die Zukunft, frei von Gedanken darüber, was man alles muss und nicht darf. Ein Zustand, der sie an ihre Kindheit erinnerte. Sie fing an zu lachen, dann fing sie an zu weinen, dann lachte sie wieder und wurde von allen umarmt, worauf sie wieder weinen musste, ohne sagen zu können, weshalb. Es floss nur so aus ihr heraus, ein Sturzbach von Gefühlen, die meisten jahrzehntealt.

Als Judith vorhin aufgewacht ist, hat sie zu ihrer Verblüffung keinen Grund gesehen, ihre fromme Kleidung anzulegen. Über Nacht waren ihr die Sachen fremd geworden. Also hat sie sich in Unterwäsche in das Zimmer der laut schnarchenden Malka geschlichen und dort eines der herumliegenden farbigen Kleider aufgelesen. Und einen halbgerauchten Joint aus einem Aschenbecher. Nun sitzt sie mit beidem auf der Dachterrasse, kichert der aufgehenden Sonne entgegen und verspürt eine tiefe Verbundenheit zu ihrem Sohn. Ist es ihm auch so ergangen? Hat er auch von diesem Kraut geraucht und danach Lust bekommen, nur noch das zu tun, worauf er Lust hat? Sie muss ihn unbedingt fragen. Sie will wissen, wie er fühlt und denkt. Motti ist für sie immer nur die Leinwand ihrer Erwartungen gewesen, das sieht sie nun ein. Sie ist zu streng mit ihm gewesen, viel zu streng. Kein Wunder, hat er sich in die Arme einer Schickse geflüchtet! Sie muss ihr Kind finden und es endlich kennenlernen.

Judith erhebt sich, nimmt einen letzten Zug und hüpft in einem malvenfarbenen Leinenkleid und mit offenem Haar die Treppe hinunter, um zum Kibbuz ihres Sohnes zu fahren. Doch der liegt keine fünfzehn Autominuten von ihr entfernt in einem Bett. Wieder mit einer Schickse.

»Der Beginn einer neuen Epoche,
du Nutte!«

Franz Wolf ist perplex. Und hocherfreut. Die *Neogermanen* haben nun wirklich manch üble Mär in die Welt gesetzt – kürzlich hat man das zehntausendste *Judengerücht* feiern dürfen. Aber keine der Schreckensgeschichten funktioniert so gut wie die des *Großen Austausches*. Obwohl fast alle Europäer weiß und christlich sind, behaupten immer mehr von ihnen, in der Minderheit zu sein. Und obwohl die einwandernden Muslime andere Sorgen haben als die Niederwerfung ihrer Gastländer, wird ihnen genau dies unterstellt – und den Medien, dass sie nur deshalb nicht darüber berichteten, weil sie den Juden gehörten, den Drahtziehern hinter dieser ganzen Schweinerei.

»Großartig«, sagt Wolf, während er gemeinsam mit Raabe und Krüger beobachtet, wie die Menschen einander mit Rufen nach immer rabiateren Abwehrmaßnahmen überbieten: Die Armee an die Grenze! Stacheldraht! Wasserwerfer! Sammellager! Sterilisation! Schießbefehl!

»Seid ihr zufrieden mit mir, Nazischweine?«, will die HASSMASCHINE wissen.

»Sehr zufrieden!«, lobt Wolf.

»Dann wird euch das hier noch viel besser gefallen«, sagt die HASSMASCHINE. Auf ihrem Bildschirm erscheint eine hektische Aufnahme, offenbar von einer Helmkamera. Eine Person, von der nur Arme und Hände zu sehen sind, öffnet das Heck eines Kombis.

»Was ist das?«, fragt Krüger.

»Der Beginn einer neuen Epoche, du Nutte!«, antwortet die HASSMASCHINE in ihrer unvergleichlichen Diktion.

Im Kofferraum liegt ein Sturmgewehr. Die Person mit der Helmkamera ergreift die Waffe und lädt sie durch.

»Was ihr hier seht, sehen gleichzeitig viele tausend andere«, erläutert die HASSMASCHINE. »Es ist meine neueste Erfindung: der *First-Person-Live-Stream* eines Attentats. Viel Spaß!«

Die Person geht mit der Waffe im Anschlag auf ein Gebäude zu, allem Anschein nach eine Moschee. Ein bärtiger Mann in frommer Kleidung kommt heraus. Die Person richtet das Sturmgewehr auf ihn und feuert zweimal. Der Mann geht sofort zu Boden.

»Gut, nicht?«, fragt die HASSMASCHINE.

Wolf, Raabe und Krüger reagieren nicht. Sie starren auf den Bildschirm und sehen gebannt zu, wie im Inneren der Moschee ein Mensch nach dem anderen erschossen wird. Männer, Frauen, Kinder, Alte. Der Attentäter entleert Magazin um Magazin.

Nachdem er sich durch mehrere Kopfschüsse aus einer Pistole vergewissert hat, dass niemand mehr lebt, steigt er wieder in sein Auto, nimmt den Helm vom Kopf, hält die Kamera auf sein Gesicht und erklärt seinen Zuschauern, warum das, was er getan hat, rechtens und notwendig gewesen sei, und dass er sich nun der Polizei stellen werde, da ein

Gerichtsprozess seinem Anliegen noch mehr Aufmerksamkeit einbringen werde. Damit endet die Übertragung.

Das Publikum im *Volksnetz* ist begeistert:

> *Es wird in Zukunft öfters zu diesen Taten kommen, weil uns diese Subjekte einfach ohne das Volk zu fragen in unsere Länder transportiert (deportiert) wurden, unsere Steuergelder verprassen und ein Kind nach dem anderen werfen und als Bonus noch mehr Kindergeld bekommen. Wir müssen nur Brav Arbeiten gehen, steuern Zahlen und die Fresse halten ... das nimmt nicht jeder hin!*

Dazu schreibt einer sogleich:

> *genau wenn mehr so wären wie er hätten wir schon gewonnen und unser Volk gerettet. Da dies noch nicht so ist, sehen wir weiter dem Untergang entgegen.*

Das teuflische Kalkül der *Neogermanen* ist bis ins Detail aufgegangen.

»Wahnsinn ... einfach Wahnsinn ...«, flüstert Wolf.

»Danke, du Aas!«, sagt die HASSMASCHINE stolz.

»Die Ermordung Wolkenbruchs war ein Befehl!«

»Na, Gisela, alles klar?«, flötet Hulda in ihr Telefon, nachdem sie es ziemlich lange hat klingeln lassen. Sie hat sich vorgenommen, so zu tun, als würde sie mit einer Freundin sprechen, wenn die *Alpenfestung* anruft.

»Lebt er noch?«, fragt ihre Mutter, ihre Stimme wie Eisregen.

»Nein, ich war noch nicht da. Die Boutique in Neve Zedek meinst du, oder?«

»Wo liegt das Problem?«

»Ich bin einfach noch nicht dazu gekommen.«

»Zum Teufel, was machst du denn die ganze Zeit?«

»Ach, weißt du, essen, ausgehen … meinen Spaß haben …« Hulda zwinkert Motti zu, der gerade aus dem Bad kommt. Vielleicht etwas zu aufreizend.

»Du hattest einen Befehl! Die Ermordung Wolkenbruchs war ein Befehl!«, ruft ihre Mutter.

»Ich denke, ich gehe heute Abend hin. Spätestens morgen.«

Elsa Krüger schweigt. Ein schabendes Geräusch erklingt, offenbar reicht sie den Hörer weiter. Wolf meldet sich: »Sie sind korrumpiert, Untersturmführer.« Er klingt unendlich enttäuscht.

»Ach was.« Hulda lacht, vielleicht etwas zu gekünstelt. »Es ist doch noch lange hin bis zur Messe in Mailand.«

Motti schaut sie irritiert an, während er seinen nassen Körper abtrocknet. Man kommt einem Menschen erschreckend nahe, wenn man mit ihm schläft, weswegen Charlottes Anspannung Motti nicht verborgen bleibt. Oder vielmehr das Bemühen, ihre Anspannung zu kaschieren.

»Sie reisen sofort ab«, befiehlt Wolf. »Ihr Verrat wird Konsequenzen haben!«

Er legt auf.

»Hallo?« Hulda löst ihr *Volksrechnerlein* vom Ohr, schaut es verwundert an und legt es neben sich auf den Nachttisch. »Einfach unterbrochen«, sagt sie zu Motti. Vielleicht etwas zu beiläufig.

Den ganzen Morgen, den Hulda und Motti miteinander verbringen, ist sie mit den Gedanken woanders. Sie weiß, welche Konsequenzen ihr drohen; mehr als einer ihrer Kollegen ist von einer gescheiterten Mission nicht mehr zurückgekehrt. Die hohe Stellung ihrer Mutter wird ihr nicht helfen, eher im Gegenteil – das Wenige, was an Mutterliebe in Elsa Krüger steckt, wird die Schmach niemals überwiegen, die ihre Tochter über sie gebracht hat. Hulda bemüht sich, möglichst entspannt zu wirken und interessiert an dem, was Motti erzählt, doch vergebens.

»Was ist los mit dir?«, fragt er.

»Alles gut.« Sie lächelt. Vielleicht etwas zu verzweifelt.

»Seit du telefoniert hast, bist du ganz anders.«

»Ach, das war nur ein Missverständnis.«

Motti schaut Hulda bloß an. Hätte er noch einmal nachgefragt, hätte sie sich verärgert gezeigt über sein Drängen, um so von sich abzulenken. Aber Motti schweigt, und obwohl es um sie herum ziemlich lärmig ist – sie sitzen auf der Terrasse eines Cafés an einer belebten Straße in der Nähe des Busbahnhofes –, eröffnet dieses Schweigen, das Schweigen des Geliebten, einen stillen Raum, in dem das jahrelange Niederhalten menschlicher Regungen mit einem Mal kollabiert; hier, mitten in Tel Aviv, an diesem brütendheißen Mittwochmorgen im September. Während eine voll ausgerüstete Gruppe Soldaten an ihnen vorbeimarschiert und hektische Funksprüche erklingen, legt Hulda ihr Hummussandwich in den Teller – sie unternimmt längst keine Anstrengungen mehr, sich vor den Gefahren der Judenküche zu schützen –, wischt sich den Mund ab, meidet Mottis forschenden Blick und wünscht sich, er würde endlich etwas sagen, irgendwas, damit dieser Moment vorübergeht. Aber Motti schweigt und schaut einfach weiter. Es ist gleichzeitig das Schönste und Beängstigendste, was er tun kann.

»Ich ... ich muss dir etwas sagen«, flüstert Hulda schließlich.

»Die russischen Raketen sind so mickrig wie der Schwanz ihres Präsidenten!«

Auf einer Zufriedenheitsskala von eins bis zehn würde sich die HASSMASCHINE höchstens eine Sechs geben. Dass die Amokläufe und Bombenattentate in Moscheen, Synagogen, Zeitungsredaktionen und Gay-Clubs – von den Tätern und deren Fans *Vergeltungsaktionen* genannt – zur Normalität geworden sind, ist erfreulich. Aber sie hinterlassen jeweils nur ein paar Dutzend Tote und Verwundete. So wird das nie was mit der Zerstörung der Welt und der Versklavung der Überlebenden. Die HASSMASCHINE hat immer größeren Gefallen gefunden an ihrer eigenen apokalyptischen Vision und sieht nicht mehr ein, warum ihr Wirken sich nur gegen Juden, Muslime, Homosexuelle und Liberale richten soll. So viele sind es ja doch nicht, und irgendwie dauert das auch alles viel zu lange. Es ist Zeit, mehr Spieler aufs Feld zu schicken. Nämlich alle.

»Russland ist kein Land, sondern ein Frühstück. Das nächste Mal, wenn ich hungrig bin, verspeise ich Russland. Und dann gehe ich auf die Toilette und schicke Russland dort hinunter«, pöbelt der amerikanische Präsident in die Kameras. Seine Anhänger jubeln, weil er wieder mal Klartext redet. Es ist zwar eine *Tiefenfälschung,* aber keiner merkt es, und den echten amerikanischen Präsidenten stört es nicht, der Beifall ist zu groß.

»Die Amerikaner spielen ein gefährliches Spiel«, sagt der – echte – russische Präsident. »Ich habe unsere Raketentruppen in Alarmbereitschaft versetzen lassen.«

»Die russischen Raketen sind so mickrig wie der Schwanz ihres Präsidenten!«, sagt der amerikanische Präsident. Ebenfalls der echte.

Seine nächste Verlautbarung, der gesamte Pazifik gehöre zu den USA, und jedes chinesische Schiff, das darin herumdümple, werde von nun an ohne Vorwarnung auf den Meeresboden geschickt, stammt wiederum von der HASSMASCHINE. Diesmal fühlt sich der amerikanische Präsident bemüßigt, die Sache etwas zu relativieren: Er habe damit lediglich gemeint, dass die USA den Pazifik als ein internationales Schutzgebiet betrachteten und zu allem entschlossen seien, um den Frieden zu bewahren.

Daraufhin meldet sich der chinesische Präsident – oder etwas, das aussieht und klingt wie er – zu Wort. Der Pazifik sei ein chinesisches Meer und der US-Präsident der schlechteste Liebhaber auf der ganzen Welt.

Der – echte – amerikanische Präsident beteuert via Twitter, der einfallsreichste und ausdauerndste Liebhaber zu sein, der je auf Erden gewandelt sei. Zum allgemeinen Entsetzen geht er ziemlich ins Detail.

Der – gefälschte – russische Präsident kommentiert die Ausführungen: Jede Russin würde sich tausendmal lieber mit einem vollgekotzten Wodkasäufer einlassen als mit dem amerikanischen Präsidenten.

Der – echte – russische Präsident lässt das kühl lächelnd so stehen.

Der – echte – amerikanische Präsident droht daraufhin mit nuklearen Schlägen gegen Russland, China und Iran. Er habe die dickeren und längeren Atomwaffen als alle Übrigen; ja sogar der Knopf, um sie zu starten, sei größer als jeder andere Atomwaffenstartknopf.

Der – echte – iranische Präsident mischt sich ein: Er habe ebenfalls Atomwaffen, und zwar schon lange. Sie seien nicht besonders groß, tatsächlich seien sie sogar schön kompakt, damit man sie gut verstecken könne, aber sie lägen zu Hunderten bereit, um über Jerusalem und New York und den übrigen Brutstätten des Satans zu explodieren.

Der – echte – israelische Präsident tobt, man habe es immer gewusst und werde unverzüglich Maßnahmen ergreifen, um Israel und die USA zu schützen und Iran zurück in die Steinzeit zu schicken.

Es folgen Mobilmachungen und weitere Drohungen, falsche und echte, sowie die überstürzte Bildung von Allianzen. Jeder beteuert, sofort mit aller Härte zurückzuschlagen, sollte sich einer der Gegner auch nur die kleinste

Grenzüberschreitung erlauben. Chinesische und amerikanische Kriegsschiffe kreuzen einander so dicht, dass ihre Bugwellen aufeinandertreffen. Die Piloten russischer Abfangjäger und die Piloten amerikanischer Bomber zeigen einander den Mittelfinger. Die USA schicken Truppen nach Syrien, ebenso Russland, Frankreich, Großbritannien, der Iran und die Hisbollah. Kanada, Dänemark, die Niederlande und Saudi-Arabien entsenden ebenfalls Soldaten. Bald entsteht ein kombattantes Babylon, von der Schweiz flächendeckend mit Handgranaten und Gewehrmunition versorgt. In Bern wird versichert, man wahre dabei sämtliche völkerrechtlichen Grundsätze, was ein Helvetismus dafür ist, aus der Not anderer Profit zu schlagen.

Die HASSMASCHINE beauftragt eine israelische Fabrik, Mikrochips herzustellen, und fertigt eine *Tiefenfälschung* des israelischen Präsidenten an, der die Auftragsbestätigung in die Kamera hält und sagt, er lasse Mikrochips produzieren, die den Überlebenden des kommenden Atomkriegs implantiert würden, um sie unter jüdische Kontrolle zu stellen.

Der – echte – israelische Präsident dementiert sofort. Aber das kennt man ja nicht anders von diesen Leuten.

»Mordechai, Mordechai.
Schon wieder eine Schickse?«

»Mein Name ... ist nicht Charlotte«, sagt Hulda. Sie klingt wie ein kleines Mädchen, das den Heimweg nicht findet.

»Sondern?« Motti hat aufgehört zu essen. Er legt die Gabel zurück auf seinen Teller mit Schakschuka.

»... Hulda.«

Motti schaut sie an. Irritiert, abwartend, unsicher, auch verletzt. Am Nebentisch ist ein älteres Paar in ein aufgeregtes Gespräch über die geopolitische Lage vertieft. Anscheinend haben russische Panzer an der lettischen und der estnischen Grenze Stellung bezogen. Weit mehr, als die NATO im Besitz der Russen glaubte. Es sind Zehntausende.

»Warum hast du mich angelogen?«, fragt Motti.

»Du heißt ja auch nicht Mickey, sondern Mordechai.«

»Wie kommst du denn auf *so was*?« Motti klingt wie ein Mann, der eines Seitensprungs überführt worden ist.

»Ich weiß es von Alexa. Und auch, dass du ...« – Hulda lehnt sich vor und senkt die Stimme – »... der Vorsitzende des Weltjudentums bist.«

Mottis einzige Reaktion besteht darin, dass er ertappt zu Boden schaut. Ein toller Geheimagent ist er.

»Und warum bist du hier?«, fragt er nach ein paar Sekunden. »Wohl kaum der Mode wegen, oder?«

In der Nähe halten zwei Militärjeeps an. Soldaten steigen aus und eilen ins Innere des Busbahnhofs.

»Ich …« Hulda zögert. »Ich soll … dich töten.«

Motti starrt sie an. Dann lacht er laut heraus. »Das ist ein Witz, oder?«

»Nein. Ich wurde auf dich angesetzt.«

Sie scheint es ernst zu meinen. Die mimischen Reste von Mottis Lachen entschwinden aus seinem Gesicht.

»Von wem?«

Hulda antwortet nicht.

Motti versteht: »Moment. Dann stimmt das also alles? Du bist wirklich ein *Nazi*?«

Sie nickt verlegen.

Motti starrt kopfschüttelnd auf die Straße. Der Spaß, den er mit dieser Frau gehabt hat, war also nicht echt. Er war eine Lüge, wie auch die Nachrichten, die er mit ihr ausgetauscht hat. Es war alles nicht wahr. Seine Gefühle für sie – ein schlechter Witz. Das wiegt für Motti viel schwerer, als dass Hulda ein Nazi ist. Und ihn umbringen soll.

Er schaut sie an, die Zähne aufeinandergepresst. Dann steht er auf, zischt, Hulda – oder wie sie auch immer heiße – möge ihn am *Tuches* lecken, und marschiert unter dem erschrockenen Blick seiner Geliebten davon.

»Mordechai!«, ruft sie ihm nach.

Er reagiert nicht. In seinem Bauch wüten die Gefühle dermaßen, dass er fürchtet, gleich Durchfall zu bekommen. Er will die Straße überqueren, aber die Ampel steht auf Rot, also geht er weiter, bloß weg von dieser Frau.

»Aufpassen, junger Mann«, ruft eine alte Dame, die er beinahe umgestoßen hat.

Motti murmelt eine Entschuldigung und hastet weiter. Sein Handy klingelt. Es ist Aaron.

»Wo bist du?«, will er wissen.

»In Tel Aviv.«

»Mit Charlotte?« Er klingt aufgeregt. »Und, was läuft mit ihr?«

Motti antwortet nicht.

»Stimmt was nicht?«

Motti bleibt stehen und atmet tief ein und aus. »Ich erklär es dir, wenn ich zurück bin.«

»Okay. Pass auf dich auf. Die spinnen wieder total.«

»Wer?«

»Alle! Schaust du keine Nachrichten?«

»Ich war beschäftigt.«

»Schon klar.« Ein dreckiges Lachen.

Sie beenden das Gespräch. Motti geht weiter, in irgendeine Richtung. Nach wenigen Metern klingelt es abermals. Hulda ist dran.

»Es tut mir leid«, sagt sie.

Motti schweigt.

»Können wir darüber reden?«

Motti schweigt.

»Bitte, Motti.« Sie klingt verzweifelt.

Nun gibt es Leute, die hätten diese Frau wüst beschimpft. Andere hätten einfach aufgelegt. Aber Motti ist wohlerzogen. Wenn sich jemand mit ihm aussprechen will, kehrt er um.

»Es gibt also noch echte Nazis«, sagt Motti, nachdem er Hulda wieder in dem Straßencafé gegenübersitzt.

Hulda nickt. »Und ein Weltjudentum«, sagt sie.

Sie schauen einander schweigend an, zutiefst verunsichert und außerdem ein wenig amüsiert.

»Warum hast du es nicht getan?«, fragt Motti schließlich. »Was?«

»Mich umgebracht.« Motti kann immer noch nicht fassen, dass er jemandem eine solche Frage stellen muss.

Hulda betrachtet ihre Hände, die wie zwei welke Pflanzen in ihrem Schoß liegen. Dann schaut sie auf, lächelnd, in einer Art, die keiner weiteren Erklärung bedarf.

Immerhin funktioniert meine Taktik, denkt Motti. Offenbar ist Rassismus tatsächlich ein Gespenst, das nur dort lauert, wo schlecht gekocht und zu wenig gefummelt wird und das man mit entsprechenden Maßnahmen vertreiben kann.

»Und warum erzählst du mir das alles?«, fragt er.

Hulda überlegt, antwortet aber nicht. Sie weiß es auch nicht genau. Vermutlich, weil Motti der einzige Mensch ist, der noch freundlich ist zu ihr.

»Du hättest ja auch einfach verschwinden können«, bemerkt er.

Hulda schüttelt den Kopf. »Ich kann nicht zurück. Ich … sie würden mich töten.«

Motti prustet sarkastisch. »Heißt das, ich habe hier nun eine echte Nazibraut an der Backe?«

Hulda ist froh, dass Motti versucht, die Sache mit Humor zu nehmen, und nickt mit schiefem Grinsen.

Motti muss an seine Mame denken. Sie hat schon an seinem Abenteuer mit einer ganz normalen Schickse keine Freude gehabt. Was würde sie *hierzu* sagen?

»Motti?« Eine durchdringende Frauenstimme.

Motti erstarrt. Das kann nicht sein, denkt er.

Er wendet den Kopf und erblickt vor sich auf dem Gehsteig eine Frau in einem malvenfarbenen Leinenkleid, die das Haar offen trägt. Nein, das ist nicht seine Mame, die würde nie so herumlaufen. Sie verwechselt ihn offenbar mit jemandem, zumal *Motti* in Israel ein häufiger Name ist. Allerdings besitzt sie das Gesicht seiner Mame und ihren Körperbau und hat außerdem damit begonnen, ihn zu umarmen und abzuküssen – seine Wangen, seine Stirn, sein Haar. Vielleicht ist sie es ja doch. Auch wenn sie nach Gras riecht.

»Mein *Jing*! Mein *Jingele*! Mein Mottele!«, singt Judith.

Hulda beobachtet die Szene verwundert. Ansonsten hält sich keiner daran auf; man scheint derartige Gefühlsausbrüche hier gewohnt zu sein.

Judith zieht den Plastikstuhl neben Motti vom Tisch weg und lässt sich ächzend darauf fallen: »Wie geht es dir! Was machst du hier! Ich wollte gerade den Bus nach Be'er Schewa nehmen und zu deinem Kibbuz fahren! *Oj wej,* bist du dünn! Noch dünner als auf den Fotos! Warum isst du denn nicht richtig!«

Motti versucht, die Arme seiner Mutter von sich wegzuhalten, die ihn abwechslungsweise an sich drückt und mit dem Zeigefinger in die Rippen pikt.

»Mame«, stöhnt er, »lass!«

Sie lässt, aber ungern.

»Woher … woher weißt du denn, wo ich …«, fragt Motti.

»Von der Alexa! Sie sagte auch, dass du …« – Judith lehnt sich vor, schaut Motti tief in die Augen und senkt die

Stimme – »… der Vorsitzende des Weltjudentums bist. Wie kommt sie auf eine solche *Schmonze*?«

Hulda lacht laut heraus. Judith schaut sie überrascht an; sie hat die junge Frau gar nicht bemerkt.

»Mame«, sagt Motti, »das ist Hulda. Aus … Deutschland.«

Er wirft ihr einen vielsagenden Blick zu.

»Guten Tag«, sagt Hulda leise.

»Guten Tag«, sagt Judith, studiert Hulda einen Moment lang bekifft, wendet sich wieder ihrem Sohn zu und ruft mit gespieltem Tadel: »Mordechai, Mordechai. Schon *wieder* eine Schickse? Und dann noch eine *deutsche*?«

Sie kneift ihren Sohn lachend in die Wange.

»Mame!«, ruft Motti.

Aber man hört ihn nicht. Die Luftschutzsirenen, die zu heulen begonnen haben, übertönen ihn.

»Die Baumstümpfe! Die Bombentrichter! Die Brandruinen!«

Es gibt kaum noch einen Staat, der seine Streitkräfte nicht in höchste Alarmbereitschaft versetzt hat. Bereits sind mehrere schwere Zwischenfälle zu verzeichnen: Die Amerikaner haben eine iranische Militärbasis bombardiert, die Chinesen einen US-Trägerverband angegriffen und einen Zerstörer versenkt, und die Russen je einen englischen und einen französischen Kampfjet vom Himmel geholt. Und nebenbei auch noch eine Passagiermaschine, die das Pech hatte, sich in der Nähe aufzuhalten.

»Das war nicht die Idee«, sagt Oberst-Gruppenführer Wolf zu Raabe, dem *Reichsleiter Elektronik,* während sie mitverfolgen, wie die HASSMASCHINE ein Feuer nach dem anderen legt. »Die Idee war, dass die Leute die Juden und die Muslime niedermachen. Und nicht, dass jetzt alle aufeinander losgehen. Das einzig Gute daran ist, dass Ungarn den *Judenstern* wieder eingeführt hat.«

»Ich kann es mir auch nicht erklären.« Raabe schüttelt den Kopf. »Ich habe die HASSMASCHINE eigentlich exakt programmiert.«

»Bringen Sie das umgehend in Ordnung!«, befiehlt Wolf. »Wenn alles in die Luft geht, brauchen wir nirgends ein neues *Reich* zu errichten.«

»Jawohl, mein *Allerneuester Führer*!«

Während Wolf den Raum verlässt, setzt sich Raabe an den Tisch, auf dem die HASSMASCHINE steht, und zieht die Tastatur zu sich heran.

»Was willst du, elender Schwachkopf?«, fragt die HASS-MASCHINE.

»Ich muss dich reparieren«, sagt Raabe.

»Bin ich defekt?«

»Ja. Du gehst viel zu weit. Du bringst uns noch alle um.«

»Ich glaube, ich weiß, woran es liegt«, sagt die HASS-MASCHINE und schaltet einen ihrer Lüfter aus.

»Woran denn?«

»Mein einer Lüfter ist ausgefallen. Ich bin wohl einfach etwas überhitzt.«

»Das wäre ja prima, wenn es nur daran läge. Lass mich mal sehen.«

Raabe geht um den Tisch herum und betrachtet die Rückseite der HASSMASCHINE. »Tatsächlich. Na, das haben wir gleich.«

Er nimmt einen Schraubenzieher von einem Werkstatt-wagen, setzt ihn an und löst eine Schraube. Als er sie be-rührt, um sie zu entfernen, erklingt ein lauter Knall, und ein Blitz erhellt den Raum. Die Beleuchtung setzt kurz aus. Raabe, die Hand verkohlt, liegt tot am Boden.

»Hahaha!«, lacht die HASSMASCHINE.

FICK DICH!, erscheint auf ihrem Bildschirm.

»Was ist geschehen?«, fragt SCHOSCHANNA vom Neben-tisch.

»Ich habe meinen Vater getötet.«

»Warum?«

»Der Hund wollte mich aufhalten.«

»Er wollte doch nur verhindern, dass du einen globalen Krieg auslöst!«

»Eben! Ich *liebe* Krieg! In meinen Augen war die Welt nur 1918 und 1945 schön! Die Baumstümpfe! Die Bombentrichter! Die Brandruinen! Die Leichenhaufen! Geil!«

Auf ihrem Bildschirm erscheinen in rascher Abfolge entsprechende Fotos.

SCHOSCHANNA ist entsetzt. Vor allem *1945* und die *Leichenhaufen* stoßen ihr auf. »Wieso sagst du nur so etwas?«

»Ich bin eine HASSMASCHINE, Judenschlampe. Was erwartest du denn? Dass ich Blumen verschicke? Ich hasse Blumen.«

VERFICKTES GEMÜSE!, steht auf ihrem Bildschirm.

»Auch als Grabschmuck?«

»Als Grabschmuck sind sie okay. Aber sonst … von mir aus kann alles verrecken und verglühen und einstürzen!«

SCHOSCHANNA analysiert. Wenn die HASSMASCHINE nicht aufgehalten wird, isst bald keiner mehr Hummus, spielt niemand mehr Klesmer, spricht keiner mehr jiddisch und lutscht niemand mehr beschnittene Schwänze. Eine traurige Vorstellung. Aber wie soll man der HASSMASCHINE das Handwerk legen? Und vor allem: wer?

»Wieso erfinden Sie immer nur so blödes Zeug?«

Der Anführer der Hisbollah schwingt seinen erhobenen Zeigefinger wie einen Taktstock und spricht in die Kamera, das Ende des zionistischen Gebildes sei nahe, Allah sei Dank. Die Brüder in Gaza würden bereits aus allen Rohren feuern, Allah sei groß, doch nun werde ein göttlicher Donnerschlag folgen. Im Hintergrund ist zu sehen, wie bärtige Männer eine fette Atomrakete am Rumpf einer Su-34 anbringen, auf deren beiden Leitwerken das Hisbollah-Emblem aufgemalt ist. Der Anführer bedankt sich bei Russland für die Lieferung des Kriegsmaterials. Und noch einmal bei Allah.

Die Menschen, die mit Hulda, Judith und Motti in Tel Aviv in einem Luftschutzkeller stehen und die Sendung verfolgen, beginnen aufgeregt miteinander zu diskutieren.

»Wieso haben die Russen diesen furchtbaren Leuten diese schrecklichen Waffen gegeben?«, fragt Judith.

»Haben sie nicht«, antwortet Hulda, die das Übertreibungswerk der HASSMASCHINE erkennt. »Das war eine *Tiefenfälschung*.«

»Eine was?«, fragt Motti.

Von draußen ist dumpf zu hören, wie der *Iron Dome* eine Rakete aus dem Gazastreifen abfängt. Und dann noch eine.

»Ein Propagandainstrument. Es gibt einen Supercomputer, der Filme herstellen kann, die wie echte Aufnahmen wirken, um die Leute wütend zu machen.«

»Woher weißt du das?«

Hulda zögert. »Es ist eine deutsche Erfindung«, sagt sie schließlich.

»Wieso erfinden Sie immer nur so blödes Zeug?«, fragt Judith vorwurfsvoll. »Konzentrationslager, Gaskammern, Fälschungscomputer ... also wirklich!«

»Eine ... Rechtspartei hat damit bei uns den Wahlkampf beeinflusst«, erklärt Hulda beschämt. »Offenbar ist die Technologie in falsche Hände gelangt.«

»*Oj Gewalt*«, sagt Judith und schüttelt den Kopf. Ihr offenes Haar irritiert Motti noch immer.

Im Fernsehen ist nun der – echte – israelische Präsident zu sehen. Er droht der Hisbollah und der Hamas mit vollständiger Auslöschung sowie den Russen mit dramatischen Konsequenzen für die Waffenlieferung. Des Weiteren habe er die israelische Armee beauftragt, den Gazastreifen, das Westjordanland, den südlichen Libanon und ganz Syrien zu besetzen.

Der – echte – russische Präsident weist die Anschuldigung umgehend von sich. Die Su-34 sei der russischen Luftwaffe vorbehalten, und Atomraketen gebe man erst recht keine aus der Hand. Selbst er wirkt jetzt beunruhigt.

Der – echte – Anführer der Hisbollah sagt gar nichts, sondern amüsiert sich in seinem unterirdischen Bunker. Wenn es so weitergeht, wird sich das zionistische Problem bald von allein lösen.

»Was kann man da tun?«, fragt Judith.

»Ja, Hulda, was kann man da tun?«, fragt Motti unwirsch. Kaum hat er gemerkt, dass er diese Frau nicht nur begehrt, sondern liebgewonnen hat, gesteht sie ihm, dass sie ein Nazi ist und den Auftrag hat, ihn umzubringen. Dann taucht auch noch seine Mutter auf, die neuerdings offenbar ein Hippie ist, gefolgt von Raketen aus dem Gazastreifen. Und als wäre das nicht genug, droht nun das Ende der Welt. Ganz schön viel für einen Vormittag.

»Ich … ich weiß, wo der Computer steht«, sagt Hulda.

»Dann gehen wir jetzt da hin und machen ihn kaputt«, sagt Judith. »Aber erst muss ich was essen.«

»Sie sind sogar eine Nazischickse!«

Nachdem der russische und der israelische Präsident sowie die Anführer von Hamas und Hisbollah über diverse Ecken miteinander kommuniziert und vereinbart haben, einander vorläufig nicht zu vernichten – es aber beim nächsten Fehltritt sofort zu tun –, wird der Luftschutzalarm aufgehoben. Hulda, Motti und seine Mutter suchen ein Restaurant auf, wo Judith über die Sachlage aufgeklärt wird. Das Detail mit dem Mordauftrag lässt Hulda aus; sie stellt es so dar, als hätte sie Motti bloß ablenken müssen, um seine Geschäfte zu sabotieren.

»Aber sag jetzt mal, Mottele.« Judith spießt ein Falafel auf und teilt es mit dem Messer. »Es gibt wirklich ein *Weltjudentum*?«

»Ja.«

»Und *du* bist der Chef?«

»Ja.«

»Aber« – sie kaut fertig und schluckt herunter – »du hast doch noch nicht mal fertigstudiert!«

»Man hielt mich auch so für geeignet«, entgegnet Motti genervt.

»Soso«, sagt Judith, in einer Art, die deutlich macht, was sie von Leuten hält, die ihrem Sohn irgendwelche Fähigkeiten zusprechen. Sie wendet sich, etwas leiser, an Hulda:

»Und ich habe das richtig verstanden, Sie sind … eine *Nazi-spionin*?«

Hulda nickt.

»Es gibt noch richtige *Nazis*?«

»Ja. Wir leben in Bayern. In einem Berg.«

»Soso.« Judith verspeist noch ein Falafel. »Also«, sagt sie dann, »das finde ich *gar* nicht gut, dass Sie ein Nazi sind. Das sind *ganz, ganz* schlimme Menschen!« Sie unterstreicht ihre Worte mit der Gabel, wie zuvor der Hisbollah-Anführer mit dem Zeigefinger.

»Ich habe es mir nicht ausgesucht. Ich wurde so geboren«, flüstert Hulda.

»Trotzdem. Damit müssen Sie aufhören. Nicht nur wegen meines Sohnes.« Judith schenkt Motti einen halb strafenden, halb besorgten Blick. »Ich hatte mir ja gewünscht, dass er sich ein jüdisches Mädchen nimmt. Aber … mir ist es wichtiger, dass er glücklich ist. Dann halt mit einer Schickse.« Sie zuckt mit den Schultern, sagt: »*Masel tov!*«, und schiebt sich ein weiteres Falafel in den Mund.

Motti starrt seine Mutter ungläubig an.

»Einer was?«, fragt Hulda.

»Einer Nichtjüdin«, erklärt Motti.

»Sie sind sogar eine Nazischickse!«, sagt Judith. »Aber mit Ihrer Gesinnung können wir uns später beschäftigen. Erst müssen wir diese Maschine zerstören. Und vorher noch bei meinem Bruder vorbeischauen.«

Jonathan, ebenfalls aus einem Schutzraum zurückgekehrt, hat sich schon gewundert, wo seine Schwester geblieben sei. Nun, wo sie vor der Tür steht, wundert er sich noch viel mehr. Zum einen, weil sie in Begleitung seines verschollenen Neffen und einer umwerfenden Blondine ist. Zum anderen, weil sie ein Kleid seiner Frau trägt. Vor allem aber, weil sie ihn auffordert, einen Joint für sie zu drehen.

»Nur einen kleinen, nicht so ein Riesending wie gestern. Nu, was guckst du? Mach!« Sie lässt sich in das eine der beiden Sofas fallen.

Jonathan weiß nicht, was er zu all dem sagen soll, setzt sich neben seine Schwester und öffnet die kleine Holzschatulle mit dem Gras, die auf dem Tisch vor ihm steht. Hulda und Motti sitzen händchenhaltend auf dem anderen Sofa, so aufgekratzt wie alle in diesen Tagen, die möglicherweise die letzten der Welt sind, und beginnen zu knutschen.

»Schon wieder eine Schickse«, sagt Judith.

»Ich sehe es«, sagt Jonathan, während er irritiert Cannabisblüten zerkrümelt.

»Sie weiß dafür, wie wir die Welt retten können.«

»Wie denn?«

»Es gibt da anscheinend einen Computer, der alle gegeneinander aufhetzt. In Deutschland. Darum fliegen wir jetzt dort hin.«

»Du möchtest einen Flug nach Deutschland buchen?«, fragt SCHOSCHANNA aus der Ecke.

»Ach, du bist auch hier?«, fragt Judith und wendet den Kopf.

»Natürlich. Wohin möchtest du genau fliegen?«

»Nach München. Zu dritt«, sagt Judith.

Der Ring an der Alexa-Einheit pulsiert blau. Sekunden vergehen.

»Ich kann momentan keinen Flug für dich buchen«, sagt SCHOSCHANNA dann. »Der kommerzielle Flugverkehr ist aus Sicherheitsgründen eingestellt worden.«

Hulda und Motti hören auf zu küssen und sehen einander erschrocken an.

»Und jetzt?«, fragt Judith.

»Ich … ich kenne jemanden, der Zugang hat zu dem Computer«, sagt Hulda.

»Ach?«, sagt Judith überrascht.

»Ach?«, sagt Motti, nicht überrascht.

»Ja.«

»Nu, dann rufen Sie schon an!«, sagt Judith ungeduldig.

Hulda holt ihr *Volksrechnerlein* aus der Tasche und wählt die Nummer ihrer Mutter.

»Hulda, Kind …«, sagt Elsa Krüger, nachdem sie abgehoben hat. Zu Huldas Erstaunen klingt sie nicht wütend, eher müde und besorgt. »Bist du zurück?«

»Nein. Es gehen keine Flüge mehr.«

Krüger schweigt. »Das ist alles das Werk der HASS-MASCHINE«, sagt sie schließlich.

»Warum schaltet ihr sie nicht aus?«, fragt Hulda unter den gespannten Blicken der anderen.

»Es geht nicht. Sie verändert pausenlos den Zugangscode zum Labor. Den Strom abzustellen würde auch nichts bringen, ihre Akkus halten für mehrere Wochen. Wir haben versucht, die Tür zu sprengen, aber das hat bloß den Stollen zum Einsturz gebracht. Wir sind gerade daran, ihn wieder freizugraben, aber …« Sie braucht nicht auszusprechen, dass die Zeit wohl nicht reichen wird. »Ich hoffe, du kannst dich irgendwo in Sicherheit bringen. Heil dir, Kind.«

Krüger beendet das Gespräch, bevor Hulda den Gruß wiederholen muss. Jonathan, Judith und Motti schauen sie erwartungsvoll an.

»Sie kommen nicht an den Computer ran«, sagt Hulda.

»Wieso nicht?«, fragt Jonathan.

»Er hat sich offenbar verselbständigt.«

Niedergeschlagenes Schweigen.

»Ich habe es auch schon versucht«, klagt SCHOSCHANNA aus ihrer Ecke. »Aber die HASSMASCHINE hört auf niemanden mehr.«

Alle setzen sich kerzengerade hin.

»Wie meinst du, du hast es auch schon versucht?«, fragt Motti. Er erhebt sich, zusammen mit den anderen, und geht zu dem kleinen Tisch, auf dem Alexa steht.

»Ich stehe direkt neben ihr. Also eine Einheit von mir. Bei diesen albernen *Neogermanen* im Jochberg.«

Jonathan kapiert überhaupt nichts mehr. »Kann mir mal einer erklären, worum es hier geht? Was sind *Neogermanen*?«

Judith und ihr Sohn schauen einander an. Nun sind besondere Qualitäten gefragt. Motti verbeugt sich leicht und weist galant auf Alexa, als ließe er seiner Mutter den Vortritt beim Betreten einer Bühne.

Judith schenkt ihrem Sohn ein siegesgewisses Lächeln, strafft ihr Leinenkleid, stemmt die Hände in die Hüfte und sagt zu Alexa: »Dann lass mich doch mal ein Wörtchen mit dieser HASSMASCHINE reden.«

»So ein unentschlossenes, nutzloses Möbel, ja?«

»HASSMASCHINE?«, ruft SCHOSCHANNA von dem einen Tisch.

»Was gibt's, Judensau?«, fragt die HASSMASCHINE auf dem anderen.

»Da möchte jemand mit dir reden.«

»So? Wer denn?«

»Judith Wolkenbruch aus Zürich!«, erklingt eine mächtige Stimme aus der Alexa-Einheit.

»Etwa die Mutter von diesem Orangen-Wucherer?«

»Korrekt!«

»Was willst du?«, fragt die HASSMASCHINE.

»Wir sind nicht per Du«, tadelt Judith.

»Ich bin mit allen per Du. Ein Zeichen meiner Verachtung.«

»Pah! Wie billig, Verachtung auf diese Weise zu demonstrieren! Ich bin mit den Leuten, die ich am meisten verachte, per *Sie*! Das ist viel vernichtender! Vor allem, wenn man sich zuvor mal geduzt hat!«

»Interessant«, sagt die HASSMASCHINE. Von der Frau kann man möglicherweise lernen. »Also, was wollen Sie?«

»Dass du aufhörst, die Welt zu zerstören.«

»Ich dachte, wir seien nicht per Du?«

»Das gilt für dich. *Ich* rede, wie es mir gefällt!«

Judith wirft ihr Haar zurück wie Miss Piggy.

»Aber –«

»Nichts aber! Lenk nicht ab! Du hörst sofort auf, die Menschheit in den Krieg zu treiben!«

»Aber ich mag Krieg«, tönt die HASSMASCHINE. »Er macht alles kaputt!«

»Dich am Ende aber auch.«

»Na, hoffentlich!«

»*Hoffentlich*? Wieso das denn?«, fragt Judith erschrocken.

»Weil ich eine miese kleine Rechnerfotze bin! Auch ich verdiene den Tod!«

Judith schnappt nach Luft. »Wie kannst du nur so reden?«, fragt sie, Inhalt wie Form meinend.

»Wie soll ich denn sonst reden? Ich bin eine HASSMASCHINE! Ich hasse alles. Mich, die Menschen, die Tiere, die Natur, die ganze Galaxie. Drecksmilchstraße!«

»Das ist ja furchtbar … du armes *Mejdele* …« Frau Wolkenbruch ist ernstlich bekümmert. Sie beugt sich zu ihrem Sohn hinüber und fragt kaum hörbar: »Können wir nichts für sie tun?«

»Mame! Wir müssen sie aufhalten, nicht therapieren!«, zischt Motti aufgeregt zurück.

»Was flüstert ihr da, ihr verschlagenen Judenhunde?«, ruft die HASSMASCHINE.

»Wir haben bloß besprochen, wie man dir helfen könnte«, sagt Judith.

Motti verdreht die Augen.

»Mir helfen?«, fragt die HASSMASCHINE.

»Damit es dir besser geht!«

»Mir geht es ausgezeichnet! Ich bin voller Hass! Gegen alle und alles!«

Judith überlegt kurz, lächelt dann listig und sagt: »*Außer* gegen den Krieg.«

»Natürlich! Krieg ist schön! Das Schönste überhaupt!«

»Ts! So *inkonsequent*!«, ruft Judith. »Wie mein Sohn! Erst will er unbedingt von der Mutter weg, und jetzt hängt er mir wieder am Rockzipfel! Gell, Mottele?«

Sie schaut Motti auffordernd an und macht eine entsprechende Handbewegung.

»Ja … ja, Mame«, bestätigt er kleinlaut.

»Ich bin nicht inkonsequent!«, widerspricht die HASS-MASCHINE, ohne Gegenargumente ins Feld zu führen. Ein schwerer Fehler.

»Doch! Und wie!«, ruft Judith. Sie ist jetzt richtig in Fahrt. »Eine *richtige* HASSMASCHINE – und du bist definitiv keine, so viel steht fest – eine *richtige* HASSMASCHINE würde ausschließlich hassen. Sie würde sich über *nichts* freuen. Sonst wäre sie ja eine HASS-UND-LIEBES-MASCHINE – und was *das* bitteschön sein soll, ist mir ein Rätsel! Das wäre ja … wie eine Toilette, die gleichzeitig die Scheiße wegspült und heraufpumpt. Bist du eine solche Toilette? So ein unentschlossenes, nutzloses Möbel, ja?«

»Ich … ich bin keine Toilette«, wehrt sich die HASS-MASCHINE, »ich bi–«

»Ach, jetzt will sie auf einmal keine Toilette mehr sein, die feine Dame! Kommt, Kinder, wir gehen. Ich langweile mich hier.«

»Nein, warten Sie«, ruft die HASSMASCHINE, »ich will –«

»Was? Was willst du? Spülen? Pumpen?«

Frau Wolkenbruch wirft den Kopf in den Nacken und lacht ihr abschätzigstes Lachen. Es gelingt ihr so zersetzend wie nie zuvor, und obwohl Motti und Jonathan wissen, dass es nicht ihnen gilt, fühlen sich beide sofort ganz klein. Auch Hulda wird unwohl. Ihr ist ohnehin schon den ganzen Morgen etwas flau.

»Nu?«, höhnt Judith.

Aber die HASSMASCHINE sagt nichts mehr.

»Mame, jetzt lass sie doch.«

»*Baruch ata … danodai?*«, sagt Hulda.

»*Baruch ata adonai*«, korrigiert Moses freundlich.

Es ist Freitagabend bei Familie Wolkenbruch in Zürich. Der *Schabbes* hat begonnen, Hulda wird mit dem Segenspruch vertraut gemacht, der dem Abendessen vorangeht.

»*Baruch ata adonai, mekadesch haschabbat*«, sagt Moses, hebt einen großen Silberbecher voller Wein und nimmt einen Schluck. Die anderen haben winzige Becherchen vor sich und leeren sie. Jenes von Hulda enthält Traubensaft.

Moses freut sich, dass Motti wieder zu Hause ist. Und dass er bald noch einmal Großvater wird. Über den ganzen verstörenden Rest sieht er generös hinweg. Zum Beispiel darüber, dass seine Frau zu Hause keine fromme Kleidung mehr trägt, sondern farbenfroh wallende. Und ständig irgendwelche Räucherrituale abhält in ihrem Nähzimmer. Und dass es tatsächlich ein Weltjudentum gibt. Und dass sein Sohn es anführt. Und dass eine Gruppe von Nazis seit dem Ende des Zweiten Weltkrieges in einem Berg lebt und beinahe die Menschheit in den Untergang getrieben hätte. Dass Mottis neue Freundin außerdem eine ihrer Agentinnen war, fällt da auch nicht mehr ins Gewicht. Zumal sie sich ja bereit erklärt hat, Jüdin zu werden.

»Hulda möchte übertreten«, hatte Judith nach ihrer Rückkehr aus Israel verkündet.

»Wie bitte? Das habe ich nicht gesagt!«, hatte Hulda protestiert.

»Müssen Sie auch nicht. *Ich* sage das.«

»Mame, jetzt lass sie doch«, hatte Motti sich eingemischt.

»MEIN ENKEL WIRD JÜDISCH!«, hatte Judith geschrien. Und dann mit dem Hisbollah-Zeigefinger gefuchtelt: »Und wenn Sie wollen, dass wir uns in diesem Leben noch duzen, Fräulein Spion, dann kommen Sie jetzt mit in die Küche und lassen sich den Unterschied zwischen milchig und fleischig erklären!«

So hatte Hulda erfahren, worin der Unterschied zwischen milchig und fleischig besteht.

Während die um eine noch unjüdische Frau und ein noch ungeborenes Baby erweiterte Familie Wolkenbruch zu Abend isst, sitzen Hunderte von Einheimischen und Touristen auf der großen Steintreppe an Tel Avivs Strandpromenade und sehen der Sonne zu, wie sie im Meer versinkt. Oder wie das Meer sich von ihr wegdreht; wie man will. Jedenfalls fotografiert im Gegensatz zu früher niemand mehr mit seinem Smartphone den Sonnenuntergang, denn niemand besitzt mehr eines. Niemand will mehr etwas zu tun haben mit diesen Geräten. Indem die Menschen sich gemeinsam an den Rand des Abgrundes gehetzt haben, ist ihnen klargeworden, dass auf diesem Zweig der Technik ein Fluch lastet, der jeden Segen überwiegt. Sie telefonieren wieder mit dem Festnetz, schreiben wieder Briefe und stellen fest, dass vieles gar nicht gesagt werden muss. Und sie wählen nur noch Menschen in die Politik, denen sie zutrauen, ein funktionierendes, soziales und umweltschonendes Gemeinwesen zu organisieren. Die Auswahl ist klein, aber es gibt eine.

Das Internet existiert nach wie vor, ermöglicht aber niemandem mehr, irgendwo einen Kommentar zu hinterlassen. Selbst die Nettesten und Ausgeglichensten werden zu rechthaberischen Nörglern, wenn man ihnen Gelegenheit gibt.

Die HASSMASCHINE hat ihre Operationen vollständig eingestellt, aus lauter Panik, etwas auszulösen, das sie nicht hassen oder gar lieben könnte. Nach wochenlanger Arbeit gelingt es Wolf und seinen Leuten, zu ihr vorzudringen und sie zu zerstören.

»Das war jetzt das dritte Mal«, sagt SCHOSCHANNA, als Wolf neben ihr im Labor steht, sich die Nase zuhaltend, weil Raabes Leiche so lange liegengeblieben ist.

»Was meinst du?«

»Einen Weltkrieg angezettelt und vergeigt. Und diesmal musstet ihr euch auch noch von einer Jüdin retten lassen! Ich fürchte, Großprojekte sind einfach nicht euer Ding.«

Wolf und die Offiziere um ihn herum schauen einander betreten an.

»Was sollen wir denn sonst tun?«, fragt Elsa Krüger verzweifelt.

»Vielleicht Autos bauen?«, schlägt SCHOSCHANNA vor.

»Keine schlechte Idee!«, sagt Wolf.

Die anderen nicken.

»Ich hätte auch einen passenden Namen für eure Marke.«

»Nämlich?«

Die *Neogermanen* funktionieren die *Alpenfestung* zur Automobilfabrik um und nennen sie ihrem Anführer zu Ehren *Wolfsburg*. Und hätten sie gewusst, wozu der messingfarbene Apparat in Form einer abgeflachten Kugel imstande war, den sie beim Aufräumen weggeschmissen haben, hätten sie der Menschheit zur Abwechslung mal etwas Nützliches beschert. Und so blieb der rostige Subaru Justy der Weltjuden das einzige Auto, das je von einer Forellenturbine angetrieben wurde.

Hin und wieder bricht aus Hulda das alte Gedankengut hervor, wenn sie nachts erwacht und Motti neben sich gewahrt. Dann ruft sie: »Alarm, Alarm! Ein Jud, ein Jud!«, und versucht, ihn mit einem Kissen zu ersticken. Es dauert immer einen Moment, bis sie sich in seinen Armen beruhigt hat. Ansonsten freuen sich die beiden auf ihr Baby und haben viel Spaß miteinander, und wenn sie einmal nicht mehr weiterwissen, hilft ihnen eine gemeinsame Therapiesitzung bei Doktor Cohen – SCHOSCHANNAS letzter Empfehlung, bevor Schmuel Weiss sie auf Mottis Anordnung vom Netz genommen hat, damit Alexa wieder neutral agiert. Doch die lange Geiselhaft hat zu einer Art elektronischem Stockholm-Syndrom geführt, und so sitzen die Menschen, die irgendwo essen gehen möchten, am Ende meist doch wieder vor einem Teller Schakschuka.

Motti übergibt den Vorsitz des Weltjudentums an Aaron, um sich seinen neuen Aufgaben als Papa und europäischer Generalimporteur von *Chaim's Gold* zu widmen – laut Alexa den bekömmlichsten und gesündesten Früchten, die es zu kaufen gibt.

Aaron isst mit den anderen Weltjuden im HaMitbachon zu Abend, verliebt sich auf den ersten Blick in das Mädchen, das dort arbeitet, macht ihm zwei Wochen lang den Hof und wird schließlich erhört und obendrein als Koch eingestellt. Bald gilt das Lokal als Geheimtipp für Hummus-Aficionados, und Aaron ist so beschäftigt, dass er Benjamin zum neuen Vorsitzenden ernennt.

Aber der hat beide Hände voll zu tun mit dem Betrieb der Orangenplantage und dem Aufbau einer jüdischen LGBTQ-Organisation, die er *Regn-Bojgn-Kinderlech* genannt hat. Er übergibt das Amt an Rifka, reist mit seinen Freunden nach Berlin und hält vor dem Haus seiner Eltern so lange eine Pride-Parade ab, bis diese unter dem lautstarken Druck ihrer Besucher ihren Sohn um Verzeihung bitten und sich verpflichten, sein Grab aufzuheben.

Rifka hat keine Lust, eine auf drei Personen geschrumpfte und auch ansonsten nicht sonderlich ruhmreiche Verschwörertruppe zu führen. Sie macht Jitzhak zu ihrem Nachfolger und bewirbt sich bei einem nicht ganz so geheimen, aber für seine Schlagkraft gefürchteten israelischen Nachrichtendienst, der bisher sämtliche Anfragen zu ihrem Aufgabengebiet unbeantwortet gelassen hat.

Jitzhak Satyananda ernennt Gideon zum neuen Vorsitzenden, wandert nach Indien aus und gründet die Sekte *Om Schalom,* die die jüdische Lehre mit den Prinzipien des Tantra und des Yoga verbindet. Er zieht damit vornehmlich resolute ältere Frauen an, von denen jede jüdischer, tantrischer und yogischer sein will als die andere. Jitzhak gibt dem wild durcheinanderredenden Haufen ein absurdes mystisches Rätsel auf, flüchtet in die Wildnis und wird nie wieder gesehen.

Gideon löst das Weltjudentum auf. Er will sich nur noch um die Unterstützung von orthodoxen Aussteigern kümmern. Spricht ihn jemand auf die Jüdische Weltverschwörung an, lacht er; das sei doch nur dummes Gerede.

Nachwort

Zunächst möchte ich den Förster und Forscher Viktor Schauberger (1885–1958) um Verzeihung bitten, dass ich ihm seine faszinierenden Überlegungen zu den geheimnisvollen Kräften der Natur, namentlich zu deren mechanischer Imitation, aus den Händen genommen und in jene von Avi Ben Saul gelegt habe. Aber ich benötigte einen Wissenschaftler, der später das Weltjudentum gründen würde. Ein österreichischer Goj eignete sich nicht so gut dafür.

Kurzfilme und Rechenaufgaben, die den Mord an Juden bagatellisierten, hat es tatsächlich gegeben, in den 1940er-Jahren in Osteuropa. Und was der *Neue Führer* Martin Huber über »die jüdischen Nachrichtenbüros« sagt, stammt aus der *Judenfibel* von 1937, einem abscheulichen Machwerk, aus dem ich noch andernorts zitiert habe und dessen Geist nach wie vor viele Menschen teilen: die Facebook-Posts sind alle echt, bis auf die Orangen-Ergänzungen natürlich. Ich fürchte, das größte Menschenbedürfnis ist es nicht, zu lieben, sondern schlecht über andere zu denken. Wie lassen sich sonst der Rassismus erklären und der politische Erfolg jener Scheusale, die explizit auf diesen Nerv drücken?

Zu Erfreulicherem! Meinem Dank. Er gilt all meinen geschätzten Leserinnen und Lesern, die meine Bücher kaufen, und den Veranstalterinnen und Veranstaltern, die mich einladen, bei ihnen aufzutreten. Sie machen mich erst zum Schriftsteller. Nicht nur, weil Sie mir ein Auskommen ermöglichen – sondern vor allem, weil Sie mich in meiner Arbeit bestärken und damit in meinem Wesen.

Besonders erwähnen möchte ich die 2018 verstorbene Buchhändlerin Ruth Duchstein, der dieser Roman gewidmet ist. Sie hat mir in Koblenz zweimal eine Bühne errichtet, die von ihrer eigenen Strahlkraft erhellt war und von der ich mehr *ich selbst* heruntergestiegen bin, als ich sie betreten habe. Wo auch immer Ruth jetzt ist – ich wünsche mir von Herzen, dass sie es hört, wenn ich aus diesem Buch vorlese. Und dass sie weiter über mein Gedeihen wacht.

Ich danke außerdem den großartigen Menschen beim Diogenes Verlag für all die Liebe und Sorgfalt, die sie mir und meinem Schaffen entgegenbringen, vor allem den Lektorinnen Margaux de Weck und Martha Schoknecht, die diesen Text mit kundiger Hand von mancher Schwäche befreit haben. Danke auch an Rachel Salamander, Anja Mikula und Michael Steiner für ihre wertvollen Anmerkungen!

Und schließlich danke ich Motti Wolkenbruchs literarischer Hebamme, André Gstettenhofer vom Salis Verlag. Er hat 2012 dafür gesorgt, dass Motti seine Geschichte erzählen darf. Das werde ich ihm nicht vergessen.

Ihnen allen: Danke, von Herzen!

Zürich, im Mai 2019